D0108999

# LOS REYES CATÓLICOS
## II

*España para sus soberanos*

Título original: *Spain for the Sovereigns*
Edición original: Robert Hale
Traducción: Isabel Ugarte

1.ª edición: octubre 2005

© 1994 Mark Hamilton, Albacea Literario
de la extinta E.A.B. Hibbert.
© Ediciones B, S.A., 2005
para el sello Javier Vergara
Bailén, 84 - 08009 - Barcelona (España)
*www.edicionesb.com*
*www.edicionesb-america.com*

ISBN: 84-666-2484-8

Impreso por Quebecor World

Todos los derechos reservados. Bajo las sanciones establecidas
en las leyes, queda rigurosamente prohibida, sin autorización
escrita de los titulares del *copyright*, la reproducción total o parcial
de esta obra por cualquier medio o procedimiento, comprendidos
la reprografía y el tratamiento informático, así como la distribución
de ejemplares mediante alquiler o préstamo públicos.

# LOS REYES CATÓLICOS
## II

*España para sus soberanos*

JEAN PLAIDY

**VERGARA**
GRUPO ZETA

Barcelona • Bogotá • Buenos Aires • Caracas • Madrid • México D.F. • Montevideo • Quito • Santiago de Chile

# 1

# FERNANDO

Oscurecía cuando la comitiva entró a caballo en la silenciosa ciudad de Barcelona, camino del palacio de los Reyes de Aragón. Siguió su marcha, recorriendo callejuelas tan estrechas que las altas casas grises, llenas del penetrante olor del mar y del puerto, daban la impresión de juntarse por encima del empedrado.

Encabezaba la partida de jinetes un joven, de estatura mediana y porte majestuoso. Su cutis era fresco, tostado por la acción del viento y del sol, los rasgos bien formados, los dientes de excepcional blancura, y el pelo —que dejaba libre una amplísima frente— castaño claro con una insinuación rojiza.

Cuando alguno de sus acompañantes se dirigía a él, lo hacía con el mayor respeto. De unos veintidós años, era ya un guerrero y hombre de experiencia, cuya juventud se traicionaba solamente en el trato, y todos respetaban su dignidad.

—¡Cómo ha sufrido esta ciudad! —comentó, dirigiéndose al hombre que cabalgaba junto a él.

—Es verdad, Alteza. Cuando el rey, vuestro padre, entró aquí después del asedio, apenas podía contener las lágrimas, tan terrible era el espectáculo que se ofrecía a sus ojos.

Fernando de Aragón asintió con gesto hosco.

—Una advertencia para los súbditos, que se atrevieron a desafiar a su legítimo rey —murmuró.

—Así es, Alteza —asintió su acompañante, sin osar recordarle el motivo de la guerra civil recientemente terminada: el asesinato del legítimo heredero, Carlos, medio hermano de Fernando, el hijo habido de la primera mujer de su padre. Era mejor olvidarlo. Fernando estaba ahora muy dispuesto a adueñarse de todo lo que la ambición de su padre y el amoroso embobamiento de su madre le habían procurado... y a defenderlo.

La pequeña cabalgata se detuvo ante el palacio donde había establecido su cuartel general Juan de Aragón. Fernando gritó, con su voz profunda y resonante:

—¿Qué os pasa allí a todos? Aquí estoy yo, Fernando. ¡Acabo de llegar!

El bullicio fue inmediato. Bruscamente se abrieron las puertas, y los mozos salieron presurosos a recibir al grupo. De un salto, Fernando bajó del caballo y entró a la carrera en el palacio, mientras su padre venía a su encuentro con los brazos abiertos.

—¡Fernando! ¡Fernando! —exclamó con los ojos llenos de lágrimas mientras abrazaba a su hijo—. Ah, ya sabía yo que no demorarías en venir, que estarías conmigo. ¡Qué bendición singular la mía! Me fue concedida la mejor de las esposas, me ha sido arrebatada, pero me ha dejado el mejor de los hijos.

Con setenta y ocho años, el Rey de Aragón no mostraba signos de decadencia. Todavía fuerte y lleno de energía pese a haberse sometido no hacía mucho a sendas operaciones para recuperar la vista en ambos ojos, había sido rara en él alguna exhibición de debilidad. Pero no podía ocultar sus emociones: el amor por su difunta esposa y por Fernando, el hijo de ambos.

Con un brazo sobre los hombros de Fernando, Juan condujo a su hijo a una pequeña cámara donde les sirvieron algo. Una vez atendidos, cuando se quedaron solos, Fernando dijo:

—Me enviaste llamar, padre. Eso fue suficiente para que acudiera presuroso a vuestro lado.

—¡Pese a vuestro matrimonio tan reciente, y con una esposa tan encantadora! —sonrió Juan.

—Oh, sí —admitió Fernando, con satisfacción—. Isabel no estaba muy dispuesta a esta separación, pero con su profundo sentimiento del deber, cuando supo de vuestra necesidad, fue ella quien insistió en que cumpliera con el mío.

Juan hizo un gesto de asentimiento.

—Y en Castilla... ¿las cosas están bien, hijo mío? —preguntó después.

—Todo está bien, padre.

—¿Y la niña?

—Es sana y fuerte,

—¡Ojalá vuestra pequeña Isabel hubiera sido varón!

—Ya vendrán varones, padre.

—Sí, vendrán. Y os diré una cosa, Fernando. Cuando tengáis un hijo, ojalá se os parezca tanto que todos digan: «He aquí, entre nosotros, a un nuevo Fernando». Nada mejor puedo desearos.

—Padre, tenéis una opinión demasiado buena de vuestro hijo.

Juan sacudió la cabeza.

—¡Rey de Castilla! Y un día..., tal vez no muy lejano... Rey de Aragón.

—Esa segunda dignidad, la esperaría gustoso toda la vida —respondió Fernando—. En cuanto a la primera..., por el momento, es un mero título de cortesía.

—Conque Isabel es la reina, y vos el consorte... Por poco tiempo, sólo por poco tiempo. No tardaréis en hacerla entrar en razones.

—Tal vez —asintió Fernando—. Es lamentable que la ley sálica no tenga vigencia en Castilla, como en Aragón.

—Entonces, hijo mío, seríais vos el rey, e Isabel vuestra consorte. Castilla debería ser vuestra por herencia de vuestro abuelo, de quien lleváis el nombre. Claro que las hembras también tienen derecho al trono en Castilla. Isabel es vuestra esposa, hijo querido, pero esta pequeña dificultad será temporaria.

—Isabel es sumamente cariñosa —contestó Fernando, con una sonrisa.

—¡Entonces! No tardarán las cosas en ser lo que deseamos.

—Pero hablemos de vuestros asuntos, padre, que son de la mayor importancia, y el motivo de venir a veros.

—Como sabéis —empezó, con gravedad, el rey—, durante la revuelta de los catalanes me vi en la necesidad de pedir ayuda a Luis de Francia. Me la concedió, pero Luis jamás da nada sin recibir algo a cambio.

—Las provincias del Rosellón y Cerdeña le fueron entregadas en custodia, como garantía. y ahora se han levantado en contra del yugo extranjero.

—Han apelado a mi auxilio. Lamentablemente, el Señor de Lude ha invadido el Rosellón con diez mil hombres de infantería y novecientos lanceros. Además, cuenta con provisiones para mantener a su ejército durante meses. Nuestra guerra civil ha sido larga, y sabéis cómo ha pesado sobre nuestros fondos.

—Debemos encontrar alguna forma de obtener dinero, padre.

—Por eso os he llamado. Id a Zaragoza para reunir, por algún medio, el dinero necesario. Una derrota a manos de Francia sería desastrosa.

Durante unos segundos, Fernando se mantuvo en silencio.

—Estoy pensando —dijo finalmente— cómo será posible arrancar al patrimonio de Aragón los fondos. ¿Cómo está la situación en Zaragoza?

—Hay mucha ilegalidad en Aragón.

—Como en Castilla —respondió Fernando—. La lucha se ha prolongado tanto tiempo... Se han descuidado los asuntos civiles. Por todas partes surgen ladrones y pícaros.

—Parece —le informó Juan, que un tal Ximenes Gordo se ha convertido en Rey de Zaragoza.

—¿Cómo puede ser eso?

—Vos conocéis a la familia: son nobles. Pero Ximenes ha desechado su condición de tal. Ha asumido un cargo municipal, con una influencia tal que no resulta fácil, desde esta distancia, negociar con él. Ha concedido los puestos importantes a sus familiares y amigos, y a quienes le ofrecieron un soborno lo bastante tentador. Es uno de esos pícaros pintorescos, y de alguna manera se las arregla para ganarse el aprecio popular. Administra una parodia de justicia. Tengo pruebas de su culpabilidad en numerosos delitos.

—Es menester ordenar que sea procesado y ejecutado.

—Hijo querido, eso provocaría la guerra civil en Zaragoza, y es demasiado lo que ya tengo entre manos. Pero si vais a reunir los fondos, mucho dependerá de Ximenes Gordo.

—¡Imposible parece, que el Rey de Aragón dependa de un súbdito! —exclamó Fernando.

—Razón tenéis, hijo mío. Pero mi necesidad es cruel, y estoy lejos de Zaragoza.

—Dejad este asunto en mis manos, padre —sonrió Fernando—. Iré a Zaragoza, y encontraré algún medio de reunir el dinero.

—Lo haréis, hijo mío —asintió Juan—. Es vuestro destino alcanzar siempre el éxito.

El joven sonrió con complacencia.

—Partiré sin demora hacia Zaragoza, padre —anunció, pero el anciano rey parecía caviloso.

—Tan poco hace que habéis llegado, y tan pronto sois en iros —murmuró—. Pero tenéis razón; no tenemos mucho tiempo que perder —agregó luego.

—Partiré mañana, al amanecer —concluyó Fernando—. Vuestra causa, como siempre, es la mía.

Camino de Zaragoza, atravesando Cataluña, Fernando no pudo privarse de hacer una visita.

Debía ser secreta. Cierta personita a quien ansiaba ver. Para él significaba muchísimo. Decidido a extremar las precauciones, Isabel no llegaría a saber de su existencia. Fernando empezaba a darse cuenta de lo difícil que iba a ser vivir a la altura del ideal que su mujer se había hecho de él.

La pequeña comitiva se detuvo a descansar en una posada, so pretexto de retirarse temprano. Fernando se dirigió a la habitación asignada, en compañía de dos de sus hombres de más confianza.

—Id a los establos —les ordenó tan pronto como estuvieron solos— que preparen los caballos. En cuanto todo esté tranquilo, me reuniré con vosotros.

—Sí, Alteza.

Cuando los hombres se retiraron, Fernando se sintió devorado por la impaciencia. ¡Cuánto tardaban sus acompañantes en terminar la sobremesa! Pero tuvo que dominar el impulso de pedirles que se retiraran a sus habitaciones y se acostaran a dormir sin pérdida de tiempo.

Habría sido una locura, naturalmente, lo más importante era el secreto. Fernando era de naturaleza impulsiva. Sabía lo que quería, y estaba decidido a conseguirlo. La experiencia le había enseñado que con frecuencia era necesario esperar mucho tiempo hasta que el éxito coronaba una empresa. Fernando había aprendido a esperar.

Esperó, dominando su impaciencia, hasta que finalmente uno de sus servidores apareció en la puerta.

—Todo está en calma, Alteza, y los caballos listos.

—Está bien. Partamos.

Era grato cabalgar en la noche. Fernando había pensado en enviar un mensajero antes para advertirla. Pero no; sería una sorpresa. Si la encontraba con otro amante, no le afligiría mucho. No era ella quien lo atraía, no era simplemente por esa mujer por quien estaba dispuesto a hacer secretamente ese viaje del que bien podrían llegar noticias a los oídos de Isabel.

—Oh, Isabel, esposa y Reina mía —murmuró Fernando para sus adentros—, algún día aprenderás algo sobre el mundo. A los hombres como yo, largas temporadas alejados del lecho conyugal, no se los puede privar de una querida de tanto en tanto.

De esos episodios amorosos, como el compartido con la vizcondesa de Eboli, no era excepcional algún que otro fruto.

Fernando sonrió, confiando en su poder para obtener a todas las mujeres, sin excluir a su calma e inquietantemente púdica Isabel.

Recordaba en ese momento cómo la vizcondesa se habría convertido en su amante, duranteuno de esos períodos en que lejos de Castilla, en Cataluña, había estado ocupado en atender los asuntos de su padre. Y había sido Isabel quien insistiera en su partida.

—Es vuestro deber acudir en ayuda de vuestro padre —le había dicho.

¡El deber!, pensaba Fernando. Palabra que se repetía con frecuencia en el vocabulario de Isabel.

Ella no dejaría jamás de cumplir con su deber; la habían educado para considerarlo algo de importancia suprema. Isabel era capaz de arriesgar su vida por el deber, y no sospechaba que al dejar a su marido partir hacia Cataluña, se había jugado su fidelidad al lecho matrimonial.

Ahora Fernando estaba en la mansión de Eboli; la casa se despertaba, y por ella se difundía la noticia.

—¡Ha llegado! El señor está en la casa.

—Sin ruido —les rogó a todos al entregar su caballo a uno de los mozos—. Es una visita extraoficial. Voy camino de Aragón, y si me detengo aquí es para un simple saludo.

Los sirvientes entendieron. Estaban al tanto de la relación entre su señora y don Fernando, y no hablaban de ella fuera de la casa. Sabían el deseo de Fernando, mantenerla en secreto, y no ignoraban el peligro de contrariarlo.

Al entrar en la casa, Fernando se dirigió a dos mujeres, que inmediatamente lo saludaron con profundas reverencias.

—¿Vuestra señora? —les preguntó.

—Se había retirado ya, Alteza, pero ha sido advertida de vuestra llegada.

Fernando alzó la vista y vio a su amante en lo alto de la escalera. El largo pelo oscuro le caía desordenadamente sobre los hombros, y llevaba una bata de rico terciopelo de color rubí sobre su cuerpo desnudo.

Era una hermosa mujer, y era fiel. Al ver el regocijo de su rostro, Fernando sintió el placentero aguijón de los sentidos mientras, a saltos, subía las escaleras para abrazarla.

—Oh..., habéis venido, por fin...

—Si hubiera podido, habría estado aquí mucho antes.

—Habéis cambiado —dijo ella, sonriendo, sin quitarle los brazos del cuello—. Estáis más viejo.

—Es el destino que todos compartimos —le recordó Fernando.

—Pero a vos os sienta maravillosamente.

La vizcondesa tomó a Fernando del brazo para conducirlo a sus habitaciones.

Había una pregunta, la más importante de todas, y él se desvivía por hacerla, pero se contuvo, cauteloso. No..., todavía, no. Por más que ella amara al niño, no debía sospechar que era él, y no su madre, el motivo de su visita.

En la alcoba, Fernando le abrió la bata de terciopelo para besar todo su cuerpo, mientras ella permanecía traspasada por el éxtasis.

Una vez más, no pudo evitar compararla con Isabel. Cualquier mujer —se decía— parecería una cortesana comparada con la suya. La virtud emanaba de ella. Fernando se sorprendía de que no tuviera un halo visible rodeándole la cabeza. Todo en Isabel tenía la dimensión de un acto consagrado. Hasta el contacto sexual (e Isabel amaba apasionadamente a su marido) parecía, incluso en los momentos de más entrega, para ella, un medio de concebir herederos para la corona.

Fernando se disculpaba ante sí mismo por su infidelidad. Ningún hombre podría sobrevivir con una dieta exclusiva de Isabel. Hacían falta otras.

Sin embargo, mientras hacía el amor a su querida, sus pensamientos estaban en otra cosa. Le haría la trascendental pregunta en el momento exacto. Fernando se enorgullecía de su calma, el orgullo de sus padres, pero para ellos todo era admirable en el hijo, lo bueno y lo malo. Incluso cuando el joven era incapaz de dominar su impetuosidad. Pero tal condición iría atenuándose con la edad; Fernando se daba cabal cuenta de eso.

Su amante, ya saciada, había quedado tendida junto a él. En sus labios se dibujó una sonrisa de satisfacción mientras sus dedos se entrelazaban con los de Fernando.

—¡Sois magnífica! —susurró él, antes de añadir, como si acabara de ocurrírsele—. Y... ¿cómo está el niño?

—Está bien, Fernando.

—¿Habla alguna vez de mí?

—Todos los días me pregunta: «Madre, ¿mi padre podrá venir hoy?»

—¿Y qué le decís a eso?

—Que su padre es el hombre más importante de Aragón, Cataluña, y Castilla, y que por ser un hombre tan importante, no tiene tiempo para visitarnos.

—¿Cuál es su respuesta?

—Que un día él será tan importante como su padre.

Fernando rió, satisfecho.

—¿Está durmiendo ahora? —preguntó con ansiedad.

—Agotado por los esfuerzos del día. Ahora dice que es general, Fernando. Tiene sus ejércitos. Deberíais oír cómo les da órdenes.

—Ojalá pudiera —suspiró él—. Me pregunto...

—Deseáis verlo, no podéis esperar. Tal vez si entramos sin hacer ruido no lo despertemos. Está en la habitación inmediata. Siempre lo tengo cerca, por temor de que algo pueda sucederle si se aparta demasiado de mí.

—¿ Qué podría sucederle? —preguntó Fernando, con súbita fiereza.

—Oh; son mis ansiedades de madre —la vizconde-sa se había levantado y estaba envuelta en su bata—. Venid, vamos a mirarlo un momento mientras duerme.

Cogió un candelabro y le indicó que la siguiera. Fernando se echó rápidamente algo encima y fue con ella.

En su cuna, con una mano regordeta aferrada a las ropas de cama, dormía un niño de unos tres años. El pelo que se rizaba alrededor de la bien modelada cabeza era castaño con reflejos rojizos.

Era una hermosa criatura, y al mirarla, Fernando se sintió invadido por un orgullo inmenso.

Isabel le había dado una hija, pero ése era su hijo varón, su primogénito; el infantil encanto del niño y el inconfudible parecido con él, llenaron a Fernando de una emoción poco común en él.

—¡Qué dormido está! —susurró, sin poder resistir el deseo de inclinarse para apoyar los labios en su pelo suave.

En ese momento lo acometió el impulso de apoderarse del niño dormido, arrebatárselo a su madre para llevarlo a Castilla, y presentárselo a Isabel, diciendo: «He aquí a mi hijo, mi primogénito. Su presencia me llena de alegría, quiero que se eduque aquí, en la corte, junto con los hijos que vos y yo podamos tener».

Pero jamás podría hacerlo. Imaginaba la reacción de Isabel. Había aprendido desde su casamiento la necesidad de respetar a Isabel en toda su dignidad.

La idea era una tontería; debía impedir que su mujer llegara a enterarse jamás de la existencia de ese niño.

El chiquillo se despertó y miró con asombro a la pareja, inmóvil junto a su cuna. Comprendió de pronto quién era el hombre, se levantó de un salto, y sus bracitos rodearon cálidamente el cuello de Fernando.

—¿Y qué significa esto? —preguntó su visitante, con fingido enojo.

—Significa que ha venido mi padre —respondió el niño.

—¿Quién eres tú, pues?

—Soy Alonso de Aragón —fue la respuesta, enunciada con aire principesco—. Y vos sois Fernando de Aragón.

El niño acercó el rostro al de su padre para mirarlo de cerca, y con el índice siguió la línea de la nariz de Fernando.

—Os diré una cosa —anunció.

—A ver, ¿qué me dirás?

—Que somos también algo más.

—¿Qué más?

—Vos sois mi padre, y yo vuestro hijo.

Fernando lo estrechó en sus brazos.

—Es verdad —susurró—. Es verdad.

—Me estáis apretando demasiado.

—Es imperdonable —se disculpó Fernando.

—Ahora os mostraré que soy un soldado —le dijo el niño.

—Pero es de noche, y deberías estar durmiendo.

—No, ha venido mi padre.

—Estará la mañana.

El niño le dirigió una mirada de astucia; en ese momento, su parecido con el padre era impresionante.

—Es posible que entonces ya se haya ido —respondió.

Fernando le acarició suavemente el pelo.

—Bien que siento no poder estar más contigo. Pero esta noche estoy aquí; estaremos juntos.

Los ojos de la criatura se redondearon de asombro.

—Toda la noche —dudó.

—Sí, y mañana dormirás.

—Mañana dormiré.

De un salto se bajó de la cama y corrió a abrir un cofre. Quería enseñar sus juguetes a su padre. Fernando, arrodillado junto al cofre, prestó oídos a la charla del niño, mientras la madre los miraba.

—Contadme un cuento, padre —pidió Alonso, pasado un rato—. Habladme de cuando erais soldado, de batallas..., de luchas y matanzas.

Riendo, Fernando se sentó con el niño en sus brazos. Empezó a contarle la historia de sus aventuras, pero apenas si la había iniciado cuando su hijo se quedó dormido.

Cuidadosamente, su padre volvió a acostarlo; él y la vizcondesa salieron de puntillas de la habitación.

—Podréis tener hijos legítimos —dijo ella súbitamente, con orgullo—, príncipes destinados a ser reyes, pero jamás tendréis un hijo a quien améis como amáis a éste.

—Tenéis razón —admitió Fernando.

Cerrada ya la puerta entre las dos habitaciones, Fernando se apoyó en ella para mirar a su amante a la luz de la vela: el brillo de la ambición por su hijo le iluminaba los ojos.

—Tal vez olvidéis el amor que por mí sentisteis —continuó la vizcondesa—, pero como madre de vuestro hijo jamás me olvidaréis.

—Jamás olvidaré a ninguno de vosotros —le aseguró Fernando, y la atrajo hacia sí para besarla.

—A la mañana os habréis ido —le recordó ella—. ¿Cuándo os volveré a ver?

—Pronto volveré por aquí.

—¿Y vendréis a visitar al niño?

—A ambos —respondio él con una pasión no sentida del todo, pues su hijo seguía ocupando sus pensamientos—. Venid, que nos queda poco tiempo.

Ella le tomó la mano para besársela.

—Haréis algo por él, Fernando. Os ocuparéis de él. Le daréis propiedades..., títulos —susurró.

—Confiad, me ocuparé de nuestro hijo —le aseguró Fernando y, llevándola de nuevo a la cama, apartó deliberadamente sus pensamientos del niño para entregarse a su pasión por la madre.

—Tal vez —dijo ella después— la Reina de Castilla no quiera que nuestro hijo reciba los honores que vos, su padre, estaríais dispuesto a conferirle.

—No temáis —respondió con cierta aspereza Fernando—, le serán concedidos.

—Pero la Reina de Castilla...

Súbitamente, Fernando se sintió furioso contra Isabel. ¿Se hablaría ya en Cataluña de que él estaba sometido a su mujer? ¡El Consorte de la Reina! Para un hombre orgulloso, no era fácil encontrarse en semejante situación.

—¡No permitiré que nada ni nadie se interponga entre mí y lo que deseo para mi hijo! —exclamó—. Ahora, os haré una promesa. Cuando quede vacante el arzobispado de Zaragoza, le será concedido a mi hijo…, para empezar.

Con los ojos cerrados, la vizcondesa de Eboli se reclinó sobre las almohadas; además de una amante satisfecha, era una madre triunfante.

A la mañana siguiente, temprano, Fernando se despidió presurosamente de la vizcondesa de Eboli y besó la frente del niño dormido: envió a uno de sus servidores a la posada para decir a los hombres que él ya se les había adelantado y lo alcanzaran antes de atravesar el Segre, para entrar en Aragón.

Mientras cabalgaba con sus pocos acompañantes, Fernando intentaba olvidar al hijo y concentrarse en la tarea que le esperaba.

Llamó a uno de sus hombres.

—¿Qué habéis oído decir de ese Ximenes Gordo, que al parecer es quien manda en Zaragoza?

—Es hombre de gran astucia, Alteza, y pese a sus muchos crímenes se ha ganado el apoyo del pueblo.

—No estoy dispuesto —declaró con gravedad Fernando—: no sostendré en Zaragoza a otro gobernante que a mi padre, y a mí mismo. Si la intención de ese hombre es oponérseme, no tardará en descubrir su locura.

Siguieron cabalgando en silencio, y el resto de la partida no demoró en reunírseles. Fernando creía que ninguno de ellos se había dado cuenta de la visita a la vizcondesa de Eboli. Sin embargo, pensó, cuando sea necesario conferir honores al niño empezarán las conjeturas.

Se sentía furioso. ¿Por qué tenía él que visitar en secreto a una mujer? ¿Por qué debía rebajarse con subterfugios? Antes de su casamiento, jamás se había avergonzado de su virilidad. ¿Acaso él, Fernando de Aragón, estaría dejándose intimidar por Isabel de Castilla?

Era una situación imposible; Isabel no se parecía a ninguna otra mujer que él hubiera conocido. Lo extraño era que cuando se encontraron por primera vez, le impresionó su mansedumbre.

Isabel tenía dos cualidades, rara vez unidas: mansedumbre y determinación.

Estoy preocupándome por asuntos domésticos, de amor y de celos, se reprochó Fernando, cuando todos mis pensamientos deberían estar puestos en la situación de Zaragoza y en la importantísima tarea de reunir fondos para mi padre.

En Zaragoza, le dio la bienvenida el más destacado de sus ciudadanos, Ximenes Gordo, que recorrió las calles cabalgando junto al heredero de la corona.

Se podría imaginar, cavilaba Fernando, que Ximenes Gordo era el príncipe, y Fernando su sirviente.

Con la misma edad de Fernando, otro hombre hubiera expresado su disgusto. Él, no; lo disimulaba, pero cultivó su resentimiento. Advirtió la forma en que los pobres, reunidos en las calles para ver pasar el cortejo, fijaban sus ojos en Gordo, admirados. El hombre tenía una especie de magnetismo, una personalidad fuerte; era una especie de campeón de los pobres, y se ganaba el respeto del pueblo porque lo temían tanto como lo amaban.

—Los ciudadanos os conocen bien —comentó Fernando.

—Alteza —fue la indolente respuesta—, me ven a menudo. Estoy siempre con ellos.

—Y la necesidad hace que yo esté con frecuencia lejos —completó Fernando.

—Es raro, tienen el placer y el honor de servir a su príncipe. Y deben contentarse con este humilde servidor que, en ausencia de su Rey y de su príncipe, sigue administrando justicia en lo posible.

—La administración no parece alcanzar mucho éxito —comentó secamente Fernando.

—Alteza, vivimos una época de desorden.

Sin demostrar todavía furia y disgusto, Fernando miró rápidamente el rostro corrompido y astuto del hombre.

—Vengo con un encargo urgente de mi padre —anunció.

De una manera regia y condescendiente, Gordo escuchó a su interlocutor. Con su actitud daba a entender: Vos podéis ser el heredero de Aragón, pero durante vuestra ausencia yo me he convertido en Rey de Zaragoza.

Dominando su enojo, continuó Fernando:

—Vuestro Rey necesita urgentemente hombres, armas y dinero.

Gordo inclinó la cabeza con gesto insolente.

—El pueblo de Zaragoza no tolerará más impuestos.

—¿No obedecerá el pueblo de Zaragoza la orden de su Rey? —la voz de Fernando era de seda.

—Ha habido una revuelta en Cataluña, Alteza, podría haberla en Zaragoza.

—¡Aquí..., en el corazón de Aragón! Los aragoneses no son catalanes. Serán leales a su Rey, bien lo sé.

—Vuestra Alteza ha estado ausente mucho tiempo.

Fernando observaba a la gente en las calles. ¿Habrían cambiado?, se preguntaba. ¿Qué sucedía cuando un hombre como Ximenes Gordo se adueñaba así de una ciudad? Había habido demasiadas guerras, ¿cómo podía un Rey gobernar bien y con prudencia sus dominios, para tener así la seguridad de conservarlos, cuando debía pasarse tanto tiempo lejos de ellos? Eso hacía que los pícaros se apropiaran del poder y ejercieran sobre las ciudades descuidadas un desviado control.

—Debéis informarme de lo que ha venido sucediendo durante mi ausencia —dijo Fernando.

—Será un placer para mí hacerlo, Alteza.

Aunque habían pasado varios días en el palacio de Zaragoza, Fernando no conseguía concretar con éxito su misión. Parecía como si Ximenes Gordo y sus amigos obstruyeran cada uno de sus movimientos.

Eran los dueños de la ciudad. Gordo había designado a sus partidarios en todos los cargos importantes. Los ciudadanos con riquezas se veían continuamente robados por él. Su poder era inmenso; fuera donde fuese, lo acogían los vítores del gran ejército de los mendigos. Al no tener nada, les encantaba ver cómo los ciudadanos laboriosos eran despojados de sus posesiones.

Fernando escuchó todos los informes de sus espías. Se quedó atónito al comprobar la influencia de Gordo sobre la ciudad. Había oído hablar de su creciente poder, pero no había imaginado que pudiera llegar a ese extremo.

Gordo no se inquietaba ante la visita del heredero del trono, a tal punto estaba convencido de sus propias fuerzas; y si se llegaba a una confrontación armada entre ambos, el ganador sería él. Sus amigos se beneficiaban de su falta de escrúpulos, y no querrían ciertamente volver al rigor de las leyes y de la justicia. Gordo no tenía más que llamar al populacho y a los mendigos, que acudirían en su ayuda, y tendría a sus órdenes una turba belicosa.

—Sólo me queda un camino —terminó por decir Fernando—, arrestar a ese hombre. Debo demostrarles, a él y al pueblo, quién es aquí el amo. Mientras no lo tenga prisionero no podré reunir el dinero para mi padre, y no tenemos tiempo que perder.

Alteza —le advirtieron sus consejeros—, si arrestáis a Gordo, la chusma invadirá el palacio. Vuestra propia vida puede correr peligro. Tras él están la hez de Zaragoza y los pícaros de sus amigos. No podemos hacer nada.

Fernando guardó silencio e hizo salir a sus consejeros, pero su mente siguió en actividad.

Gordo estaba con su familia cuando le llegó el mensaje del príncipe.

—Nuestro orgulloso principito ha cambiado de tono —exclamó al leerlo—. Me ruega que lo visite en el palacio. Desea hablar conmigo de un asunto urgente; decirme algo que no quiere exponer a nadie más.

Echando atrás la cabeza, prorrumpió en carcajadas.

—¡Conque nuestro Fernandito quiere entrar en razones! —continuó—. ¡El gallito de riña! ¿Acaso es más que un muchacho? Dicen que en Castilla es él quien lleva las faldas. Si doña Isabel puede llamarlo al orden en Castilla, lo mismo Ximenes Gordo en Zaragoza.

Alegremente, se despidió de su mujer y sus hijos, pidió su caballo y se dirigió a palacio.

—¡Buena suerte, don Ximenes Gordo! —lo saludaba la gente por las calles—. ¡Qué Dios os dé larga vida!

El respondía a los saludos inclinando graciosamente la cabeza. Después de todo, para ser Rey de Zaragoza, lo único que le faltaba era el título.

Al llegar al palacio arrojó las riendas de su cabalgadura a un mozo. Aunque el muchacho era uno de los sirvientes de palacio, saludó a don Ximenes Gordo con una gran reverencia.

El visitante rebosaba de orgullo al entrar en el edificio. Debería ser él quien viviera allí, y ¿por qué no hacerlo?

No había motivo para no anunciar al joven Fernando: «He decidido establecer aquí mi residencia. Vos tenéis vuestro hogar en Castilla, príncipe mío; ¿por qué no os vais? Doña Isabel, la Reina de Castilla, estará encantada de dar la bienvenida a su consorte. Vaya, príncipe, si bien puede ser que allá en Castilla os espere una bienvenida mucho más jubilosa que la que podréis encontrar jamás aquí, en Aragón».

Y ¡qué placer sería ver retroceder a ese joven fanfarrón cuando comprendiese la verdad de estas palabras!

Los sirvientes se inclinaban ante él, y él se imaginaba que lo hacían con la mayor de las obsequiosidades. Oh, no le cabía duda, Fernando estaba derrotado y se había dado cuenta de quién mandaba.

Fernando estaba esperándolo en el salón de audiencias. No parecía tan humilde como Gordo había esperado. Pero, pensó el invitado, a un joven arrogante por naturaleza se le hacía difícil adoptar un porte de humildad. Aprendería. Gordo se deleitó de ver a Fernando, derrotado, alejándose desconsoladamente de Zaragoza.

A su reverencia, Fernando contestó con voz suave, conciliadora.

—Fuisteis muy amable al acudir con tal prontitud a mi llamada.

—Vine porque tengo algo que decir a Vuestra Alteza.

—Primero —dijo Fernando con la misma suavidad— os ruego seáis vos quien me escuchéis.

Gordo se mostró dispuesto a considerar la propuesta, pero ya Fernando lo había tomado del brazo con un gesto familiar. Como si lo considerara un igual, pensó el recién llegado.

—Venid —lo invitó Fernando—, en mi antecámara estaremos más tranquilos, y vamos a necesitar tranquilidad.

Abrió una puerta y, suavemente, empujó al otro al interior de la habitación contigua. La puerta se había cerrado ya tras ellos cuando Gordo se dio cuenta de que no estaban solos.

Al mirar a su alrededor, se pusó pálido en segundos: no podía creer lo que veían sus ojos. La habitación había sido convertida en un patíbulo. Allí estaban el cadalso, la cuerda, y el enmascarado, el verdugo. Junto a él estaba un sacerdote y en la habitación había también varios guardias.

Los modales de Fernando habían cambiado; los ojos le brillaban cuando se dirigió secamente a Ximenes Gordo.

—Don Ximenes Gordo, no tenéis mucho tiempo para poneros en paz con vuestra conciencia, y tenéis sobre ella muchos pecados.

Gordo, el matasiete, había perdido de pronto toda su arrogancia.

—No..., no puede ser —gimió.

—Pues será —le respondió Fernando.

—Esa cuerda es para..., para...

—Lo habéis adivinado. Es para vos.

—Pero, condenarme así..., ¡sin proceso! ¿Es esto justicia?

—Es mi justicia —declaró fríamente Fernando—. Y en ausencia de mi padre, yo mando en Aragón.

—Exijo ser sometido a proceso.

—Mejor haríais en preocuparos por la salvación de vuestra alma. Vuestro tiempo es breve.

—No me someteré...

Fernando hizo una señal a los guardias, y dos de ellos se adelantaron para sujetar a Gordo.

—Os ruego... Tened piedad —imploró el prisionero.

—Por grato que me sea oíros —respondió Fernando—, no habrá misericordia para vos. Vais a morir, y sin demora. Es la recompensa por vuestros crímenes —hizo una seña al sacerdote—. Este hombre os necesita con urgencia, y el tiempo pasa.

—En ocasiones serví fielmente a vuestro padre —le recordó Gordo.

—Eso fue antes de perderos en vuestra arrogancia —respondió Fernando —, pero no caerá en el olvido. Vuestra mujer y vuestros hijos recibirán mi protección por los servicios de antaño, prestados a mi padre. Ahora decid vuestras oraciones, si no queréis abandonar esta tierra cargado con vuestros múltiples crímenes.

Gordo cayó de rodillas; el sacerdote se arrodilló junto a él.

Fernando los observaba.

Pasado un rato, hizo una seña al verdugo para que cumpliera con su tarea.

En las calles de Zaragoza reinaba el silencio. La noticia había circulado en las casas y refugios frecuentados por el populacho. Se produjeron arrestos entre los más destacados partidarios de Gordo.

En la plaza del mercado apareció colgado el cuerpo de un hombre, para que todos vieran la suerte de quienes se mofaban de la autoridad de los gobernantes de Aragón.

¡Gordo! Parecía increíble. Allí estaba el hombre, antes tan seguro de poder mandar en Zaragoza y que ahora era un cadáver descompuesto.

Cuando el joven príncipe de Aragón recorría a caballo las calles de Zaragoza, había quienes evitaban su mirada, pero también muchos lo vivaban. Se habían equivocado al juzgarlo. Lo habían considerado un jovenzuelo incapaz siquiera de ocupar su lugar en Castilla, pero estaban en un error. Independientemente de lo que sucediera en Castilla, Fernando era, en ausencia de su padre, el señor de Aragón.

Los vítores empezaron a subir de tono.

—¡Don Fernando para Aragón!

Fernando comenzaba a creer en la posibilidad de terminar con éxito la tarea en Zaragoza. Había sido despiadado, había hecho caso omiso de la justicia, pero los tiempos eran difíciles y, cuando se trataba con hombres de la calaña de Gordo, se debía combatirlos con las mismas armas que ellos usaban.

Hasta ese momento, lo acompañaba el éxito, y eso era lo importante ahora.

El dinero que necesitaban tan desesperadamente empezaba a llegar, y si fue menos de lo que habían esperado, se debía a la pobreza del pueblo, no a su mala disposición.

Fernando no tardaría en volver junto a su padre, y de camino, volvería a visitar a su pequeño Alonso.

Presurosos, acuciados por el temor de encontrarse con que Fernando ya había partido, llegaron a Zaragoza mensajeros de Castilla.

Fernando los hizo conducir inmediatamente a su presencia.

Se quedó pensativo al leer la carta de su mujer. El mensaje resultó tanto más efectivo cuanto que Isabel era, por naturaleza, tan calma.

Le pedía en él su regreso sin demora. Estaban a punto de producirse disturbios en Castilla. Un ejército se preparaba para marchar contra la Reina. Eran muchos y poderosos los nobles castellanos que se habían pasado al campo enemigo.

Insistían en que Isabel no era la heredera legítima de la corona. Era medio hermana del difunto rey Enrique, que no había dejado hijos. Pero tenía una hija. Muchos la consideraban ilegítima, incluso era conocida por el apodo de la Beltraneja, porque su padre era, casi con certeza, Beltrán de la Cueva, duque de Alburquerque.

Los rebeldes querían ahora que fuera la Beltraneja quien ocupara el trono de Castilla, y existía la posibilidad del apoyo de Portugal a los conjurados.

Castilla estaba en peligro. Isabel estaba en peligro. En momentos así, necesitaba de la habilidad y la experiencia militar de su marido.

Le escribía: «En este momento mi necesidad de contar con vos es mayor que la de vuestro padre».

Fernando se la imaginaba, arrodillada en su reclinatorio, o estudiando cuidadosamente la situación con sus consejeros. Ella jamás habría escrito semejante cosa, de no haberla sentido de todo corazón.

—Preparaos para salir inmediatamente de Zaragoza —ordenó a sus ayudantes—. Preciso mensajeros para hacer saber a mi padre que su ayuda está en camino. En cuanto a mí y a todos vosotros, partimos sin demora hacia Castilla.

# 2

# ISABEL

Isabel, Reina de Castilla, levantó la vista de la mesa ante la cual estaba escribiendo. En sus serenos ojos azules se leía un calmo regocijo. Quienes la conocían se preguntaban si sería verdad la sospecha. Durante las últimas semanas estaba un poco más plácida que de costumbre, irradiaba una secreta alegría. Posiblemente la Reina de Castilla tuviera un secreto, y tal vez quisiera guardarlo para ella sola, mientras no pudiera compartirlo con su marido.

Las damas de honor susurraban entre ellas.

—¿Podría ser verdad? ¿Estará embarazada la Reina?

Juntas las cabezas, se perdían en cálculos y conjeturas. Sólo habían pasado unas semanas desde la partida de Fernando, para reunirse con su padre.

—Roguemos que sea verdad —se decían las mujeres—, y que esta vez sea un varón.

También Isabel, mientras estudiaba los papeles de su mesa, se decía lo mismo: «Que esta vez sea un varón».

Se sentía muy feliz.

El destino para el cual se había preparado iba ralizándose: después de años de espera, de continuos riesgos, y de temores de que no no concretara el matrimonio planeado desde su niñez, estaba ya casada con Fernando.

Pese a todo, en buena parte gracias a su propia determinación (y la de Fernando y su familia), el matrimonio se había realizado. A la muerte del padre de Fernando, éste sería Rey de Aragón, y así quedarían unidas las coronas de Aragón y de Castilla. Aparte de la reducida provincia ocupada por los moros, se podría decir que Isabel y Fernando eran Reyes de España.

Indudablemente, era la realización de un sueño.

Fernando, su marido, un año menor, apuesto y viril, era todo lo que Isabel esperaba encontrar en él..., o casi. Admitía que no aceptaba de muy buen grado algo: la Reina de Castilla era ella, y él, consorte. Pero con el tiempo lo aceptaría; Isabel no permitiría una brecha entre ambos. Su matrimonio tenía que ser perfecto, en todo sentido. Ella le pediría consejo en todo, y si alguna vez tomaba una decisión en contra de él, lo haría con el mayor tacto, procurando persuadirlo antes para que coincidiera con ella.

Isabel sonrió, afectuosa.

Querido Fernando... La separación le dolía a él tanto como a ella, pero era su deber acudir en ayuda de su padre cuando éste lo necesitaba. El confesor de Isabel, Tomás de Torquemada, desde que le impartía instrucción religiosa, le decía: fuera cual fuese el rango, lo primero es el deber.

Volvió a sonreír cuando un asistente le anunció la solicitud del cardenal don Pedro González de Mendoza de una entrevista, y ordenó que lo hicieran pasar sin demora.

Al acercarse, el cardenal la saludó con una profunda reverencia.

—Bienvenido —lo saludó Isabel—. Se os ve preocupado, cardenal. ¿Algo anda mal?

El cardenal contestó sin apartar los ojos de los servidores de la habitación.

—Confío en que Vuestra Alteza esté bien, y entonces todo andará bien para mí —respondió—. Vuestra Alteza parece gozar de excelente salud.

—Así es —confirmó Isabel—. Ya había comprendido, disponiéndose a hacer salir a sus camareras.

Era evidente, el cardenal iba a decirle algo, pero no en presencia de terceros, y tampoco quería que se supiera que venía en misión de gran secreto.

La propia Isabel se sorprendió al advertir que estaba cada vez mejor dispuesta hacia ese hombre.

Era Cardenal de España y, aunque fuera el cuarto hijo del marqués de Santillana, era tan talentoso y había logrado una situación tan elevada que se había convertido en cabeza de la poderosa familia de los Mendoza.

Atraía a su palacio de Guadalajara a los hombres más influyentes de España, y los persudía a favor o en contra de la Reina.

Se vivían tiempos peligrosos, y el mayor deseo de Isabel era conseguir que la ley y el orden imperaran en CastilIa. Educada en esa creencia, algún día, ése habría de ser su deber; ella, con la escrupulosidad propia de su naturaleza, estaba decidida a gobernar bien su país. Si había un estado capaz de arruinar a un país, era la guerra. Isabel deseaba de todo corazón llevar la paz a Castilla, y, con la ayuda de hombres como el cardenal Mendoza, le sería posible lograrlo.

El cardenal era hombre de excepcional apostura, dotado de gracia y encanto. Andaba por la cuarentena y, pese a su vinculación con la Iglesia, jamás había llevado vida de eclesiástico. Tenía demasiado amor a los placeres de la vida y no le parecía prudente ni sabio privarse de ellos.

La abstinencia estrecha la mente y reseca el alma, solía decir. La hipocresía era el destino que acechaba a quienes negaban a su cuerpo el cotidiano y anhelado alimento; el hombre que de vez en cuando se permite algún placer, también será más indulgente con los demás, y crecerá dentro de él una bondadosa tolerancia, en lugar del fanatismo que tantas veces se ha canalizado en crueldad.

Con estos argumentos tranquilizaba su conciencia, disfrutaba del vino y la buena mesa, y había llegado a tener varios hijos ilegítimos.

Eran pecados, pensó Isabel, que no lo afeaban mucho. Aunque ella los deploraba, había veces —que irían haciéndose más frecuentes— que debía aceptar un compromiso y, por el bien del país, dominar su natural repugnancia.

Necesitaba tener de su parte a ese hombre tolerante, encantador e inteligente.

Cuando se quedaron solos, el cardenal habló.

—He venido a advertir a Vuestra Majestad que hay alguien que, mientras finge ser vuestro amigo, está haciendo planes para pasarse a las filas de vuestros enemigos.

—Creo que conozco su nombre —expresó Isabel, con un lento gesto de asentimiento. El cardenal Mendoza dio un paso más hacia ella.

—Alfonso Carrillo, arzobispo de Toledo —precisó.

—Es difícil creerlo —suspiró Isabel, con tristeza—. Recuerdo la forma como me defendió; en esos momentos podría yo haber caído prisionera de mis enemigos. No sólo habría significado ir a prisión sino que, indudablemente, una dosis de veneno habría puesto fin a mi vida. Pero Carrillo acudió a salvarme, y no estaría yo viva, ni ocuparía el lugar que ocupo, si no fuera por el arzobispo de Toledo.

—Vuestra Alteza debe mucho a ese hombre. Pero su objetivo al ayudaros a alcanzar la corona era, aunque vos la ciñerais, gobernar él por vuestro intermedio.

—Eso lo sé; la ambición es su gran fallo.

—Tened cuidado, Alteza, con ese hombre. No debéis compartir con él asuntos de gran secreto. Recordadlo: en este momento vacila, pera la semana próxima..., mañana quizás, puede estar ya con vuestros enemigos.

—Tendré en cuenta vuestras palabras —le aseguró Isabel—. Ahora os ruego permanezcáis un momento conmigo para leer estos documentos.

Mientras el cardenal así lo hacía, Isabel, observándolo, se preguntaba: «¿Habré ganado el apoyo de este hombre, sólo para perder el de quien tanto y tan bien me sirvió en el pasado?».

Alfonso Carrillo, arzobispo de Toledo, esperaba. Y se impacientaba.

Era intolerable, decíase, que a él lo hiciera esperar. Debería ser suficiente que él desease verla para que se dispusiera a recibirlo, aun si tenía que despedir a cualquier otra persona.

—¡Qué ingratitud! —murmuraba, mientras se paseaba de un lado a otro—. Ha olvidado cuanto hice por ella. Desde que ese joven fanfarrón de Fernando se empeñó en demostrar ser más poderoso, ha envenenado contra mí el ánimo de la Reina. Y Mendoza ha ocupado junto a ella mi lugar.

Entrecerró los ojos. Hombre de temperamento colérico, su personalidad se habría adaptado mejor a un campamento militar que a la Iglesia. Pero, en su condición de arzobispo de Toledo, era el Primado de España y estaba decidido a mantener su predominio; aunque se enorgulleciera de haber sido él quien llevara a Isabel al trono, si ella se negaba a reconocer que la persona más importante de Castilla no era la Reina, ni su consorte ni el cardenal Mendoza, sino Alfonso Carrillo, también sería él quien, así como la había ayudado a subir al trono, no vacilaría en arrojarla de él.

Carrillo estaba dispuesto a la lucha. Sus ojos echaban chispas.

Con ese talante esperaba. Cuando finalmente la Reina estuvo dispuesta para recibirlo, se encontró con el cardenal Mendoza, que salía de las habitaciones de Isabel.

Se saludaron con frialdad.

—Llevo largo tiempo esperando —reprochó el arzobispo.

—Os ruego me perdonéis, pero hablaba con la Reina de asuntos de Estado.

El arzobispo no se detuvo más; no era propio entre hombres de la Iglesia un trato violento, pero su estado de ánimo lo era.

Cuando entró en la sala de audiencias, Isabel le sonrió con aire de disculpa.

—Lamento que os hayáis visto obligado a esperar tanto —lo saludó, conciliadora.

—También yo lo lamento —respondió secamente el arzobispo.

Isabel pareció sorprendida, pero el arzobispo se consideraba acreedor a especiales privilegios.

—La espera ha terminado, señor, os ruego pasemos al asunto que os interesa.

—Parecería que Vuestra Alteza prefiere discutir los asuntos de Estado con el cardenal Mendoza.

—Es una suerte para mí contar con tantos y tan brillantes consejeros.

—Alteza, he venido a deciros que no puedo seguir sirviéndoos mientras os valgáis también de los servicios del cardenal.

—Señor, vais demasiado lejos.

El arzobispo la miró con arrogancia: seguía viéndola como la joven princesa que una vez había recurrido a su ayuda. Recordó cómo él, Carrillo, había erigido en Rey de Castilla al joven Alfonso, hermano de Isabel, mientras aún vivía Enrique IV, y cómo a la muerte de Alfonso se había ofrecido a llevar al trono a la infanta; pero había sido ella quien, sin estridencias, le recordó que no podía ser Reina mientras todavía viviera el legítimo Rey, su medio hermano Enrique.

¿Había olvidado Isabel cuánto le debía?

—Os ruego, Alteza, volved a considerar este asunto —murmuró el arzobispo.

—Mi deseo no es, ciertamente, que os alejéis.

—La elección corresponde a Vuestra Alteza.

—Pues mi elección es que os quedéis. Refrenad vuestra animosidad hacia el cardenal. Si vos sois amigo del cardenal, estoy segura de que él lo será vuestro.

—Alteza, hace mucho tiempo que no visito mis propiedades en Alcalá de Henares. Es posible que en breve os pida permiso para retirarme de la corte y permanecer un tiempo en ellas.

Isabel sonrió dulcemente; no creía que la intención del arzobispo fuera, en modo alguno, retirarse.

—Sois demasiado importante aquí para que os lo permitamos —le contestó, y Carrillo pareció aplacarse.

Sin embargo, el arzobispo no estaba satisfecho. Día a día veía cómo el cardenal iba ganándose la confianza de la Reina, y pocas semanas después de la entrevista que había mantenido con Isabel, buscó la excusa para retirarse de la corte.

No tenía, naturalmente, la menor intención de retirarse a sus propiedades. Si Isabel se negaba a ser un títere en sus manos, tendría que poner en lugar de ella a alguien que lo aceptara.

En España había hombres que no estaban satisfechos con la sucesión de Isabel, y estarían dispuestos a rendir homenaje como Reina a la joven princesa Juana, la Beltraneja..., en cuya ilegitimidad muchos preferían no creer. Si Juana era hija legítima del difunto Rey, era ella y no Isabel quien debía ocupar el trono de Castilla.

El arzobispo reunió en su casa a algunos hombres dispuestos a la rebelión, entre ellos el marqués de Villena, el joven hijo de un sobrino del arzobispo que, antes de morir, había desempeñado un papel tan importante como el del propio Carrillo en las vicisitudes políticas del país. Aunque como intrigante el actual marqués no alcanzara el brillante nivel de su padre, se destacaba como soldado ávido de batallas. Propietario de vastas extensiones en Toledo y en Murcia, era hombre rico y, por ende, capaz de garantizar el apoyo de esas provincias.

Otros conjurados eran el marqués de Cádiz y el duque de Arévalo.

Todos reunidos, cuando nadie podía oírlos, el arzobispo anunció sus planes.

—Isabel ha asumido las coronas de Castilla y de León —empezó—, pero, al parecer, en el país hay dudas de su derecho a ellas. Muchos verían con regocijo a la princesa Juana ocupando su lugar.

Se oyeron murmullos de aprobación. Ninguno de los presentes había recibido grandes honores de Isabel. Si la princesa Juana, apenas de doce años, era aceptada como Reina de Castilla, habría inevitablemente una regencia, que significaba altos cargos para muchos de ellos.

Los ojos brillaban, las manos se cerraban sobre el pomo de las espadas. Realmente, una regencia podía ser algo muy deseable.

—Me parecen muy sospechosos esos esfuerzos por declarar ilegítima a la princesa Juana —declaró el arzobispo; nadie le recordó que poco tiempo atrás él había sido uno de los que con más pasión proclamara la ilegitimidad de Juana y el derecho de Isabel al trono.

Pero las circunstancias habían cambiado. Fernando había intentado pasar por encima de él: Isabel había desplazado su interés hacia el cardenal Mendoza, y por consiguiente, el arzobispo había decidido cambiar de opinión.

—Señor arzobispo —pidió Villena—, os ruego nos digáis qué planes tenéis para destronar a Isabel e instalar en su lugar a Juana.

—Sólo hay una manera de lograrlo, amigo mío: con la espada —replicó el arzobispo.

—Sería necesario reunir un ejército —sugirió Arévalo—. ¿Será posible hacerlo?

—Debe ser posible —afirmó el arzobispo—. No podemos permitir a una usurpadora ocupando el trono.

Sonrió a todos los presentes.

—Sé lo que estáis pensando, amigos míos. Isabel se ha ganado muchas lealtades, y Fernando tiene parentesco con muchas familias castellanas. Podría ser difícil reunir un ejército. Sin embargo, lo haremos. Tengo además otros planes, referentes a la princesa Juana. No olvidéis que esa niña es parte de nuestros proyectos.

—No me imagino a la joven princesa participando en el combate —objetó Villena.

—Me tomáis demasiado al pie de la letra, marqués, respondió el arzobispo—. No creeréis que os he traído aquí sin nada que ofreceros, espero. La princesa será el señuelo que podemos ofrecer, y por el cual podemos atraer a nuestro campo poderosas fuerzas. Me propongo despachar inmediatamente una embajada. Amigos míos, bajemos la voz y acerquemos más aún nuestras cabezas, incluso aquí puede haber espías. Ahora os daré a conocer mis planes, que se refieren a Portugal.

Muchos de los presentes empezaron a sonreír. Ya se veía hacia dónde apuntaban los planes del arzobispo.

Hubo gestos de asentimiento.

Suerte tenemos, pensaban todos, el arzobispo está de nuestra parte. Qué descuido el de Isabel al haber perdido una amistad que podía significarle otra, mayor: el trono de Castilla.

Alfonso V de Portugal había escuchado con gran interés las proposiciones que le habían sido planteadas por la facción secreta de Castilla, encabezada por el arzobispo de Toledo. Hablaba del asunto con su hijo, el príncipe Juan.

—Pues bien, padre —expresó el príncipe—, en mi opinión, sólo buenos resultados podemos esperar de esto.

—Pero significará la guerra con Castilla, hijo mío. ¿Lo habéis tenido en cuenta?

—Si habéis tenido éxito en vuestras batallas contra los berberiscos, ¿por qué no tenerlo en Castilla?

—¿Habéis considerado las fuerzas que podrían oponérsenos?

—Sí, y también he pensado en las ganancias.

Alfonso sonrió, mirando a su hijo. Juan era ambicioso, anhelaba el bien de Portugal. Si sus planes tenían éxito, Castilla y Portugal se unificarían. Existiría la posibilidad de que, finalmente hubiera un solo gobierno en la península ibérica, el de Portugal.

La oferta era tentadora.

Pero algo más hacía sonreír a Alfonso.

Alguna vez, había pensado en casarse con Isabel. Su hermana, Juana de Portugal, estaba casada con Enrique IV de Castilla, medio hermano de Isabel. Juana era veleidosa, y Alfonso le había hecho reiteradas advertencias. Estaba muy bien que una Reina con un marido como Enrique tuviera de vez en cuando un amante; pero Juana debería haberse asegurado de que no producía escándalo alguno hasta mucho después del nacimiento de la heredera del trono. Juana se había descuidado. De resultas, se sospechaba que la sobrinita de Alfonso —también llamada Juana— no era hija del rey Enrique, sino de Beltrán de la Cueva, duque de Alburquerque; más aún, a la niña se le había aplicado el mote de «la Beltraneja», con el cual seguían designándola. Juana había sido declarada ilegítima. y la Reina de Castilla era Isabel. Pero esa situación podía no mantenerse, y si Alfonso decidía ir a la guerra, decididamente así ocurriría.

Grande ofensa Isabel le había infligido. El Rey de Portugal recordaba con enojo la ocasión en que fue a Castilla con la intención de comprometerse con ella, y la infanta se había negado.

Era un insulto que se hubiera declarado adversa a aceptarlo como cortejante, y hubiera recurrido a la ayuda de las Cortes para eludir el matrimonio. Era demasiada humillación para el Rey de Portugal.

Por eso sería un placer para Alfonso despojar a Isabel de su trono y ceñir la corona en las sienes de su sobrinita.

Ahora, era su hijo quien le sonreía.

—Pensad, padre, que cuando la pequeña Juana sea Reina de Castilla, y vuestra prometida, seréis vos el señor de Castilla.

—Pero es mi sobrina.

—¡Qué importancia tiene! El Santo Padre no pondrá dificultades para conceder la dispensa, y menos cuando vea un gran ejército.

—¡Y apenas tiene doce años!

—No es propio de un novio quejarse de la juventud de su prometida.

—Sometamos el asunto al Consejo —decidió Alfonso—. Si ellos están de acuerdo, daremos nuestra respuesta al arzobispo de Toledo y a sus amigos.

—Y si despistados no advirtieran las ventajas de una situación así —agregó el príncipe—, sería nuestro deber, padre, insistir ante ellos para que aceptaran nuestra decisión.

La pequeña Juana estaba perpleja. Desde muy niña había observado algo raro en sus circunstancias. A veces la llamaban Alteza, a veces Infanta, a veces Princesa, de modo que nunca estaba segura del rango que le correspondía.

Cuando estaban juntos, su padre había sido bondadoso con ella, pero ahora había muerto. Hacía mucho tiempo que la princesita no veía a su madre cuando le llegó el anuncio de ir a reunirse con ella en Madrid.

A la muerte de su padre, Juanita se enteró de que su tía Isabel había sido proclamada Reina de Castilla: la propia Isabel había ordenado que Juana tuviera su propia casa y viviera con la dignidad qeu correspondía a una princesa de Castilla. Juana sabía que Isabel era bondadosa, no tenía nada que temer de su parte mientras nadie afirmara que ella, Juana, era la hija legítima del Rey.

¿Pero acaso podía una niña de doce años impedir que la gente dijera lo que quisiera?

Juana vivía en el terror de que algún día se presentaran ante ella hombres importantes, y la privaran de la paz de su existencia, hecha de libros y música; se arrodillarían a sus pies, jurándole fidelidad y dispuestos a servirla hasta el sacrificio de su vida.

La princesa no quería eso. Quería vivir en paz, no rodeada de hombres que la asustaran.

Pero ahora iba a ir a Madrid, su madre la había llamado.

Juana había oído contar muchas cosas de su madre: que era muy hermosa, y que cuando llegó a Castilla para casarse con el Rey, aunque sus modales parecieran frívolos si se los juzgaba con las normas castellanas, a nadie se le había ocurrido que la nueva Reina sería responsable de una de las controversias más apasionadas y peligrosas que afectarían a la sucesión de Castilla.

En el centro mismo de tal controversia estaba ella, la princesa Juana. La idea era alarmante.

La princesita había visto con frecuencia al hombre de quien se decía que era su padre. Alto y de muy buen porte, hombre importante y militar valeroso, no era el marido de su madre, de ahí todas las complicaciones.

Cuando viera a su madre aprovecharía para pedirle que le dijera sinceramente la verdad: si su padre era Beltrán de la Cueva, duque de Alburquerque. Juanita daría amplia difusión al hecho, y no permitiría que, en lo sucesivo, nadie insistiera sobre sus derechos al trono.

La empresa era ardua para una niña de doce años, y la princesita temía que le faltaran decisión y audacia para llevarla a la práctica, pero era necesario llegar a alguna definición para vivir en paz.

Mientras viajaba hacia la finca de su madre en Madrid, temblaba al pensar con qué podría encontrarse, pues más de una vez había escuchado las susurradas murmuraciones de sus sirvientes respecto a su tipo de vida en Madrid. Al separarse del Rey, Juana se había instalado allá en una casa ostentosa y extravagante, donde, al parecer, se realizaban con frecuencia fiestas escandalosas.

Juana creía que tenía varios hermanos de ambos sexos; sin embargo, tenían más suerte que ella. Compartían el estigma de la ilegitimidad, pero nadie sugería que tuvieran el más remoto derecho al trono.

La alarma la inundaba: ¿a qué clase de casa se dirigía? Con su pequeña comitiva cabalgaba a lo largo del valle del Manzanares. A los ojos de Juana la llanura en torno de ellos tenía algo de sombrío y ominoso. En el camino a la ciudad iba dejando a sus espaldas las sierras distantes, y al entrar en Madrid se encontraron con una partida de jinetes.

El que las capitaneaba se acercó a Juana saludándola con una inclinación de cabeza, y dijo haber estado esperando su llegada.

—Debo conduciros a presencia de vuestra madre, la Reina, princesa —le dijo—. Se ha retirado a un convento en Madrid; sería aconsejable que os reunierais con ella sin demora.

—Mi madre..., ¡en un convento! —exclamó Juana. Era el último lugar donde esperaba encontrar a la mujer alegre y frívola que era su madre.

—Le pareció prudente descansar allí durante un tiempo —respondió el hombre—. La encontraréis muy cambiada.

—Pero ¿por qué se ha retirado a un convento? —quiso saber la niña.

—Ella misma os lo explicará —fue la respuesta.

Tras cabalgar un tiempo por la ciudad, llegaron al convento, donde Juana fue recibida con gran respeto por la madre superiora.

—Estáis fatigada, princesa —díjole la religiosa—, pero sería deseable que vinierais sin demora a ver a la Reina.

—Llevadme a presencia de ella, os lo ruego —pidió Juana.

Por una helada escalera de piedra, la madre superiora la condujo hasta una celda, donde apenas si había algo más que una cama y un crucifijo colgado en la pared; allí estaba Juana, princesa de Portugal, Reina viuda del difunto Enrique IV de Castilla.

La niña se arrodilló junto al lecho de su madre y allí, de rodillas, al ver la pálida sonrisa de Juana, supo que era la cercanía de la muerte lo que había empujado a su madre al arrepentimiento.

—Ya ves, pues —dijo la Reina viuda de Castilla a su hija, sentada ahora junto a su cama—, que no me queda mucho tiempo de vida. ¿Quién habría pensado que tardaría tan poco en seguir los pasos de Enrique?

—Oh, madre, si vivís y descansáis aquí, es posible que os recuperéis y podáis aún vivir muchos años.

—No, hija mía, no es posible. Estoy agotada, exprimida. He vivido plenamente y sin reservas, y ahora pago el precio correspondiente. Aunque me arrepienta, si volviera a ser joven, si sintiera dentro de mí bullir la vida, la tentación volvería a hacérseme irresistible.

—Sois demasiado joven para morir, madre.

—Y sin embargo, mi vida ha sido plena. He tenido amantes..., hija mía, tantos que ni a la mitad puedo recordar. Fue una vida de emociones..., una vida de placeres. Pero ahora, se me va.

—Madre, Castilla ha pagado muy caros vuestros placeres.

En el rostro de la Reina viuda apareció una sonrisa entre perversa y divertida.

—Pues así no me olvidarán. Yo, la Reina extraviada, contribuí a dar forma al futuro de Castilla, ¿no es eso?

La princesa se estremeció.

—Madre, hay una pregunta. Es importante que yo sepa la verdad, pues muchas cosas dependen de ella.

—Ya sé qué es lo que piensas, hija mía. Estás haciéndote la misma pregunta que se hace toda Castilla. ¿Quién es tu padre? Es la cuestión más importante de Castilla.

—Lo importante es la respuesta —corrigió suavemente la pequeña Juana—, y quiero saberla, madre. Si no soy hija del Rey, debería retirarme a un convento como éste, y pasar en él una larga temporada de calma.

—¡Retirarte a un convento! ¡Eso no es vida!

—Madre, os ruego me lo digáis.

—Si te dijera que Enrique era tu padre, ¿qué harías?

—Sólo podría hacer una cosa, madre. Sería la legítima Reina de Castilla, y mi obligación, ascender al trono.

—Y entonces... ¿Isabel?

—No le quedaría otra alternativa que entregármelo.

—¿Y crees tú que lo haría? Bien se ve que no conoces a Isabel, ni a Fernando... Ni a todos los que están decididos a darles su apoyo.

—Madre, decidme la verdad.

La Reina viuda sonrió.

—Me siento muy débil —murmuró—. Te la diré luego, si puedo. Aunque..., ¿cómo podría yo misma estar segura? A veces creo que te pareces al Rey; en ocasiones me haces pensar en Beltrán. Beltrán era un hombre muy apuesto, hija. El más apuesto de la corte. Y Enrique... Oh, qué lejano parece todo. Lo veo entre nieblas, hija mía, no puedo recordar... Estoy tan cansada. Quédate un momento quieta, mientras intento pensar. Dame la mano, Juana. Más tarde me acordaré de..., de quién es el padre de mi Juana. ¿Sería Enrique? ¿O Beltrán?

Con ojos implorantes, la niña se arrodilló junto a la cama.

—Debo saberlo, madre. Debo saberlo.

Pero la Reina viuda había cerrado los ojos.

—¿Fuiste tú, Enrique? Beltran, ¿fuiste tú? —murmuraron sus labios.

Después se quedó dormida. Tan pálido e inmóvil estaba su rostro que la pequeña Juana pensó que había muerto.


La Reina viuda de Castilla descansaba ya en su tumba. Juana permaneció en el convento. Al oír doblar las campanas, las lúgubres notas le dijeron que ya nunca sabría la respuesta.

La paz del convento se cerraba en torno de ella, como si la protegiera del mundo exterior, donde poderosas tormentas se preparaban; tormentas de las cuales ella no podía escapar. Por eso, la paz del convento parecíale doblemente atrayente.

Todas las mañanas se preguntaba si aquél sería el último día en que podría disfrutar de semejante calma.

Pasaban las semanas, y tal vez se había angustiado innecesariamente. En muchas ciudades de Castilla habían proclamado ya Reina a Isabel. El pueblo la admiraba; junto a Fernando, ella era la más indicada para ser su Reina. Quizá el pueblo de Castilla estuviera tan ansioso de paz como Juana. Tal vez ahora deseosa de olvidar a Juana, la mujer de Enrique IV de Castilla, había tenido una hija, podía— o no— ser hija del Rey.

Dos nobles llegaron a caballo al convento. Los traía una misión muy secreta: deseaban tener una audiencia con la princesa Juana.

Tan pronto como los visitantes fueron llevados a su presencia, se hicieron anunciar como el duque de Arévalo y el marqués de Villena. Para ella se acababa la paz.

Los dos hombres se inclinaron profundamente y con humildad.

—Tenemos una gran noticia para vos, princesa. A ella se le fue el alma a los pies antes de que se la dijeran ya sabía hacia dónde apuntaba la noticia. Lo leyó en el brillo ambicioso de los ojos de sus portadores.

—Princesa, no habéis sido olvidada —continuó Arévalo.

Juana bajó los ojos, no fueran a leer en ellos su más caro deseo, que la olvidaran.

—Una noticia que llenará de esperanza el corazón de Vuestra Alteza —terció Villena—. Contamos con el respaldo de una poderosa fuerza, y conseguiremos arrancar del trono a la impostora Isabel para que vos ocupéis su lugar.

—Y una gran noticia de Portugal—agregó Arévalo.

—¿De Portugal? —repitió Juana.

—Alfonso V, el Rey de Portugal, solicita vuestra mano en matrimonio.

—El... ¡el hermano de mi madre!

—No temáis. Su Santidad no nos negará su dispensa si conseguimos demostrarle que contamos con los medios necesarios para despojar a Isabel del trono.

—Pero mi tío es un anciano...

—Es el Rey de Portugal, Alteza. Además, tiene un ejército para respaldarnos. Con la protección de Portugal, no podemos fracasar. Alteza, tendremos éxito, y ese éxito significará para vos una corona y un marido.

Juana se sentía incapaz de responder; el horror la enmudecía. Ese hombre, un anciano, su tío..., ¡su marido!, y una guerra..., ¡cuya razón era ella!

Dispuesta a protestar, se volvió hacia los visitantes, pero no llegó a hablar; al ver los rostros duros y ambiciosos comprendió que todo sería inútil. Sus sentimientos no serían tenidos en cuenta. Ella sería un fantoche, un símbolo, aunque ellos declararan que luchaban por su causa.

Por mi causa, pensaba amargamente la niña. Darme un trono que no quiero. ¡Darme por marido a un viejo que me aterroriza!

Con el ceño fruncido, Isabel repasaba los documentos extendidos en la mesa ante ella, en sus habitaciones privadas del Alcázar de Madrid.

Una historia desesperada se leía en esos papeles: se advertía lo mal equipadas para el combate que se encontraban las fuerzas castellanas.

En caso de producirse un levantamiento en Castilla, no podría contar con más de quinientos jinetes para intentar sofocarlo; ni siquiera estaba segura de cuáles eran las ciudades en las que podía confiar.

El arzobispo de Toledo se había retirado a sus propiedades en Alcalá de Henares: la Reina no estaba segura de los extremos a que podría llegar con el fin de traicionarla. Perder la amistad de Carrillo la hería profundamente, y el lado práctico de su naturaleza lo deploraba aún más. En los borrascosos días que precedieron a la muerte de su hermano, Isabel conoció y llegó a apreciar los recursos de ese hombre; le dolía haberlo perdido en momentos tan críticos. Además podría convertirse activamente en su enemigo, y eso la horrorizaba.

La guerra era lo más temido. Necesitaría largos años de paz para establecer el orden en Castilla. Había heredado un reino en quiebra y dominado por la anarquía, y estaba decidida a enriquecerlo, a hacerlo respetuoso de la ley. Sin embargo, si se veía envuelta en una guerra, ¿cómo se las arreglaría?

Poco tenía a su disposición. Su buen amigo Andrés de Cabrera, a cargo del tesoro, le había advertido en el Alcázar de Segovia que las arcas reales estaban casi vacías. No podía llevarse a cabo una guerra sin hombres, sin pertrechos, y, precisamente en su reino había hombres temerarios decididos a sumir a Castilla en la guerra.

Isabel necesitaba estar rodeada por hombres fuertes, y, por sobre todo necesitaba a Fernando.

Mientras seguía mirando esas cifras deprimentes, oyó abajo el repiqueteo de cascos de caballos: oyó voces que gritaban bienvenidas y, olvidada de su dignidad, se levantó de un salto de su silla para correr hacia la ventana.

Y allí permaneció, aferrándose a los cortinados para no perder el equilibrio: volver a ver a Fernando después de una larga ausencia jamás dejaba de conmoverla profundamente. Ahí estaba, arrogante y lleno de fuerza; llegaba, como Isabel había previsto, tan pronto como había recibido el pedido de auxilio de ella.

Era tanto su amor por su marido que a veces se sentía asustada de sus propias emociones; temía traicionarse con alguna indiscreción indigna de una Reina de Castilla.

La figura de Fernando se alzaba ante ella; sus damas se retiraron sin indicación alguna para que Isabel pudiera quedarse a solas con su marido.

En esos momentos, la Reina dejaba de lado la dignidad de su rango. Corrió hacia Fernando para rodearlo con sus brazos, y él, a quien nada halagaba tanto como esos despliegues de afecto, la abrazó con pasión.

—Sabía que vendríais sin demora —susurró Isabel.

—Como siempre, cuando me necesitáis.

—Los dos nos necesitamos en este momento, Fernando —se apresuró a decir ella—. Castilla está en peligro.

Él aceptó lo que eso implicaba: los asuntos de Castilla le concernían tanto como a su mujer.

—Amor mío, por más que me alegre de volver a estar con vos, antes de entregarnos a los placeres del reencuentro debemos estudiar esta situación desesperada —dijo:

—¿Habéis oído los rumores? —preguntó Isabel—. Dicen que Villena y Arévalo se han pronunciado en favor de la Beltraneja, y que están reuniendo partidarios en toda Castilla.

—¡Esa niña! —se admiró Fernando—. Pero el pueblo jamás la aceptará.

—Eso dependerá de las fuerzas de nuestros enemigos, Fernando. Nuestro tesoro está exhausto, y sólo contamos con quinientos jinetes para llevar al campo de batalla.

—Debemos reclutar más hombres, encontrar los medios para hacer frente a esos rebeldes. Lo haremos, Isabel; no temáis nada.

—Eso, Fernando. Sí, lo haremos. Oh, cuánto me alegro de vuestro regreso. Si vos estáis a mi lado, una tarea insuperable se vuelve a hacer posible.

—Me necesitáis, Isabel —repitió orgullosamente Fernando—. Me necesitáis.

—¿Acaso lo he negado alguna vez? —de pronto, Isabel sintió miedo dentro de ella. Su marido, ¿iría a exigirle una vez más ser aceptado en Castilla en igualdad de condiciones con ella? No era el momento para disensiones entre los reyes. Rápidamente, cambió de tema—. Fernando —murmuró—, tengo novedades para vos. Estoy encinta.

En el rostro de Fernando, el ceño se cambió instantáneamente en sonrisa.

—¡Vaya, Isabel, Reina mía! Es una gran noticia. ¿Cuándo ha de nacer nuestro hijo?

—Todavía es muy pronto para decirlo, pero del embarazo estoy segura. Espero que cuando este niño nazca, nuestros problemas sean cosa del pasado, y hayamos impedido esta amenaza de rebelión.

Fernando, que le había tomado ambas manos entre las suyas, se inclinó a besárselas; cuando estaba en presencia de su mujer, no podía dejar de admirarla.

—Vamos a estudiar nuestra situación —decidió—. ¿Con qué hombres podemos contar para el combate?

—He estado estudiando el asunto —respondió Isabel, y lo llevó hacia la mesa—. Fernando, esposo mío, os ruego examinéis estos números, y me digáis qué es en vuestra opinión lo mejor que podemos hacer.

Sabía que Fernando se alertaba ante el peligro. Él no permitiría entre ellos fricción alguna mientras no hubiera sido superado el riesgo. Había tenido razón al confiar en él. No había en España otro hombre más capaz que él de respaldarla en su lucha por la corona.

Si había ocasiones en las que el deseo de su marido de prevalecer sobre ella afeaba la relación de ambos y provocaba algunos roces, ¿cómo podía ser de otra manera, tratándose de un hombre tan fuerte, tan totalmente masculino como Fernando?

Mientras ambos trabajaban, llegó al Alcázar un mensajero del Rey de Portugal.

En cuanto supo de su arribo, Isabel ordenó que el hombre fuera llevado a su presencia. Fernando, que permanecía de pie junto a ella, adelantó una mano para recibirlo tan pronto como el hombre, tras haber hecho una reverencia, presentó los despachos que traía. Pero Isabel se había anticipado a su intención, ansiosa de ser ella quien los recibiera; con toda la discreción posible, cuando se trataba del problema de la supremacía, no podía ceder siquiera en el asunto más trivial. Los tomó, pues, antes de que ninguno de los presentes pudiera darse cuenta de cuál había sido la intención de Fernando.

Antes de leerlos, despidió al mensajero. Tras haberles echado un vistazo, elevó los ojos al rostro de Fernando.

—Nos pide renunciar a nuestras coronas para que la princesa Juana ascienda al trono —le informó.

—Pues debe de ser un imbécil —replicó Fernando.

Isabel se volvió hacia la mesa sobre la cual seguían extendidos los documentos.

—Según me han informado —expresó—, Alfonso puede disponer de cinco mil seiscientos jinetes y catorce mil infantes para el combate. Tal vez él diría que nosotros somos los imbéciles si le oponemos resistencia.

Los ojos de Fernando echaban chispas.

—Sin embargo, se la opondremos, y lo derrotaremos. Bien lo sabéis, Isabel.

—Sí, lo sé, Fernando.

—Tenemos que defender a nuestra hija, y a nuestro hijo por nacer.

—Y nos tenemos el uno al otro —agregó ella, sonriente y esperanzada—. Mientras estemos juntos no podemos fracasar, Fernando. Debemos estarlo siempre; vos lo sentís, lo mismo que yo. ¿Qué es de Isabel sin Fernando? Suceda lo que suceda, nos mantendremos siempre unidos.

—Decís la verdad —asintió Fernando, con voz enronquecida por la emoción.

—Juntos seremos invencibles —continuó ella.

Solemnemente, se abrazaron. Isabel fue la primera en apartarse.

—Ahora, a trabajar —decidió—. No haremos caso de estas exigencias, pero debemos decidir cómo, con nuestros escasos recursos, podemos derrotar el poder de Portugal.

Pese al ropaje ceremonial con que la habían ataviado sus damas de honor, Juana parecía simplemente una niña de trece años escasos, lo que era.

En su rostro se leía una mezcla de resignación y desánimo. A punto de prometerse a un hombre treinta años mayor, aquella situación la aterrorizaba: pero, además, el compromiso era un preludio de guerra.

—Alfonso es el más valiente de los reyes —habían comentado sus doncellas, mientras la vestían para la importante ceremonia—. Lo han apodado el Africano, por sus hazañas en la lucha con los berberiscos. Es un gran soldado.

—Debe de ser un hombre muy viejo —señaló Juana.

—No, princesa; vos sois muy joven. Pero no debéis pensar en su edad. Es el Rey de Portugal, y viene a buscaros para hacer de vos su Reina.

—Para ser él Rey de Castilla.

—Eso, sólo porque os hará a vos Reina.

—No deseo...

Pero ¿de qué servía expresar sus deseos? En la vida de Juana había ya tantos conflictos que la niña comprendió la futilidad de las palabras.

Sus amigas le rogaban que disfrutara de su destino. Un Rey venía a pedir su mano, ella debía estar alegre. No entendían.

Cuando estuvo ataviada y lista la llevaron al encuentro. El hombre había venido a la ciudad de Plasencia para celebrar sus esponsales con ella, y para arrebatar a Isabel y Fernando el trono de Castilla; lo quería para su prometida.

En torno del palacio habían acampado los ejércitos de su futuro esposo, así la novia no dejaría de advertir cuán poderoso era.

Cuando se encontró ante él y levantó la mirada hasta los ojos ansiosos de Alfonso, vio a un hombre de más de cuarenta años; a ella le parecía un viejo. Aunque temblaba, Juana le sonrió y lo saludó, fingiéndose complacida. Continuamente sentía la presencia de los dos hombres que habían decidido el acontecimiento: el duque de Arévalo y el marqués de Villena.

Alfonso la tomó de la mano y la condujo hacia un par de sillas muy ornamentadas, dispuestas una junto a otra.

—Querida princesa —le dijo mientras ambos se sentaban—, no debéis tenerme miedo.

—Es que soy muy joven para el matrimonio —respondió Juana.

—La juventud es una bendición. Comparada con ella, la experiencia de la edad poca comprensión representa. No deploréis vuestra juventud, querida mía, pues yo no lo hago.

—Gracias, Alteza —susurró la niña.

—Parecéis incómoda. ¿Tanto me teméis?

—Somos parientes muy cercanos. Vos sois hermano de mi madre.

—Nada temáis, mi querida. Enviaremos un mensajero al Papa. Nos hará llegar su dispensa sin demora.

Sin poder soportar la tierna interrogación de su mirada, Juana suspiró con fingido alivio.

Alfonso se sentía feliz. Por naturaleza inclinado a dedicarse siempre a alguna causa, prefería que ésta fuera novelesca. Había tenido grandes éxitos contra los moros, pero combatir a los moros era una operación rutinaria en la península ibérica. Aquí había una niña —y además, su sobrina— que necesitaba un defensor. Para algunos, Juana era la legítima heredera del trono; para otros, la hija bastarda de la difunta Reina. Para Alfonso, la causa de Juana presentaba el atractivo de la juventud de esa niña a quien él, dada su viudez, podía tomar como esposa. Era la causa más romántica por la que hubiera luchado jamás. El Rey de Portugal estaba encantado, tanto más cuanto que la victoria podía aportarle cuantiosos beneficios.

Aunque no era hombre de resentimientos, no olvidaba su encuentro con la ogullosa Isabel, que abiertamente había manifestado su disgusto ante el proyectado matrimonio con él, por más Rey que fuera.

De ahí que tampoco le resultara desagradable anticipar el desconcierto de la altanera Isabel cuando se viera despojada del trono por el mismo hombre a quien tan temerariamente había rechazado.

Por eso sonrió al tomar la mano de Juana, mientras los presentes, encabezados por Villena y Arévalo, procedían a declarar a Alfonso y su novia soberanos de Castilla.

Tan pronto como llegara la dispensa papal podrían casarse. Juana rezaba porque la dispensa se demorara.

Entretanto se celebraron los esponsales. En esa ocasión, como en todas, ella se sentaba junto a Alfonso y aceptaba sus tiernas atenciones.

Pasados algunos días, Alfonso y su ejército salieron de Plasencia, rumbo a Arévalo. Con ellos viajaba Juana.

Consciente de la triste condición de los ejércitos castellanos, y de que Fernando e Isabel habían heredado un Estado en bancarrota, Alfonso descontaba una victoria tan fácil como completa.

Interrumpió su viaje a Arévalo, como si se detuviera allí para prepararse al ataque.

Isabel y Fernando estaban juntos cuando les dieron la noticia de la llegada de Alfonso a Plasencia y de sus esponsales con Juana.

Fernando recibió la información con ánimo sombrío.

—Significa que está preparado para arriesgar sus ejércitos por la causa de ella —señaló.

—Pero, ¡es su sobrina, y una niña apenas! —exclamó Isabel.

—¡A él qué le importa nada de eso! Con ella se adueñará de Castilla; si tiene éxito, podéis estar segura de que el Papa no le negará durante mucho tiempo la dispensa necesaria.

—Si tiene éxito. ¡Pero no lo tendrá! Os lo prometo.

—Isabel, ¿qué sabéis vos de guerra? ¿Cómo podemos rechazarlo?

—Sé que nací para ser Reina de Castilla —respondió Isabel, y sus ojos relampaguearon.

—Pues habéis tenido vuestra breve gloria.

—No he hecho nada de lo que me propongo. Sé que tendré éxito.

Fernando la tomó suavemente del brazo y la guió hacia una mesa sobre la cual había extendido un mapa.

—Aquí esperan los amigos de Alfonso —le dijo, señalando el sur de Castilla—. Son numerosos, y tienen a su disposición tropas y armas. Arévalo, Villena, Cádiz..., son hombres que darán todo lo que tienen por sacarnos del trono e instalar en él a Juana y Alfonso. Con que mañana mismo se vuelva hacia el sur, encontrará traidores dispuestos a ayudarlo. Las ciudades irán entregándosele de buen grado, una tras otra. En cuanto a nosotros..., no podremos atacarlo, porque en su marcha a través de Castilla Alfonso irá enriqueciéndose cada vez más, a medida que vaya contando con ciudades importantes.

—Fernando, no os entiendo —le reprochó Isabel—. ¿Acaso nosotros no tenemos amigos?

—Son inseguros.

—Pues dejarán de serlo.

—¡Por cierto que dejarán de serlo cuando vean el poder del ejército de Alfonso!

—Es menester convertirlos a nuestra causa.

—Pero, ¿quién los convertirá?

—Yo. Yo..., su Reina.

Fernando la miró con cierta sorpresa; a veces tenía la sensación de no conocer todavía a Isabel. Su mujer parecía tan consagrada a su causa, tan segura de su capacidad para librar y ganar su desigual batalla... Fernando le creyó.

En momentos como ése le perdonaba incluso su insistencia en mantener la supremacía, le alegraba no haber regresado a Aragón, llevado por un acceso de orgullo, porque ella hubiera decidido ser la primera en Castilla.

—Os olvidáis, Isabel—le recordó dulcemente—, que no estáis en condiciones de llevar una campaña. Pensad en nuestro hijo por nacer.

—Porque pienso en nuestro hijo por nacer necesito estar doblemente segura de que nadie me arrebatará el trono —respondió Isabel.

Aunque había corrido ya muchos riesgos, Isabel jamás había hecho frente a peligros tan grandes como los que la amenazaron durante los meses siguientes. Los días no le dejaban tiempo. Se veía obligada a trabajar hasta bien entrada la noche. Pasaba mucho tiempo en oración, porque estaba segura de haber contado antes con la protección divina y sabía que tampoco esta vez le sería negada.

Pero ni siquiera mientras rezaba olvidó por un momento que, si había de ganar la ayuda del cielo, no debía descuidar nada de lo que pudiera lograr con sus simples fuerzas humanas.

Se pasaba las noches recibiendo y enviando mensajes a sus escasísimas tropas, pero eso no era todo: había decidido visitar personalmente las ciudades que, temía, estaban a la expectativa hasta ver cuál era el más fuerte de los adversarios antes de prestar adhesión a alguno.

La Reina empezó una recorrida por esas ciudades. Cabalgar le resultaba difícil; los caminos eran malos, y las horas que pasaba viajando, muy molestas, tanto más cuanto más avanzaba el embarazo.

A las gentes del pueblo se les hacía imposible ver y escuchar a Isabel sin sentirse profundamente impresionadas. Isabel estaba inspirada; creía en su destino, convencida de que no podía fracasar, y transmitía esa certidumbre a muchos de los que se proponía ganar para su causa.

Fernando estaba con el ejército, empeñado en prepararlo para el ataque. Por alguna razón incomprensible, Alfonso se demoraba en lanzarse. Día a día, los soberanos de Castilla esperaban la noticia de que Alfonso se había puesto en marcha, una noticia que les habría aterrado oír.

—Dadnos unas semanas más —rogaba Isabel—, para que no seamos tan vulnerables.

—Un mes..., dos meses de preparación —aseguraba Fernando a sus generales—. Si la Reina sigue ganando hombres para nuestra causa como hasta ahora, no tardaremos en obligar a Alfonso a cruzar de nuevo la frontera. Pero necesitamos esas semanas..., las necesitamos desesperadamente.

Así, mientras trabajaban, estaban atentos a cualquier movimiento de Alfonso, quien permanecía en Arévalo, a la espera, según decía, de la llegada de sus partidarios castellanos, de manera que cuando se decidiera al ataque hubiera una sola batalla, la decisiva.

—No entiendo cómo un hombre así puede haber tenido tantos éxitos contra los moros —se preguntaba Fernando—. Debe de estar chocheando. En este momento, Castilla está abierta ante él, y él vacila. Con sólo que siga titubeando unas semanas más, ya nuestras oportunidades de ganar esta guerra serán comparables a las de él.

En cuanto a Isabel, en su viaje por el reino se acercaba a Toledo. Pensó en su antiguo aliado, Alfonso Carrillo, el arzobispo de Toledo, sin cuyo apoyo quizá no habría llegado jamás al trono.

La Reina esperaba poder tener una entrevista con Carrillo, hablar con él para hacerlo razonar, tal vez podría recuperarlo para su causa. Se habría asegurado como aliado al hombre más importante de España. Se le hacía difícil creer que un hombre de su inteligencia pudiera apartarse de ella por puro resentimiento; sin embargo, en primer lugar, se había resentido por Fernando, y ahora por el cardenal Mendoza. Isabel no se había dado cuenta de que aunque era capaz de gran valor y poseía una innegable habilidad política, Carrillo era igualmente susceptible de celos mezquinos.

Isabel hizo llamar a uno de sus sirvientes.

—Estamos cerca de Alcalá de Henares —le dijo—, donde está residiendo el arzobispo de Toledo. Id a decirle que me propongo visitarlo en su palacio, pues deseo hablar con él.

Cuando el mensajero regresó de su visita al arzobispo, se presentó ante Isabel con aire avergonzado.

—¿Qué noticias hay? —preguntó la Reina—. ¿Visteis al arzobispo?

—Sí, Alteza —respondió el enviado.

—Os ruego no vaciléis —lo animó dulcemente Isabel—. Decidme cuál es su respuesta.

—El arzobispo replicó, Alteza, que aunque vuestra Alteza desee velo, no es su deseo veros. Si entrarais vos a su palacio por una puerta, él saldría por otra.

La expresión de Isabel no cambió en lo más mínimo.

—Ya veo, la misión ha sido inútil, pero tal vez no del todo. Hemos descubierto un enemigo donde creíamos tener un amigo. Tenéis mi autorización para retiraros.

Al quedarse sola fue hacia una silla y se sentó pesadamente en ella. Deprimida por el embarazo, y temerosa del futuro. Si el arzobispo pensase que la Reina de Castilla tenía una remota posibilidad de derrotar a Alfonso, jamás se habría atrevido a enviarle semejante mensaje. Era evidente que la consideraba al borde del desastre.

Sintió moverse en su seno a la criatura, y el hecho de percibir dentro de sí esa otra vida le despertó ansias de ir a acostarse, quedarse descansando, abandonar ese fatigoso peregrinaje a través de su reino, confiar en Dios y en su propio destino, y decirse: si pierdo el reino de Castilla seré simplemente Reina de Aragón, me dedicaré a mi marido, a la hija que ya tenemos y a los demás niños que sin duda tendremos. Eso sería tan fácil... La conducta ruin de aquel hombre, antaño tan firme aliado, la llenaba de desesperación. Nada anhelaba tanto Isabel como la calma de sus habitaciones.

Pero estaban los despachos que debía enviar a Fernando para ponerlo al tanto de sus progresos; estaban las ciudades que aún le faltaba visitar.

Y otro factor importante: la noticia del rechazo encontrado en el arzobispo se difundiría. Ella debía mantener una máscara más impasible aún; debía asegurarse más aún el éxito.

Hizo caso omiso de la vida que se agitaba dentro de ella, de su gran deseo de descansar.

Ni por un momento siquiera debía olvidar su destino, ni tampoco que solamente mostrándose digna de llevar la corona de Castilla podía esperar para ella el favor divino.

Isabel leía un despacho de Fernando.

«La situación ha mejorado, gracias a vuestros esfuerzos. Tengo ahora a mi disposición cuatro mil hombres de armas, ocho mil de caballería ligera y treinta mil de infantería. Nos falta pertrecharnos, y muchos de esos hombres poco saben de la profesión de soldados, pero mi confianza aumenta de día en día. Si Alfonso nos atacara ahora, se encontraría con que ha perdido su gran oportunidad de dos meses atrás.»

Isabel levantó la vista y sonrió.

Habían hecho un milagro. Habían encontrado hombres dispuestos a pelear por ellos; si eran todavía inexpertos, eso tenía remedio. Fernando era el comandante de su ejército, y Fernando era hombre de experiencia guerrera: además, era joven, y Alfonso viejo. Fernando ganaría.

La sonrisa de Isabel se hizo más tierna.

Su gran amiga, Beatriz de Bobadilla, esposa de Andrés de Cabrera, creía que Isabel idealizaba a Fernando, que lo veía como un dios entre los hombres.

Sin embargo, eso ya no era tan cierto como antes; había cambiado con los años de matrimonio. Cuando Fernando llegó a Castilla, Isabel lo había encontrado maravilloso. Ahora no lo amaba menos, aunque tuviera conciencia de la vanidad, de la arrogancia, de los signos de codicia del carácter de Fernando. Tampoco olvidaba el malhumor exhibido al darse cuenta de que, con todo su amor, Isabel no estaba dispuesta a dejar en manos de él el control de Castilla. Sin embargo, esos defectos la enternecían, lo mismo que le sucedía con los de su hijita Isabel. Si Fernando tenía defectos de un niño, no dejaba de tener los atributos de un hombre. Isabel confiaba en él como militar, segura de que defendería su causa (quizá porque era también la causa de él), más que cualquier otro hombre del reino. La deslealtad del arzobispo de Toledo la había llevado a darse cuenta de lo imprudente que sería depositar en nadie toda su confianza.

Cuando se levantó de su escritorio, le traspasó el cuerpo un dolor tan violento que no pudo reprimir un grito.

Una de las mujeres que estaba en sus habitaciones acudió presurosa junto a ella.

—Alteza... —balbuceó la mujer al ver la palidez del rostro de Isabel, y la recibió en sus brazos; le pareció que la Reina estaba a punto de desmayarse. Llamó a las otras damas, que inmediatamente la rodearon.

Isabel tendió una mano para apoyarse en la mesa. El dolor se repetiría.

—Ayudadme —murmuró—. Ayudadme a ir a la cama. El plazo se ha cumplido, pero es tan pronto..., demasiado pronto.

Todo había terminado.

Esa criatura no existiría, e Isabel se sentía derrotada y floja. ¿Debería haber pensado más en el niño? Si tal hubiera hecho, no habrían reunido el ejército y Castilla estaría indefensa ante el invasor.

Y porque había sido necesario reunir hombres para su causa —y sólo ella, la Reina, podía hacerlo—, Isabel había perdido a su hijo, el varón que ella y Fernando habrían convertido en heredero de Castilla y de Aragón.

La dominaba la amargura.

Ya era tiempo de que tuvieran más hijos, pero ¿qué esperanza podían tener de ser padres llevando una vida tan azarosa?

Tendida en su lecho, Isabel pensaba en las cabalgatas por ásperos caminos, en los sacudones, en las noches incómodas en humildes albergues al borde del camino.

Era así como había perdido a su hijo. Pero también así había formado un ejército.

Sonrió fugazmente.

Ya tendrían otros hijos. Arreglado el fatigoso asunto del derecho de la Beltraneja al trono, ella y Fernando estarían siempre juntos, tendrían muchos hijos.

Se quedó dormitando. Cuando sus camareras vinieron a ver cómo estaba la encontraron sonriendo pacíficamente. Murmuró algo en sueños; una de las mujeres se inclinó para escuchar lo que decía, pero no la oyó lamentarse por el niño perdido.

—Ocho mil hombres de caballería —fueron sus palabras.

# 3

# EL PRÍNCIPE DE ASTURIAS

A caballo, Isabel llegó al Alcázar de Segovia.

Pasado más de un año desde la pérdida de su hijo, la Reina se había recuperado rápidamente del aborto. Muchos pensaban que el mejor médico había sido el espíritu de la propia Isabel. Durante aquellos sombríos momentos no le había quedado tiempo de permanecer en cama, cuidando de su salud; Isabel tuvo que cabalgar para recorrer su reino, convocar las Cortes en Medina del Campo y, con su elocuencia, conmover tan profundamente al pueblo que había logrado reunir el dinero que tanto necesitaba.

Todo eso había sucedido después de los desastres de Toro y de Zamora, acaecidos ambos a Alfonso cuando, de haber mostrado éste alguna prudencia, habría lanzado todas sus fuerzas contra el ejército castellano de Fernando e Isabel, muy inferior en recursos.

Pero Alfonso se había mostrado tímido; vaciló, incluso cuando el arzobispo de Toledo, considerando decisivas las ventajas de Alfonso en Toro y Zamora, no sólo se había aliado abiertamente con el Rey de Portugal, sino que acudió con quinientos lanceros a unirse a su nuevo amigo en su combate contra la amiga de antaño.

Ahora, en cambio, el ejército castellano había progresado mucho, dispuesto a librar batalla con el enemigo; e Isabel, en sus viajes por el reino, se concedió el placer de un breve respiro para disfrutar de la hospitalidad de su amiga más querida.

Cuando le dieron la noticia de que la Reina estaba en el Alcázar, Beatriz de Bobadilla fue presurosa a saludar a Isabel, y ambas se abrazaron sin formalidad alguna.

—Esto me hace muy feliz —exclamó Beatriz, emocionada—. Ojalá hubiera sabido de este honor.

—Entonces no habría sido una sorpresa —sonrió Isabel.

—Pero, ¡pensad en las expectativas que me he perdido!

—Beatriz, es maravilloso volver a veros. Me gustaría que estuviéramos solas, como antes solíamos estarlo.

—Haré que nos envíen comida y vino. Tomaremos algo en mi saloncito privado. Estoy ansiosa de saber qué os ha sucedido.

—Os ruego me llevéis a vuestros saloncito —pidió Isabel.

Beatriz tomó del brazo a la Reina para guiarla hasta el saloncito.

—Ruego a Vuestra Alteza tome asiento —la invitó—. Pronto nos servirán, y podremos conversar con comodidad. Comida y vino para la Reina y para mí... ¡Rápido!

Isabel la observaba sonriendo.

—No habéis cambiado nada —comentó—. Juraría que todos os tienen gran respeto.

—¿Por qué no habrían de tenérmelo? Son mis servidores —respondió Beatriz, volviendo a la familiaridad con que antes se habían tratado.

—Y a vuestro marido, a Andrés..., ¿todavía le dais órdenes?

Beatriz soltó la risa.

—Andrés me obedece, según dice, porque aprecia la paz y no hay otra forma de tenerla. ¿Y Fernando? ¿Está bien?

—Muy bien, Beatriz. No sé qué haría yo sin él.

Con la cabeza un poco inclinada, una sonrisa jugueteándole en la boca, Beatriz miraba a la Reina. Conque sigue adorando a ese hombre, pensaba. Pero no absolutamente. Beatriz sabía que para Fernando había sido una desilusión no asumir él la autoridad de Isabel..., y aplaudía la resistencia de la Reina.

—Fernando lucha por su reino, no sólo por el vuestro —señaló Beatriz—. Aunque vos seáis Reina de Castilla, él es vuestro consorte.

—Ha estado magnífico, Beatriz. No ha habido jamás en España un soldado comparable con Fernando.

Beatriz volvió a reírse, pero entonces llegaron los sirvientes con las viandas solicitadas y su actitud cambió. En ese momento debía mostrar hacia la Reina el mayor de los respetos; toda familiaridad despareció del comportamiento de Beatriz.

—Isabel, se os ve un poco cansada —dijo, cuando volvieron a quedarse solas—. Espero os quedéis aquí un tiempo para cuidaros, como solía hacerlo antes, en los días que pasamos juntas.

—Oh, aquellos días —suspiró Isabel—. No era yo Reina entonces.

—Pero de todas maneras, pasamos momentos de angustia —recordó Beatriz, sonriendo—. ¡Por lo menos, ahora no tememos que os arrebaten de los brazos de Fernando para entregaros a un marido inaceptable!

—Gracias sean dadas a Dios por eso. Oh, Beatriz, estoy un poco preocupada por la batalla que ha de librarse en breve.

—Vuestra fe está puesta en Fernando.

—Sí, por cierto, sí. Aunque las fuerzas contrarias son poderosas.

—Fernando es buen soldado, y triunfará —aseguró Beatriz.

Durante unos instantes se quedó pensativa. Es mejor soldado que marido, pensaba, y está decidido a triunfar. No permitirá que lo desalojen de Castilla.

—Me entristecí mucho al saber la noticia de la pérdida de vuestro hijo —dijo después.

—Eso parece muy lejano.

—Pero fue un golpe cruel.

—Como debe ser la pérdida de un hijo. Pero no hubo tiempo para cavilar sobre eso. Lo más importante era reunir un ejército, y lo hicimos, Beatriz, puede ser que a eso se haya debido la pérdida del niño.

—Podría haber significado vuestra muerte —comentó Beatriz, hosca.

—Pero yo soy bastante fuerte, Beatriz; ¿no lo sabéis todavía? Además, estoy destinada a ser Reina de Castilla.

—Ya sois Reina de Castilla.

—Todavía, en realidad, no he reinado. Desde mi ascenso al trono sólo hemos tenido dificultades. Cuando todo esté arreglado, podré hacer por Castilla lo que siempre anhelé hacer.

—Castilla prosperará cuando vos estéis consolidada en el trono, Isabel.

Los ojos de Isabel brillaron con determinación. En esos momentos, pensó Beatriz, se la veía llena de vitalidad; era raro que quienes no pertenecían a su círculo más íntimo la vieran abandonar así su reserva.

—Primero —dijo en ese momento Isabel— abolir esta desastrosa anarquía. Implantaré nuevamente la ley y el orden en Castilla. Entonces, cuando tenga un país respetuoso de las leyes, haré todo lo que esté en mi poder para que mis súbditos sean buenos cristianos. ¿Recordáis a Tomás de Torquemada, Beatriz?

—¿Quién podría olvidarlo? —respondió Beatriz, con una rígida sonrisa.

—Erais dura con él, Beatriz.

—También él era duro con todos, incluso consigo mismo.

—Es un hombre bueno, Beatriz.

—No lo dudo. Pero no puedo perdonarle que intentara privarnos de la risa. Para él, la risa era pecado.

—Porque para mí era necesario evitar toda frivolidad. Recuerdo que un día, después de la confesión, me hizo prometer que, si alguna vez estaba en mi poder hacerlo, convertiría mi reino a la verdadera fe.

—Esperemos que al convertirlos no los hagáis parecer tan esqueléticos y desgraciados como nuestro amigo Tomás.

—Beatriz, ésa es otra de las tareas que me esperan cuando todo esté en paz: me empeñaré en librar del dominio musulmán hasta la última pulgada de suelo español; haré ondear la bandera de Cristo sobre el último alcázar, sobre el último pueblo de España.

—Estoy segura —respondió Beatriz—, pero sólo si os ocupáis un poco de vuestra salud. Quedaos un tiempo conmigo, querida Isabel. Dadme el placer de atenderos personalmente, por favor. Os lo ruego.

—¡Cómo me complacería hacerlo! —exclamó Isabel—. Pero tengo trabajo. He robado estas breves horas a mi deber, porque me hallaba en las inmediaciones de Segovia, y no pude resistirme al goce de veros. Pero mañana debo estar de nuevo en camino.

—Haré todo lo que esté a mi alcance para persuadiros de que os quedéis.

Pero Isabel no se dejó convencer, y al día siguiente partía hacia Tordesillas.


El campo de batalla se extendía entre Toro y Zamora, a lo largo de las riberas del reluciente Duero. Ahora, los ejércitos estaban en igualdad de condiciones: Alfonso era viejo, comparado con Fernando, pero su hijo el príncipe Juan se le había reunido y comandaba la caballería.

Decidido a triunfar o morir en el intento, Fernando observaba al enemigo. Alfonso no tenía el fervor de Fernando; una de sus características era que se cansaba rápidamente de las causas que en un primer momento le habían entusiasmado. Llevaba mucho tiempo en Castilla, su presencia se hacía necesaria en su país. También los hombres estaban inquietos, después de tanto tiempo pasado lejos de su tierra. La intención de Alfonso había sido llevar a cabo una rápida acción de guerra en Castilla, despojar del trono a Isabel —a quien llamaba la usurpadora—, y poner en su lugar a su prometida Juana. Pero las cosas se habían prolongado mucho, y Alfonso ya estaba cansándose del asunto. El entusiasta era su hijo, Juan, pero Juan no tenía gran experiencia guerrera; Alfonso deseaba que la batalla de ese día terminara.

De labios de Fernando, que cabalgaba entre el almirante de Castilla y el duque de Alba, brotó un grito, el antiguo grito de Castilla.

—¡Santiago y San Lázaro!

Los castellanos que lo oyeron desde las filas portuguesas se estremecieron: era como si Fernando estuviera recordándoles su condición de traidores.

Pero hubo alguien que cabalgó furiosamente al encuentro del enemigo, sin importársele el viejo grito castellano. El arzobispo de Toledo disfrutaba del combate, decidido a aprovechar a fondo la oportunidad.

La batalla había comenzado y rugía con furia; cada soldado de cada uno de los ejércitos sabía lo que de ella dependía.

Fernando gritaba a sus hombres, animándolos. Debían pelear; en nombre de Isabel, debían pelear. De ellos dependía su futuro y el futuro de su Reina, el futuro de Castilla.

Muchos recordaban a la Reina; pensaban en la embarazada que tantas incomodidades había enfrentado para venir hacia ellos, conmoverlos con su elocuencia, y recordarles el deber con Castilla. Los hombres que peleaban contra ellos eran sus antiguos enemigos, los portugueses, en unión de castellanos que habían decidido luchar contra su propia Reina.

Se entrechocaron las lanzas, se desnudaron las espadas, y en el fragor del combate, los hombres se enfrentaron cuerpo a cuerpo.

El corazón de Fernando se estremeció de alegría al comprender que el resultado de la batalla sería la victoria para él.

Pero en el ejército de los portugueses había algunos hombres resueltos a que las cosas no fueran de ese modo. El portaestandarte portugués, Eduardo de Almeyda, era un ejemplo para todos. Tras haber arrebatado la bandera portuguesa a los soldados castellanos a punto de arrastrarla por el polvo con un grito de triunfo, la levantó en alto para señalar a todos los portugueses que el combate no estaba perdido.

Pero mientras se alejaba, un soldado castellano blandió su espada y le amputó el brazo con que sostenía la bandera, pese a lo cual Almeyda, haciendo caso omiso de la pérdida de su brazo derecho, la recogió con la mano izquierda.

—¡Juana y Alfonso! —gritaba el herido, mientras los golpes llovían sobre el brazo que sostenía ahora la insignia.

Sangrante y con ambos brazos cortados, consiguió sostener la enseña con la boca, y durante algunos minutos se lo vio cabalgar, sin brazos y con la bandera entre los dientes, entre sus derrotados compatriotas, antes de caer de su montura.

Ni siquiera tanto heroísmo pudo salvar a los portugueses. El príncipe Juan no estaba por ninguna parte, y también Alfonso había desaparecido.

Fernando quedó, finalmente, dueño del campo.

En el Castillo de Castro Nuño, a algunas millas del campo de batalla, la joven Juana esperaba, aprensiva. La batalla era decisiva y su prometido esposo saldría triunfador.

Entonces acabaría para ella toda esperanza de una existencia pacífica. Juana no creía que Isabel se conformara, tranquilamente, con su subida al trono.

En cuanto a lo que podía sucederle si los ejércitos de Isabel resultaban victoriosos, Juana no podía imaginárselo. Ninguna de ambas soluciones podría traerle mucha alegría; deseaba que le hubieran permitido quedarse en el convento de Madrid, llevando una vida regida sólo por las campanas.

Durante todo el día estuvo esperando noticias, instalada en una ventana del castillo fortificado desde la cual podía tener una buena visión de las comarcas circundantes.

No tardaría en aparecer un jinete, o varios tal vez, y ella se enteraría del resultado del conflicto: la derrota o la victoria para Alfonso.

Había llegado casi el crepúsculo cuando su vigilia se vio recompensada: Juana vio un grupo de jinetes que se aproximaba al castillo. Inmediatamente se puso alerta, forzando la vista, y a medida que se acercaban reconoció al que encabezaba la partida. Era Alfonso, acompañado por cuatro de sus hombres.

Juana comprendió: Alfonso no volvía a Castro Nuño como triunfador; era evidente que lo hacía como fugitivo.

La princesa se apresuró a bajar.

—El Rey viene hacia el castillo —anunciaba a su paso—. En pocos minutos estará aquí.

De todos los rincones del castillo, hombres y mujeres acudieron a la entrada, y cuando Alfonso y sus acompañantes entraron, Juana los esperaba en el patio.

¡Pobre Alfonso! Parecía realmente un viejo. Estaba desgreñado y sucio, con la tez agrisada, y por primera vez, Juana sintió ternura por él.

—El ejército está derrotado —anunció Alfonso, mientras de un salto se bajaba del caballo y arrojaba las riendas a un mozo—. Debemos salir inmediatamente hacia Portugal.

—¿También yo debo ir a Portugal? balbuceó Juana. Alfonso le apoyó una mano en el hombro, y en sus ojos brilló súbitamente una conmovedora expresión de entusiasmo.

—No desesperéis —le dijo—. Es una derrota, pero es temporaria. Todavía he de ganar para vos vuestro reino.

Después le tomó la mano y ambos entraron en el castillo.

Pocas horas más tarde, cuando Alfonso y sus hombres hubieron descansado un poco, salieron de Castro Nuño en dirección oeste, hacia la frontera con Portugal: con ellos iba Juana.

Isabel estaba en Tordesillas cuando le llegaron las noticias. ¡Fernando, triunfador! ¡El Rey de Portugal y su hijo Juan en fuga! Con gran empeño y plegarias fervientes, Isabel había superado otra ordalía más, que en un principio había parecido imposible de vencer.

Jamás se había sentido tan segura de su destino como en ese momento.

En el convento de Santa Clara dio las gracias a Dios por esa nueva prueba de su favor. Allí, en ese hermoso edificio, antaño el palacio de la amante de un Rey, se quedó de rodillas en su celda, recordándose continuamente que esa victoria se debía a la intervención de Dios. La atmósfera del convento de Santa Clara se adecuaba a su estado de ánimo. Isabel, victoriosa, Reina de Castilla, estaba humildemente postrada en ese hermoso edificio, con sus baños moriscos, en un tiempo el deleite de doña María de Padrilla, consagrada a su vez a deleitar a Pedro el Cruel; esas paredes, que en su momento debían de haber sido escenario de voluptuosas recepciones, eran ahora el refugio de monjas de pies silenciosos.

Isabel quería que todos supieran que la victoria se debía a la ayuda divina. Todos sus súbditos debían entender: ella era ya la gobernante incuestionable de Castilla.

Al día siguiente, descalza y cubierta por una sencilla túnica suelta, Isabel encabezó la procesión a la iglesia de San Pablo, donde con la mayor humildad dio las gracias a Dios por esa victoria. Ya no quedaba la menor duda: ella, y sólo ella, era la Reina de Castilla.

Aunque la batalla librada entre Toro y Zamora había sido decisiva, no alcanzó a dar una paz total a Castilla.

Luis XI de Francia, que había acudido en ayuda de Alfonso, seguía dándoles problemas. Fernando no podía dispersar su ejército; Isabel estudió los efectos de la guerra, superpuestos a los desastrosos reinados de su medio hermano y de su padre; su tarea apenas si había comenzado.

Llegó septiembre antes de que pudiera estar algunos días en compañía de Fernando.

Residía en el Alcázar de Madrid cuando los mensajeros le dieron la noticia: su marido estaba en camino; la Reina ordenó a sus cocineros la preparación de un banquete digno del triunfador.

Por naturaleza, Isabel no era extravagante, y tampoco lo era Fernando. ¿Cómo podían serlo, si tenían en cuenta el estado del erario, y habían tenido que trabajar tanto para reunir los recursos para combatir a sus enemigos? Cauta en sus gastos, había ocasiones en las que debía dejar de lado su cautela.

Quienes la rodeaban debían entender la importancia de esa victoria: no debía haber entre ellos murmuraciones, y si bien la Reina de Castilla y su consorte eran ahorrativos sabían vivir como corresponde a la realeza.

Ésa sería la primera celebración juntos desde la batalla de Toro, y todo el mundo debía darse cuenta de su importancia.

Triunfante, Fernando entró a caballo en el Alcázar, donde lo esperaba Isabel.

Mientras estaba allí de pie, rodeada por sus ministros y ayudantes, Fernando se acercaba; Isabel sintió que el corazón se le aceleraba al verlo. Su esposo había envejecido un tanto; tenía las líneas del rostro más marcadas, y el brillo alerta de sus ojos se había acentuado. Pero incluso en esos breves segundos, la rivalidad se instaló entre ellos. En el campo de batalla, Fernando era el conductor supremo: en el Alcázar, no era más que el consorte de la Reina. La adaptación se le hacía desagradable.

Fernando le tomó la mano y se inclinó para posar sus labios sobre ella.

—Bienvenido, esposo mío —lo saludó Isabel, cuya voz había perdido su calma habitual—. Bienvenido amado esposo mío.

Los heraldos hicieron sonar en las trompas algunas notas triunfales, mientras los tambores redoblaban sobre el parche.

Isabel apoyó sobre su brazo la mano de Fernando; era la señal para la entrada en el castillo.

Festejos, música, Isabel se sentía tan feliz como no se había sentido en mucho tiempo.

Fernando no se apartó de ella durante el banquete y el baile. Isabel pensaba que su marido sentía tal afecto por ella que su supremacía en Castilla había dejado de irritarlo.

Isabel deseaba casi no haber sido Reina esa noche, para retirarse en paz, dejando durante una hora a sus invitados para estar con su pequeña Isabel, que tenía ya siete años.

Cuando finalmente el baile terminó y pudieron refugiarse en sus habitaciones, Isabel recordó a su marido que en poco más de un mes cumplirían ocho años de casados.

—Es difícil creer que haya pasado tanto tiempo —señaló—, cuando en estos ocho años hemos podido vernos tan poco.

—Cuando el reino esté en paz —respondió Fernando—, no habrá tales separaciones.

—Entonces me sentiré mucho más feliz. Oh, Fernando, ¿qué habría hecho yo sin vos? Vos habéis traído la victoria a Castilla.

—Era mi deber —precisó él.

La Reina, vio las débiles líneas de resentimiento marcársele junto a la boca, se le acercó rápidamente y le rodeó los hombros con un brazo.

—Nos espera una gran tarea, Fernando —murmuró—, pero doy gracias a Dios por estar juntos.

Su marido se ablandó un poco.

—Ahora los franceses —contestó.

—¿Será difícil, Fernando?

—No, no lo creo. Luis ya tiene bastante con sus problemas en Borgoña, y ahora que ha retrocedido Alfonso, no tendrá mucho ánimo para esta lucha.

—Entonces, pronto tendremos paz, Fernando, y empezará nuestra verdadera tarea.

—Tengo una noticia para vos. Arévalo ha iniciado sondeos. Parece está dispuesto a olvidar las pretensiones de Juana y juraros fidelidad.

—Es una noticia excelente.

—Demuestra de dónde sopla el viento ¿no?

—¿Y el arzobispo de Toledo?

—Indudablemente hará lo mismo.

—Entonces, la victoria será ciertamente nuestra.

Fernando le tomó ambas manos y la puso de pie. Isabel era mujer y era atractiva: y allí, en la alcoba matrimonial, Fernando ya no era simplemente el consorte de la Reina.

—¿Acaso no hemos luchado por ella, no nos hemos sacrificado? —preguntó—. Vaya, Isabel, si podríais haber perdido la vida. Estuvisteis muy enferma cuando perdimos a nuestro hijo.

—Para mí es un dolor muy grande..., un dolor continuo. Y sin embargo, nuestra corona dependía de que reuniéramos un ejército.

—Y durante todos estos meses —prosiguió Fernando— apenas si os he visto —la atrajo contra él—. Pero somos jóvenes, Isabel. Somos marido y mujer. La manera más rápida de olvidar nuestra tristeza es tener un hijo varón, que reemplace al perdido. Hemos ganado una gran victoria, Isabel, y esto no debe estar más allá de nuestra capacidad.

La levantó en sus brazos, y la fría dignidad de Isabel la abandonó como si fuera una capa de la cual se hubiese desprendido. Dejó ver a una Isabel cálida, amante, ansiosa.

Durante la permanencia de Fernando en el Alcázar de Madrid fue concebido su hijo varón.

Con ánimo sombrío, en su residencia de Alcalá de Henares, Alfonso Carrillo, arzobispo de Toledo, consideraba la situación.

En compañía de Juana, el rey Alfonso había huido a Portugal. Fernando lograba una victoria tras otra en toda Castilla. Muchas posesiones del arzobispado habían pasado ya a manos de su enemigo y no tardaría en acontecer lo mismo con el propio arzobispado.

Fernando no tendría misericordia con él. ¿Sería ése pues, el fin de una carrera gloriosa y emocionante?

Su única esperanza era la Reina, ya que después de todo era Isabel quien gobernaba en Castilla.

Le escribiría para recordarle todo lo que le debía. Carrillo se había jactado de haberla elevado y de ser capaz de derribarla. Pero se había equivocado: no había entendido la fuerza de carácter de Isabel. La había considerado obstinada y firme en su determinación de apoyar lo que consideraba justo, y en verdad lo era. Pero era también sagaz: ¿o creía en su destino con una fuerza tal que obligaba a otros, incluso a pesar de sí mismos, a compartir esa creencia?

El arzobispo de Toledo, estadista y militar, admitía su estupidez al haberse aliado con quienes se había aliado.

Ahora debía mostrarse humilde. Escribió a Isabel ofreciéndole fidelidad, recordándole todo lo que había hecho por ella en el pasado y pidiéndole perdón por su locura y su arrogancia.

Fernando, que se hallaba junto a Isabel cuando llegó el alegato, se rió con desprecio.

—He aquí al hombre que, mientras vos arriesgabais la vida recorriendo el país en busca de fondos, encabezó a quinientos lanceros para ponerse con ellos a las órdenes de nuestro enemigo. Debe de pensar que somos idiotas.

Isabel pensaba en aquella ocasión en que le había anunciado una visita a su palacio, y el arzobispo respondió: si entraba ella por una puerta, él se iría por la otra. Era difícil olvidar semejante insulto. Pero también era difícil olvidar aquel otro episodio: cuando Isabel estaba amenazada de captura en Madrigal, y el arzobispo de Toledo había acudido a rescatarla.

Isabel sonrió. El arzobispo era un anciano orgulloso, cuya dignidad quería proteger a toda costa, y se había resentido al verla confiar en Fernando y en el cardenal Mendoza.

—No debemos ser demasiado severos con el anciano arzobispo —musitó la Reina.

Fernando la miraba atónito.

—Ejecutarlo públicamente.

—Fue el mejor de mis amigos en otros tiempos —le recordó Isabel.

—Y también el peor de nuestros enemigos. Sería bueno hacer ver al pueblo qué sucede con quienes se ponen en contra de nosotros.

Isabel sacudió la cabeza.

—Jamás daré mi consentimiento para la ejecución del arzobispo —declaró.

—Sois una mujer sentimental.

—Es posible, pero no olvido cuánto hizo por mí.

Fernando chasqueó los dedos.

—En algunos momentos, Isabel, nos vimos enfrentados con la derrota. Si Alfonso hubiera sido mejor general, no seríamos ahora gobernantes de Castilla, sino fugitivos. Vos, por lo menos. Yo, indudablemente, habría muerto en el campo de batalla.

—No habléis de eso —pidió Isabel.

—Entonces, os ruego, sed razonable. Ese hombre es peligroso.

—Está viejo, y su espíritu vencido.

—Los hombres como él jamás aceptan su vejez: su espíritu es invencible.

—Prefiero tenerlo como amigo y no como enemigo.

—Enviadlo, entonces, donde no pueda ser ninguna de las dos cosas.

—No puedo hacer eso, Fernando.

—Sin embargo...

Isabel lo interrumpió, suavemente.

—No lo haré, Fernando.

Lentamente, el rostro de Fernando se ruborizó.

—Es una intrusión de mi parte, lo había olvidado —dijo entre dientes, con los puños cerrados—. Vos sois la Reina. Alteza, os ruego me permitáis retirarme.

Con esas palabras, y una inclinación, la dejó sola.

No era la primera vez que había una escena como ésa. Isabel se estremeció: tampoco sería la última. Pero ella tenía razón..., tenía razón.

Debía reinar sobre Castilla con esa dignidad y esa calma de las cuales ella era capaz como muy pocos. La cólera y el resentimiento no podían jamás darse la mano con la justicia.

Bien lo sabía ella: el arzobispo había sido su acérrimo enemigo, pero también su amigo.

Isabel ya tenía decidida la forma de tratar con él: Carrillo debería comprar su perdón. Era hombre de fortuna, y las arcas reales estaban casi vacías. Y seguir exiliado en Alcalá de Henares hasta el fin de sus días.

Naturalmente, le entristecería verse alejado de la corte. Pero mientras envejecía, encontraría mucho de qué ocuparse en Alcalá de Henares. Bastante capaz como alquimista, el arzobispo podía dedicar sus energías a ese campo durante los años de vida que le quedaran.

Isabel escribió la orden del futuro del arzobispo de Toledo; cuando la hubo despachado se quedó unos momentos en silencio, mientras en sus labios aparecía una sonrisa triste y pensativa.

Estaba pensando en Fernando.

Isabel se dirigía hacia Arévalo; junto a ella cabalgaban su amiga Beatriz de Bobadilla y algunas de sus damas.

Comenzaba la primavera. Isabel no tardaría en estar demasiado pesada para montar a caballo.

Beatriz se quedaría con ella hasta después de dar a luz. Isabel sonrió a su amiga. Beatriz había anunciado su intención de retomar su antiguo cargo de principal dama de honor de la Reina hasta el nacimiento del niño; se ocuparía personalmente: ningún esfuerzo excesivo pondría en peligro la vida del próximo heredero. Beatriz era mujer decidida. Una vez anunciada su intención, Andrés, su marido, tuvo que permitirle que se marchara; e Isabel, su Reina, tuvo que prepararse para recibirla.

—¿Algo divierte a Vuestra Alteza? —preguntó Beatriz.

—Sólo vuestra determinación de cuidarme.

—Pues vaya si os cuidaré —respondió su amiga—. ¿Quién lo hará mejor sino alguien que os ame como yo?

—Ya lo sé, Beatriz. Sois buena, y me da gran placer teneros conmigo. Pero lo lamento por el pobre Andrés.

—No debéis lamentarlo. Él tiene su trabajo, y hasta quizás se alegre de descansar un poco de mi charla. Pero este viaje es demasiado para Vuestra Alteza.

—Bien tratasteis de disuadirme de hacerlo —reconoció Isabel—, pero en las semanas próximas se me haría más difícil aún.

—Después de esto, debéis descansar con más frecuencia.

Las bien delineadas cejas de Beatriz se fruncieron. Su amiga conocía a Isabel mejor que nadie, su firmeza de espíritu oculta tras la fachada serena. Sabía que, cuando la Reina había tomado una decisión, toda persuasión era aparente. Por eso había dejado de oponerse al viaje a Arévalo, una vez que comprendió que Isabel estaba decidida a hacerlo contra viento y marea.

Pero a Beatriz le preocupaba el efecto del viaje sobre Isabel; también se preguntaba hasta qué punto sufriría la Reina durante su permanencia en el castillo de Arévalo.

A su vez, Beatriz había decidido que la estancia allí sería tan breve como fuera posible.

Isabel se volvió hacia su amiga.

—Siempre me siento hondamente conmovida cuando vengo a Arévalo —le confió—. Hay aquí demasiados recuerdos.

—Tal vez deberíamos haber demorado el viaje hasta después del nacimiento del niño.

—No; hace mucho tiempo que no veo a mi madre. Estará poniéndose ansiosa, y la ansiedad es muy mala para ella.

—Es mejor su ansiedad por vuestra ausencia, y no que Fernando, yo, y todos los que os amamos la sintamos debido a vuestro estado de salud.

—Os inquietáis demasiado, Beatriz. Todo está en las manos de Dios.

—Quien quizá tenga tan poca paciencia con nosotras ahora como la tuvo la última vez —replicó Beatriz.

—Beatriz, blasfemáis.

Isabel estaba auténticamente escandalizada, y al ver el horror pintado en el rostro de la Reina, Beatriz se apresuró a disculparse.

—Ya veis, Alteza, soy la misma de siempre —murmuró—. Digo las cosas sin pensar.

Una lenta sonrisa cruzó el rostro de Isabel.

—Se debe a lo mucho que os cuidáis de mí, pero no quisiera oír más de los peligros de este viaje y de que vos no estáis de acuerdo con visitar a mi madre.

—He ofendido a Vuestra Alteza. Os ruego humildemente me perdonéis.

—No me habéis ofendido, Beatriz, pero no insistáis más, por favor.

Era una orden. Beatriz se mantuvo un rato en silencio mientras seguían cabalgando hacia Arévalo; entretanto, los pensamientos de Isabel se volvían al día en que ella, en compañía de su madre y de su hermanito, había salido presurosamente de la corte de su medio hermano para vivir, durante tantos años, en el anonimato del castillo de Arévalo.

Isabel se arrodilló ante la mujer sentada en la silla: su madre, también llamada Isabel, la Reina viuda del rey Juan II de Castilla.

Mientras estaba ahí de rodillas sintió necesidad de llorar: recordaba con toda nitidez aquellos días en que observaba el rostro de su madre, y veía aparecer en él los signos de locura, tan aterradores para una hija pequeña.

Los dedos largos y delgados le acariciaron el pelo.

—¿Quién ha venido a verme? —preguntó la mujer.

—Es Isabel.

—Yo soy Isabel.

—Otra Isabel, Alteza. Vuestra hija.

—Mi hija Isabel —la expresión vacía desapareció y los ojos se hicieron más brillantes—. Mi hijita Isabel.

¿Dónde está vuestro hermano, Isabel? ¿Dónde está Alfonso?

—Ha muerto, madre —respondió Isabel.

—Un día podría ser Rey de Castilla. Un día será Rey de Castilla.

Isabel sacudió la cabeza: las lágrimas le ardían en los ojos.

La anciana Reina acercó su rostro al de su hija, pero daba la impresión de que no la veía.

—Debo llevármelos mientras estemos a tiempo —balbuceó, en un ronco susurro—. Un día,. Alfonso podría ser Rey de Castilla. y si algo malo le sucediera, la Reina sería mi pequeña Isabel.

Isabel tomó los dedos temblorosos para posar sobre ellos sus labios.

—Madre, ha pasado mucho tiempo. Yo soy vuestra Reina, ya soy Reina de Castilla. Eso, ¿no os hace feliz? ¿No es lo que siempre deseasteis?

La anciana Reina se enderezó en su silla, e Isabel se levantó rápidamente para rodearla con sus brazos.

—Reina —murmuró—. ¿Reina de Castilla?

—Sí, madre. Yo, vuestra pequeña Isabel ya no es pequeña, estoy casada con Fernando. Era el matrimonio que siempre quisimos, ¿no es verdad? Y tenemos una hija..., otra pequeña Isabel. Una criatura dulce y vivaz. Y pronto nos nacerá otro, madre.

—Reina de Castilla —repitió la Reina viuda.

—La Reina de Castilla está ante vos ahora. Es vuestra propia hija, madre.

En los labios temblorosos se esbozó una sonrisa. La Reina había entendido, y se sentía feliz.

Cuánto me alegro de haber venido, pensó Isabel. Ahora estará en paz. Lo recordará.

—Venid, madre, sentémonos —le dijo—. Sentémonos una junto a la otra y os contaré. La guerra ha terminado y mi corona ya no corre peligro. Os contaré lo feliz que soy con mi reino, mi marido y mi familia.

Condujo a su madre hasta su silla, y ambas se sentaron juntas, tomadas de las manos mientras Isabel hablaba y la anciana hacía gestos de asentimiento y de vez en cuando repetía:

—Isabel..., mi hijita, es Reina de Castilla.

—Ahora ya lo sabéis, madre —concluyó Isabel—. No hay necesidad de estar triste. Vendré a visitaros con tanta frecuencia como me sea posible, y conversaremos. Ahora podéis ser feliz, madre.

La anciana Reina seguía asintiendo.

—Me quedaré aquí algunos días —le explicó Isabel—, no quiero quedarme demasiado tiempo, por mi estado. ¿Me comprendéis, madre?

La vieja Isabel lo confirmaba con la cabeza. Isabel apoyó los labios en la frente de su madre.

—Mientras yo esté aquí, pasaremos mucho tiempo juntas. Eso me hace feliz. Ahora me iré a mis habitaciones a descansar un rato. Lo necesito, por el niño.

Súbitamente, la vieja Reina extendió una mano.

—Ten cuidado —susurró.

—Me cuidaré mucho —le aseguró su hija.

—Él jamás podrá tener hijos —prosiguió su madre—. Es por la vida que ha llevado.

De pronto, se rió con el eco de aquella risa desaforada que tanto había aterrorizado a la pequeña Isabel cuando empezó a advertir la mácula de la insania en su madre.

—Intentará imponer al pueblo a la hija de la Reina, pero ellos no la aceptarán, no la aceptarán.

Hablaba de su hijastro, el rey Enrique IV, muerto hacía ya varios años. A veces, aún seguía viviendo en el pasado.

Aferró la mano de Isabel.

—Debo mantener lejos de él a los niños. Una almohada sobre la boca..., eso podría ser. O veneno mezclado con la comida. No confío en ellos..., ni en Enrique ni en la Reina. Son malos..., son malos, y yo protegeré a mis hijitos. Mi pequeño Alfonso podría ser Rey de Castilla... Mi Isabelita podría ser Reina.

Todo lo dicho por Isabel había dejado sólo una impresión momentánea en aquella pobre mente obnubilada.

Al despedirse presurosamente de su madre, Isabel sintió que los sollozos estaban a punto de ahogarla.

Tendida sobre la cama, las lágrimas le resbalaban lentamente por las mejillas. Eso era una debilidad. ¡Llorar, ella, la Reina de Castilla! Nadie debía verla en esa situación.

Era todo tan trágico… Esa pobre mujer, que se había preocupado, había hecho planes para sus hijos, y cuyo desequilibrio se había visto agravado sin duda por las angustias que por ellos había pasado, podría ver ahora realizado uno de sus sueños más caros..., pero su mente no estaba en condiciones de captar la verdad.

—¡Pobre madre! —murmuraba Isabel—. ¡Querida madre! ¿Habrá acaso enfermedad peor que la de la mente?

Beatriz entró en las habitaciones de la Reina.

—No os he mandado llamar —la riñó Isabel, pero su amiga se había arrojado de rodillas junto al lecho.

—Alteza, os sentís desdichada, así que si puedo consolaros en la más pequeña medida, nada podría mantenerme apartada de vos.

Beatriz la había visto llorando: de nada servía ocultar su dolor. Isabel tendió la mano y Beatriz se la tomó entre las suyas.

—Es algo tan triste..., me hace llorar —le confió Isabel.

—No os acongojéis de esa manera.

—Teníais razón, Beatriz. No debería haber venido. No puedo hacerle bien alguno. ¿O tal vez sí? Me hago la ilusión de que se alegró al verme.

—El poco bien que pudierais hacerle con vuestra visita podría significar para vuestra salud un grandísimo riesgo.

—He estado pensando en el niño, Beatriz. Hoy estoy descompuesta, porque mis pensamientos son melancólicos.

—Nada temáis. Sois una mujer sana, y el aborto se debió a vuestro exceso de actividad. No tiene por qué repetirse.

—No temo un aborto, Beatriz.

—Por vuestra propia salud. Pero vos sois fuerte, Alteza. Sois joven y tendréis muchos hijos.

—Fue por verla a ella, Beatriz. ¿Cómo llegó a ponerse así? ¿Por qué nació con ese espíritu para sumirse en la oscuridad?

— Yo puedo daros la respuesta, amiga querida. Porque lo mismo sufrieron otros en su familia —dijo Beatriz. Y de pronto, espantada, gritó—: ¿Qué estáis pensando?

—Que ella es mi madre..., así como yo soy la madre de esta vida que ahora mismo se remueve dentro de mí.

—Esas son ideas enfermizas, son malas para una mujer embarazada.

—Es un miedo súbito en mi interior, Beatriz, como una mala hierba en un arriate de bellas flores. Antes hubo otros que padecieron lo mismo. Y yo pienso en mi hijo, Beatriz.

—Es una tontería. Perdonadme, Alteza, pero debo decíroslo. La princesa Isabel es una hermosa criatura, vivaz y despierta. Esas tinieblas se han abatido sobre vuestra madre debido a la triste vida que ha llevado. Nada tiene que ver con la sangre.

—¿Será así, Beatriz? ¿Lo creéis?

—Lo creo —mintió Beatriz—. Y os diré algo más: será un varón. Lo sé por vuestro porte.

—Un varón, Beatriz, es lo que quiere Fernando. Le gustaría que nuestro heredero fuera varón. Él piensa que el soberano debe ser un hombre.

—Nosotros mismos hemos visto ya dos reyes de Castilla, y no nos impresionan demasiado los gobernantes masculinos. Ahora tenemos una Reina, y os aseguro, en muy breve tiempo Castilla tendrá buenas razones para estar agradecida de tenerla.

—Quizás debiera hacer de vos mi primer ministro —bromeó Isabel.

—No —se opuso Beatriz—, preferiría ser el poder que está por detrás del trono. ¿Podremos partir mañana?

—Hemos estado tan corto tiempo...

—Isabel, mi señora querida, ella no sabe quién sois ni por qué estáis aquí. Mejor salir mañana; mejor para vos..., y para el niño.

—Tenéis razón —admitió Isabel—. ¿Qué bien hacemos quedándonos? Pero cuando nazca mi hijo volveré aquí para verla...Vendré con frecuencia. A veces, su mente se aclara un poco, y entonces comprende y está feliz de verme.

—Aquí, es tan feliz como puede serlo. Sois una hija muy escrupulosa. Para ella, Isabel, es suficiente con que la cuiden. Y vos debéis pensar en el niño.

Isabel hizo un lento gesto de asentimiento.

Estaba pensando en el niño. Un terror nuevo había ingresado en su vida, y se sentía siempre acosada por una sombra.

Muchas veces pensaría en esos desaforados ataques de risa de su madre; pensaría en la pobre mente oscurecida, perdida en un semimundo de tinieblas; y en lo sucesivo, alerta y temerosa, vigilaría a sus hijos. Su madre había traído de Portugal las semillas de la insania. Posiblemente hubieran echado raíces en las generaciones del porvenir, dando sus flores abominables.

Entretanto, Alfonso de Portugal no había estado ocioso. Tan pronto como hubo regresado a su país en compañía de la joven Juana, comenzó a hacer planes para otro intento de ganar —para ella y para sí mismo— la corona de Castilla. Aunque se había cansado de la frustrada campaña, estaba ansioso de empezar una nueva.

Lo habló con su hijo Juan.

—¿Hemos de permitir la pérdida de la corona de Castilla? —le preguntó—. ¿Acaso nuestra joven Juana, una dama en dificultades, ha de verse privada de lo que por derecho le pertenece?

—¿Qué os proponéis hacer, padre? En Castilla hemos perdido lo mejor de nuestro ejército, no estamos pertrechados para ir nuevamente a la guerra.

—Es verdad, necesitaríamos ayuda —coincidió Alfonso—, pero contamos con nuestro antiguo aliado. Luis nos ayudará.

—Por el momento tiene bastante con Borgoña.

En los ojos de Alfonso brillaba una determinación nueva.

—Nos ayudará, si nuestros embajadores pueden convencerlo de la justicia de nuestra causa.

—Y del provecho que pueda significar para él nuestro triunfo —completó, cínicamente, Juan.

—Bueno, el propio Luis se ocupará de sacar algún provecho para él.

—¿A quién enviaremos a Francia? ¿Ya habéis pensado en alguien?

Alfonso estaba inquieto. Con el correr de los años, su avidez de aventura no lo abandonaba. Quería gozar de su joven prometida, pero no podía casarse, por más joven y encantadora que fuera, con una muchacha tal vez ilegítima y sin derecho alguno a una corona. Forma de arreglar el asunto: ceñir con una corona la frente de su pequeña Juana. Después se casaría con ella; después Castilla quedaría bajo el poder de Portugal.

Alfonso no podía esperar: necesitaba estar todo el tiempo en movimiento.

Pensó en el largo viaje a Francia, y en sus embajadores, que se esforzarían por exponer la situación a Luis, cuyos pensamientos estarían puestos en la amenaza de guerra con Borgoña.

Sólo un hombre en Portugal, de eso estaba seguro, podía explicar a Luis las grandísimas ventajas para Francia y Portugal de una invasión de Castilla poniendo en el trono a Juana en lugar de Isabel.

Al volverse hacia su hijo, lo hizo con la ansiedad de un muchacho.

—Yo mismo iré a Francia a hablar con Luis —contestó.

Triunfalmente, Alfonso atravesó Francia con su séquito de doscientos hombres.

—El Rey de Portugal es mi amigo. Rendidle honores donde vaya —había ordenado Luis XI.

El pueblo de Francia dio una cálida bienvenida al amigo de su Rey, y en la campiña los aldeanos arrojaban flores a sus pies y lo aclamaban con «Vivas» al verlo pasar.

El propio Luis, tan honrado de apariencia con su raída chaqueta de pana y su sombrero viejo y maltratado, adornado con una imagen de plomo de la Virgen, tomó en sus brazos a Alfonso y lo besó en ambas mejillas ante una gran concurrencia, para asegurar a todos la honda amistad y estima que lo unían a su aliado.

Se llevó a cabo una reunión entre ambos reyes, sentados uno frente a otro en la sala del consejo, rodeados de sus ministros y asesores. Luis se mostró tan afable como siempre, pero sus palabras de amistad estaban hiladas en frases cautelosas, y no ofreció aquello que Alfonso había ido a buscar a Francia.

—Mi querido amigo y hermano —le dijo—, ya me veis aquí en la más desdichada de las condiciones: mi reino asolado por la guerra, mis recursos al borde de sus límites en este conflicto con Borgoña.

—Pero mi hermano de Francia es dueño de grandes recursos.

—¡Grandes! —en los ojos del Rey de Francia destelló fuego. Después sonrió con cierta tristeza, mientras se acariciaba la chaqueta de pana, como para llamar la atención sobre la raída simplicidad de su atavío. Así el Rey de Portugal comparando con su propio esplendor, y sacudió la cabeza—. Las guerras agotan nuestros caudales, hermano. No podría yo cargan a mi pobre pueblo con más impuestos. Cuando haya puesto término a este problema con Borgoña..., entonces..., vaya, entonces sería para mí una alegría correr en vuestra ayuda para derrotar a la usurpadora Isabel y poner en el trono de Castilla a su legítima heredera. Hasta entonces... —Luis levantó las manos y una expresión de impotencia se pintó en sus rasgos astutos.

—Pero las guerras suelen prolongarse —señaló con desesperación Alfonso.

—Y mientras el conflicto no llegue a una conclusión satisfactoria, permaneceréis en mi reino y en él seréis mi huésped... El más honrado de mis huéspedes.

Luis se había inclinado hacia adelante en su asiento, y entre los portugueses hubo quienes se estremecieron de disgusto. Luis les hacía pensar en una gran araña, con su vestimenta descuidada y un rostro pálido sólo avivado por los ojos vivaces y astutos.

—Bien puede ser —continuó el Rey de Francia— que tal vez para entonces se haya podido persuadir a Su Santidad de que os otorgue la dispensa necesaria para contraer matrimonio con vuestra sobrina.

Otra excusa para demorarse. El matrimonio no podría celebrarse sin la dispensa del Papa, ¿y acaso la daría éste mientras Isabel siguiera firmemente establecida en el trono de Castilla?

Si el viaje a través de Francia había sido un placer para el Rey de Portugal, su entrevista con el Rey de Francia lo dejó lleno de ominosos presentimientos.

A Alfonso no le habían faltado motivos para su aprensión. Los meses pasaban, los franceses seguían tratándolo con respeto, pero Luis se mostraba evasivo cada vez que se hacía mención del propósito de la visita.

—¡Borgoña! —era la respuesta. ¿Y dónde estaba la dispensa del Papa?

Alfonso se demoró en Francia durante un año entero. Una vez hecho tan largo viaje, ¿cómo pensar en el regreso sin haber conseguido lo que se proponía?

La desdichada figura del Rey de Portugal se había convertido en una vulgaridad en la corte de Francia. Lo consideraban un pedigüeño, cuyo prestigio se atenuaba según pasaban las semanas.

El duque de Borgoña había muerto y Luis había invadido sus dominios. El Papa había concedido la dispensa.

Alfonso seguía sin obtener respuesta.

Empezó a ponerse melancólico y a preguntarse qué debía hacer. No podía quedarse indefinidamente en Francia.

Un día después de haber pasado ya un año en los dominios de Luis, uno de los hombres de su séquito pidió a Alfonso una entrevista en privado.

—Alteza —le dijo cuando se encontraron solos—, nos están engañando. Luis no tiene intención de ayudarnos. En estos momentos se encuentra en negociaciones con Fernando e Isabel. intenta concluir un tratado de amistad con ellos.

—¡Es imposible! —gimió Alfonso.

—Hay pruebas de ellos Alteza.

Cuando se aseguró de la verdad, Alfonso se sintió abrumado por la mortificación.

«¿Qué puedo hacer?», se preguntaba. ¿Regresar a Portugal? Se convertiría en objeto de escarnio. Luis no era hombre de fiar, y él —Alfonso— había sido un tonto pensando en negociar con semejante personaje. Luis jamás había tenido la intención de ayudarlo; era obvio: desde que había entablado amistad con Isabel y Fernando, los consideraba seguros en el trono de Castilla.

El Rey de Portugal llamó a tres de sus servidores de más confianza.

—Preparaos para salir inmediatamente de la corte —les dijo.

—¿Regresamos a Portugal, Alteza? —preguntó ansiosamente uno de ellos.

—Regresar... —murmuró el Rey—. Jamás podríamos regresar a Portugal. Jamás podré hacer frente a mi hijo, ni a mi pueblo.

—Entonces, Alteza, ¿dónde iremos?

Alfonso miró con aire de perplejidad a sus hombres.

—Hay una aldea en Normandía. Hacia allí nos dirigiremos, y allí viviremos oscuramente hasta decidir yo qué es lo mejor.

Desde la ventana de la posada, Alfonso miraba, sin verlas, a las aves de corral que picoteaban en el patio.

«Yo», se lamentaba, «¡un Rey de Portugal, he llegado a esto!»

Durante varios días había vivido allí como un fugitivo, de incógnito, temiendo que se supiera quién era y que incluso esas humildes gentes llegaran a reírse de él.

En la corte de Francia, los de su séquito estarían preguntándose por él, pero a Alfonso no le importaba; lo único que quería era esconderse del mundo.

En Portugal, Juana se enteraría de su humillación. ¿Qué sería de ella? ¡Pobre niña! Triste vida la suya; ¿qué esperanza le quedaba ahora de llegar alguna vez al trono de Castilla?

Alfonso había soñado con una empresa novelesca. Una bella joven en dificultades, un rey galante en su rescate que se convertía en su prometido; ahora, se veía allí solo, envejecido, conocido tal vez ya para el mundo como defensor de causas perdidas.

«¿Qué me queda?», se preguntaba. «¿Qué queda para Juana? Para ella, un convento. ¿Y para mí?»

Se vio de pronto con cilicio bajo la áspera túnica, descalzo, prosternado ante un santuario. ¿Por qué no hacer una peregrinación a Tierra Santa y volver a Portugal para abrazar la vida monástica? Así, si no podía conseguir la corona de Castilla, se aseguraría por lo menos un lugar en el cielo.

No se detuvo mucho tiempo a considerarlo. Por lo demás, nunca lo había hecho.

Pidió papel y pluma.

—Voy a escribir una carta muy importante —anunció.

*«Hijo mío: He decidido abandonar el mundo. Todas las vanidades terrenas que un día me acompañaron han muerto. Me propongo ir en peregrinación a la Tierra Santa y, tras ello, dedicarme a Dios en la vida monástica.*

*Debéis recibir esta noticia como si fuera la de mi muerte, pues muerto estoy para el mundo. Vos asumiréis la condición de soberano de Portugal. Cuando recibáis esta carta, Alfonso no será ya Rey de Portugal. Rindo mi homenaje al rey Juan...»*

Tendida en su lecho, Isabel esperaba el nacimiento de su hijo. Ya no faltaba mucho, y la Reina se alegraba de tener a Beatriz a su lado. Sus viajes la habían llevado hasta Sevilla; en pleno mes de junio, el calor era intenso y la frente de Isabel se cubría de sudor mientras los dolores intermitentes sacudían su cuerpo.

—Beatriz, ¿estáis ahí, Beatriz? —murmuró la Reina.

—Junto a vos, señora querida.

—No hay motivo para preocuparse, Beatriz. Todo irá bien.

—¡Por cierto que todo irá bien!

—El niño nacerá en la más hermosa de mis ciudades, Sevilla, la tierra de María Santísima. Anoche, desde mi ventana, estuve mirando los fértiles viñedos. Pero, ¡qué caluroso es!

Beatriz se inclinó sobre ella para abanicarla.

—¿Os sentís mejor, señora mía?

—Mejor, Beatriz. Me alegro tanto de teneros conmigo...

En la frente de Isabel se había marcado una arruga, y Beatriz se preguntaba: «¿Estará pensando en la mujer del castillo de Arévalo? Oh, no, mi señora querida, en este momento, no. Podría haceros algún daño..., estaría mal. Ahora, no, Isabel, Reina mía, cuando el niño está a punto de llegar al mundo».

—Es el dolor —dijo Isabel—. Debo ser más capaz de soportarlo.

—Sois la mujer más valiente de Castilla.

—Nuestro hijo está a punto de nacer..., mío y de Fernando. Este niño podría ser Rey... o Reina de Castilla. Solía decirnos mi madre...

Isabel había contenido el aliento y Beatriz, mientras la abanicaba más enérgicamente, se apresuró a decir:

—El pueblo ya se está reuniendo afuera, amontonándose en los patios, al resplandor del sol. Esperan la noticia del nacimiento de vuestro hijo.

—No debo decepcionarlos, Beatriz.

—Vos jamás decepcionaréis a vuestro pueblo, Isabel.

Con el niño en sus brazos, Beatriz veía, regocijada. Después se lo entregó a un ama y fue a arrodillarse junto al lecho de Isabel.

—¿Y el niño? —preguntó la Reina.

—Vuestra Alteza ha dado a luz un niño perfecto.

—Me gustaría verlo.

—¿Alcanzáis a oír su llanto? Fuerte..., sano..., como debe ser un niño. ¡Oh, qué día más feliz! Oh, mi querida señora, ha nacido vuestro hijo.

Isabel se recostó sobre las almohadas y sonrió.

—Entonces, es un varón.

—¡Un príncipe para Castilla! —exclamó Beatriz.

—¿Y está bien..., completamente bien..., en todo sentido?

—Es perfecto, estoy segura.

—Pero...

Isabel pensaba, indudablemente, que cuando su madre nació, no mostraría signos de la terrible afección que habría de caer sobre ella.

—Apartad de vuestra mente los tristes pensamientos, Alteza. En momentos como éste son doblemente malos. Todo está bien. El niño es hermoso, un perfecto heredero para Castilla. Aquí lo tenéis.

Beatriz tomó al niño de los brazos del ama y lo depositó en los de su madre.

Al mirar a su hijo, Isabel se olvidó de sus temores. Había nacido, finalmente, el hijo varón tan anhelado.

—Se llamará Juan —murmuró—. Juan..., como el padre de Fernando. Mi marido estará encantado.

Besó en la frente al pequeño, mientras le susurraba:

—Juan..., hijito mío, nacido en la más hermosa de mis ciudades, bienvenido a Castilla.

# 4

# ISABEL Y EL ARZOBISPO
# DE ZARAGOZA

Alfonso se entregaba a sus sueños. Sentado en su habitación, soñaba con la vida en el monasterio de su elección. Había decidido hacerse franciscano porque la vida simple de la orden se adaptaba mejor a su estado de ánimo en ese momento. ¡Qué diferente sería la existencia en un monasterio franciscano, comparada con la de un palacio real!

Lo primero sería la peregrinación. Cerró los ojos y se imaginó, con su atado a la espalda, vestido simplemente con una túnica flotante, azotado por el sol, sufriendo mil incomodidades. Eran tan cómodas las incomodidades imaginarias...

Mientras seguía soñando oyó un repiqueteo de cascos de caballos en el sendero que lo arrancó del mundo de su imaginación; varios miembros de su séquito, a quienes había abandonado en la corte de Francia, habían llegado a la posada.

Alfonso bajó a saludarlos.

Los hombres se inclinaron ante él.

—Alabado sea Dios, Alteza —dijo el comandante—, por habernos permitido encontraros.

—No me llaméis Alteza —dijo el Rey—, pues he renunciado a mi rango. Muy pronto no seré más que un humildísimo monje.

Sus súbditos lo miraron atónitos, pero Alfonso advirtió que estaban ya al tanto de su propósito de abdicación. Por eso, al saber el lugar donde se ocultaba, habían acudido presurosos en su busca.

—Alteza —dijo uno de ellos—, es imprescindible que regreséis inmediatamente a Portugal. Si os demoráis, posiblemente el príncipe, vuestro hijo, haya asumido la dignidad de Rey.

—Tal es mi propósito.

—Está también la princesa Juana, que espera ser vuestra prometida.

Alfonso parecía apenado. Juana se había borrado por completo de su mente. Pero era tan joven, estaba tan desvalida… Sería una novia de una inocencia encantadora.

De pronto, el hábito de franciscano perdió parte de su encanto; al pensar en el cuerpo suave de la princesa Juana, Alfonso evocó la aspereza del cilicio.

Había una princesa en dificultades, ¡y él había jurado ayudarla! ¿Podría acaso abandonarla a su suerte?

Recordó la corte, con sus bailes y banquetes, sus fiestas, sus placeres. La vida de Rey era su vida, y para ella lo habían educado.

—Es demasiado tarde —respondió—. Ya he escrito a mi hijo. Al recibir mi carta tomará las disposiciones para ser coronado. Cuando él sea Rey de Portugal, ya no quedará lugar para mí.

—Alteza, no es demasiado tarde. Luis ha ofrecido una flota de barcos para llevaros a Portugal. Debemos partir sin demora; con suerte, podemos llegar a Portugal antes de la coronación del príncipe Juan.

Alfonso sacudió la cabeza.

—No —insistió—, lo tengo decidido.

Sonrió al pensar en la más fantástica y descabellada de todas las aventuras. Los encantos de Juana lo atraían; la vida cortesana tenía sus encantos; pero él no podía abandonar tan fácilmente el hábito franciscano.

—Alteza —siguió diciendo el comandante de sus hombres—, no podéis renunciar así a la corona. La princesa Juana os espera, estará ansiosa por veros regresar. Todo Portugal desea ver a su Rey. No podéis abandonar a la princesa Juana, ni tampoco a vuestro pueblo.

Alfonso se dijo que los hombres tenían razón.

Mi hermosa Juana, noviecita y sobrina. Claro que no puedo abandonarte.

Sin embargo, se mantuvo aparte de la discusión, porque su dignidad no le permitía ceder tan fácilmente.

Los hombres lo sabían, y a su debido tiempo podrían persuadirlo de renunciar a sus sueños de abdicación; ya lo veía como una quimera, pues no era otra cosa.

Fernando estaba frente a Isabel, en el apartamento donde se reunían a solas con sus hijos. El Rey estaba vestido para un largo viaje.

—Me apena dejaros —le decía—, pero vos comprendéis, así debe ser.

—Lo comprendo. Vos debéis acudir junto a vuestro padre cuando os necesita..., como yo con mi madre.

Fernando pensaba que era imposible comparar al uno con la otra. ¡Su padre, el gran guerrero y estadista, y la madre de Isabel, ese ser demente recluido en Arévalo! Pero sobre eso no hizo ningún comentario. Isabel se refería, naturalmente, al deber de ambos.

—Por lo menos —decía ella en ese momento—, tenéis para él mejores noticias que la última vez que lo visteis. Aunque no debemos olvidar que no estamos todavía completamente a salvo.

—Yo desconfiaré siempre de Alfonso —respondió Fernando—. ¿Cómo se puede saber cuál será la próxima locura que se le ocurra? ¡Qué idea, dejar el trono a su hijo! ¡Si está hablando de entrar en un monasterio!

Isabel sonrió.

—Luis lo ha humillado, y él no se siente capaz de enfrentar a sus compatriotas. ¡Pobre Alfonso! No es hombre para ceñir una corona.

—Os cuidaréis, y cuidaréis a nuestros hijos, mientras yo no esté.

—Podéis confiar en que así será, Fernando —Isabel le sonrió afectuosamente.

—Cuidad de ellos con tanto celo como cuidáis de Castilla.

—Así lo haré, Fernando.

—En la frontera tenemos fuerzas suficientes en número para resistir un ataque de Portugal, si éste se produjera.

—No temáis nada.

—Sois una mujer prudente, Isabel. Lamento dejar a mi familia, pero el tiempo pasa.

—Debéis despediros de los niños —le recordó Isabel, y llamó a su hija—. Isabel, querida, ven, tu padre debe dejarnos ahora.

La infanta, ya de ocho años, acudió corriendo al llamado de su madre. Aunque delicada, era una niña bonita, y en su abundante cabellera lucía el tinte rojizo heredado de sus antepasados Plantagenet; pero faltaba en ella la serenidad de su madre.

La niña se arrodilló ante Fernando e Isabel, pero su padre la levantó en brazos y la besó, abrazándola estrechamente contra su pecho.

—Bueno, hija —le preguntó—, me echarás de menos?

—Muchísimo, padre querido —respondió la niña.

—Pronto estaré de nuevo con vosotros.

—Volved pronto, padre, por favor.

Isabel miraba a ambos con afecto.

—No vais a buscar marido para mí, padre —conjeturó la infanta.

—No era ésa mi intención.

—Porque —explicó la niña, mientras jugueteaba con los adornos de la casaca de Fernando— yo no quiero dejaros a vos y a la Reina para ir a Francia y ser hija del Rey francés.

—No has de dejarnos en muchos años —le prometió Fernando.

La niña echó los brazos al cuello de su padre, colgándose de él.

Mientras los miraba, Isabel se encontró de pronto rogando en silencio.

—Protegedlos a ambos, y dadles felicidad..., la mayor felicidad de la vida. Si hay aflicciones, que las soporte yo, pero para ellos dos, una felicidad perfecta.

Los dos le parecían niños. Fernando, tantas veces parecía un chiquillo malcriado, pese a todo su valor en la batalla, pese a toda su dignidad; y su querida Isabelita, que deseaba no abandonar nunca el núcleo familiar.

Con un esfuerzo, Isabel hizo a un lado su emoción.

—No debéis olvidar a vuestro hijo, Fernando, también querrá despedirse de vos.

—Es demasiado pequeño para conocer a nuestro padre —señaló la pequeña Isabel, casi haciendo pucheros, pues no quería compartir la atención de sus padres con su hermanito que en su opinión, ya gozaba en exceso de ella.

—Sin embargo, tu padre querrá despedirse de él —insistió la Reina.

Juntos fueron al cuarto de los niños, donde las damas se inclinaron al verlos aproximarse, apartándose de la cuna en la que el pequeño Juan gorjeaba y sonreía como empeñado en mostrar sus adelantos a los circunstantes.

Fernando lo tomó en brazos para besarle la minúscula frente, mientras el niño protestaba débilmente; pero era una criatura sana y feliz. Tranquila, pensaba Isabel, jubilosa.

Así terminaron las despedidas, y Fernando dejó a su mujer y a sus hijos para dirigirse a Aragón.

Se quedó espantado al ver cómo había envejecido su padre. Juan de Aragón tenía casi ochenta y tres años, pero aunque se lo veía enfermo, su capacidad mental no había disminuido en un ápice; además, su agilidad desmentía sus años.

Fernando no tenía necesidad de quejarse de ninguna falta de respeto cuando estaba en Aragón: allí, su padre insistía no sólo en tratarlo como a un rey, sino como a un rey de más valía que la suya propia.

—¡Fernando, Rey de Castilla! —exclamó Juan mientras abrazaba a su hijo—. Veros me regocija el corazón. Oh, no..., no. Yo marcharé a vuestra izquierda. Castilla debe tener prioridad sobre Aragón.

—Padre —objetó Fernando, profundamente conmovido—, vos sois mi padre y debéis tener siempre prioridad.

—En público ya no, hijo mío. Os ruego no me beséis la mano. Soy quien debo besar la vuesra en toda ocasión pública. Oh, qué bien me hace veros en tal condición. Rey de Castilla, ¿eh?

—Consorte de la Reina, padre.

—Esa pequeñez no tiene importancia. Rey de Castilla sois, y como tal, digno del mayor respeto.

Para Juan era un placer estar a solas con su hijo, y quiso saber todas las noticias. Conque ya era abuelo de dos niños... Eso lo encantó. Y Fernando tenía un hijo varón. ¡Juan! Habían pensado en lo que más complacería al abuelo, que le dieran su nombre.

—Ojalá tarde mucho en ascender al trono de Castilla —deseó Juan, emocionado.

Quiso tener noticias de Isabel.

—Entonces, ¿sigue negándose a daros igualdad de derechos? Es mujer de carácter fuerte.

—Para entender a Isabel, necesitaría estar constantemente con ella —caviló Fernando—, y ni siquiera así es fácil llegar a conocerla bien. Tiene el carácter más fuerte de Castilla, y los modales más suaves.

—Es sumamente respetada en toda España, y creo que en Francia también. De Francia precisamente quería hablar0s, hijo mío. He estado en comunicación con Luis. Está dispuesto a renunciar a su amistad con Portugal, dejar de dar apoyo a la causa de la Beltraneja y establecer una alianza con vos y con Isabel, para que reine perpetua paz entre Francia y Castilla.

—Si tal cosa pudiera lograrse, padre, despejaría nuestra mente de grandes ansiedades.

—¡Si pudiera lograrse! ¿No conocéis acaso a vuestro padre? Se logrará.

Fernando se sentía feliz de estar en Aragón.

—En el aire natal hay algo —comentaba con sus ayudantes— que levanta el espíritu. ¡Cómo echo de menos a mi familia! Estoy ansioso por ver a la Reina, y a mis hijos. Pero, sin embargo, no podría ser totalmente desdichado mientras esté en Aragón.

En Zaragoza había, empero, ciertos deleites que Fernando debía saborear en secreto.

Salió del palacio de su padre al oscurecer, a caballo. Su destino era una casa en la ciudad, donde fue recibido por una ceremoniosa dama que prorrumpió en expresiones de placer al ver quién era su visitante.

—Tengo asuntos con el arzobispo de Zaragoza —declaró Fernando—, os ruego me llevéis a su presencia.

La dama inclinó la cabeza y lo guió escaleras arriba. Al advertir el lujo, los muebles de la casa, Fernando expresó:

—Me encanta que mi señor el arzobispo viva de manera acorde con su rango.

—Mi señor disfruta con placer de los beneficios de su rango —fue la respuesta.

La dama abrió una puerta que daba paso a una habitación donde un niño, de unos siete años, tomaba una lección de esgrima.

El muchachito no desvió la vista cuando los dos se detuvieron en el vano de la puerta, pero su tutor los advirtió y se volvió hacia ellos.

—¡En guardia! —gritó el niño.

—Os ruego continuéis —pidió Fernando, y sonrió al advertir la destreza del niño manejando la espada.

El profesor, pensando sin duda que era el momento de dar término a la lección, con un golpe de muñeca arrancó la espada de la mano del niño.

—¡Cómo os atrevéis! —gritó éste—. ¡Cómo os atrevéis! Algún día os atravesaré por haberme hecho eso.

—Alonso, Alonso —lo tranquilizó la dama, y se volvió a Fernando—. Tiene un espíritu increíble. Se destaca en casi todos los deportes, y no puede soportar no distinguirse —con un gesto, indicó al tutor que se retirara, y una vez solos, anunció—: Alonso, ha venido tu padre.

Durante unos segundos el muchacho se quedó, sorprendido, mirando a Fernando; después se adelantó, se arrodilló, le tomó la mano y se la besó.

—¿De modo que mi señor el arzobispo se alegra de ver a su padre?

—El arzobispo se complace grandemente en dar la bienvenida al Rey.

A Fernando se le estremecieron las comisuras de los labios. Ese niño, con sus llameantes ojos oscuros y sus modales desenfadados, le era muy querido. Por él había corrido el riesgo de afrontar un desagradable escándalo, al concederle cuando no contaba más que seis años el arzobispado de Zaragoza, con todas las rentas correspondientes, de manera que el chiquillo era una de las personas más ricas de todo Aragón.

—Sólo desearía —prosiguió el niño— le dieran con mayor frecuencia la oportunidad de hacerlo.

Fernando sonrió a la madre del muchachito, evidentemente encantada ante la precocidad de su hijo.

—También el Rey lo lamenta profundamente —respondió Fernando—, pero por el momento hemos de soportar. Tal vez llegue un día en que disfrutaremos con más frecuencia de nuestra recíproca compañía.

Los ojos del niño brillaron y, de pronto, su dignidad lo abandonó: quedó sólo un niño ansioso que pedía una promesa. Había cogido del brazo a Fernando y se lo sacudía.

—¿Cuándo, padre? ¿Cuándo? —preguntó.

—Algún día. Por eso no temas.

Fernando se imaginaba al niño en la corte de Castilla. Isabel tendría que saberlo. Vaya, aceptar el hecho, con reyes como Fernando, esperar algún que otro hijo ilegítimo. Ya insistiría él en que su mujer aceptara el hecho. Allí, bajo la mirada de admiración de su amarte y de su hijo, no dudó ni por un instante que sería capaz de convencer a Isabel.

—Entonces iré a la corte.

—Por cierto que vendrás a la corte. Por todos los santos, ¡y qué airoso cortesano serás!

—Seré valiente, y muy importante —se enorgulleció el niño—. Todos temblarán a mi paso.

—¿Tan imponente serás?

—Seré el hijo del Rey —respondió simplemente Alonso.

—Mucho has aprendido, Alonso —dijo solemnemente Fernando—: el andar de un cortesano, un poco de esgrima. Pero una cosa no has aprendido, la humildad.

—¿La humildad? ¿Queréis decir que me humille?

—Es una lección que todos aprendemos tarde o temprano, no importa si somos arzobispos o hijos de rey. Perdisteis los estribos cuando el profesor se mostró más hábil con la espada. Vamos, ahora ocuparé yo su lugar.

La vizcondesa de Eboli se hizo a un lado para mirar el asalto de esgrima entre su hijo y su amante.

Una y otra vez, Fernando arrancó la espada de la mano de su hijo. Alonso estaba desconsolado, pero sin embargo el padre notó con placer que el niño volvía repetidas veces al juego, en la esperanza cada vez de que no le sucediera lo mismo.

—Ya es bastante —dijo finalmente Fernando y, dejando a un lado la espada, apoyó la mano en el brazo del niño—. Llegarás a ser un gran esgrimista, hijo mío —le dijo—, pero aprende esta lección. Quiero que seas el mejor en todo aquello que intentes. Quisiera hacerte entender que debes tener absoluta confianza en tu posibilidad de éxito, y estar siempre preparado para aprender de quienes tienen más experiencia. Ésta es la verdadera humildad, y vale la pena tenerla.

—Sí, padre —asintió el niño, un poco más convencido.

—Ahora me contarás lo que has estado haciendo durante mi ausencia. Mi visita debe ser breve, como siempre, y nos queda poco tiempo.

La decepción se pintó en el rostro del niño, y Fernando, rodeándolo con el brazo, lo abrazó impulsivamente.

—Tal vez no sea siempre así, hijo mío —expresó fervorosamente.

Alfonso de Portugal estaba de regreso en su país. Como la mayoría de sus albures, su llegada fue inoportuna. Tan pronto como puso los pies en las playas de su tierra natal le llegaron dos noticias, ambas inquietantes.

Su hijo Juan había sido coronado Rey de Portugal cinco días antes y el papa Sixto IV había sido inducido por Isabel y Fernando —y por la conducta del propio Alfonso— a retirar la dispensa para el matrimonio de Alfonso y Juana.

—Qué desdichado soy —se lamentaba Alfonso—. Ya veis, amigos míos, cómo la mano de Dios se ha puesto en mi contra. Me hice la promesa de regresar a mi país, de casarme con la princesa Juana, de gobernar con más prudencia mi reino. Y como veis, no he de casarme ni de gobernar. ¿Qué me queda ahora? Oh, ¿por qué me dejé disuadir de la decisión de abrazar la vida monástica? ¡Si nada me queda, aparte de eso!

Durante su viaje a Lisboa, tuvo la sensación, al atravesar los pueblos, de que la gente lo observaba furtivamente. No sabían cómo recibirlo. Era Rey, y sin embargo no lo era. Con sus empresas descabelladas, había sumido a Portugal en la pobreza y, más, en la humillación.

Su hijo Juan lo recibió con afecto.

—Vos sois ahora el Rey de Portugal—díjole Alfonso, besándole la mano—. Tenéis la precedencia sobre vuestro padre. Fue un error de mi parte haber venido a la corte, pronto volveré a abandonarla.

—Padre —quiso saber Juan—, si fuera posible volver sobre nuestros pasos, ¿aceptaríais otra vez la corona?

Alfonso lo miró con tristeza.

—En la corte no hay lugar para un Rey que ha abdicado, y trae problemas a su sucesor.

—Entonces, padre, ¿qué haréis?

—El monasterio es la única respuesta.

—En un monasterio no seríais feliz durante mucho tiempo. Os cansaríais pronto de la novedad, y sois un hombre acostumbrado a una vida muy activa. ¿Cómo podríais soportarlo?

—Aprendería a vivir una vida nueva.

—Padre, ¿no lamentáis acaso haberme cedido la corona?

—Hijo mío, os deseo toda clase de éxitos.

—Un día, un hijo debe recibir la corona de su padre, pero es cuando el padre está en la tumba.

—¿Qué queréis decir, Juan?

—Quiero decir, padre, que vos me cedisteis vuestra corona, y ahora abdico yo para devolvérosla. Para mí no ha llegado el tiempo de ceñirla, y confío en que llegue dentro de muchos años.

Con lágrimas en los ojos, Alfonso sonrió a su hijo. Juan se sentía aliviado. Para él había sido un motivo de alarma que su padre le cediera la corona. Pensaba en lo que sucedía con frecuencia, cuando había dos reyes y sólo una corona para ambos. Aunque su padre hubiera abdicado, aparecería seguramente una facción deseosa de restaurarlo en el trono, fuera o no ése su deseo.

A Juan lo hacía más feliz esperar para heredar la corona a la muerte de su padre que ceñírsela mientras éste aún vivía.

Fue así como Alfonso olvidó su humillante aventura en Francia y aceptó la corona de manos de su hijo.

En cuando al pueblo de Portugal, estaban ya acostumbrados a las excentricidades de su Rey, y pasado un tiempo dejaron de hablar de las dos abdicaciones.

Alfonso envió en busca de la princesa Juana, que iba convirtiéndose en una joven encantadora; el monarca lamentaba que Sixto les hubiera retirado la dispensa.

—Querida mía —le dijo, tomándola de la mano para hacerla sentar junto a él—, incierta es para vos la vida.

—Estoy aprendiendo a ser feliz aquí, Alteza —díjole Juana.

—Pues me alegro, pero yo no puedo ser feliz cuando nuestro matrimonio se demora.

—Aceptemos, Alteza, las cosas como son.

—No, querida mía, no las aceptaremos. Nos casaremos: estoy decidido.

Juana retrocedió, alarmada.

—Sin la dispensa, no podemos —señaló.

—¡La dispensa! —exclamó Alfonso—. Sixto la retiró porque no lo pusimos al tanto de los hechos reales, y ¡bien sabemos la verdad de eso! La retiró porque

Isabel y Fernando insistieron, y ellos son la principal fuerza de Castilla..., por el momento.

—Sí —coincidió Juana—, el pueblo acepta a Isabel como Reina, y no quieren a otra.

—Por el momento lo consiguen —asintió Alfonso—, pero reparad, digo por el momento, y eso no significa para siempre.

—Lo hemos intentado y hemos fracasado —le recordó Juana.

—Querida mía, vuestro futuro esposo no acepta el fracaso. Tengo un plan.

—No..., ¿no será invadir otra vez Castilla? —balbuceó Juana.

—Una vez hemos fracasado, pero la victoria está en la última batalla. Ésa es la importante, mi querida.

—No podéis volver a arrojar a la guerra al pueblo de Portugal.

Una expresión ensoñadora apareció lentamente en el rostro de Alfonso.

—Debemos luchar —murmuró el Rey—, debemos luchar por la justicia.

Fernando había regresado de Aragón, e Isabel le había preparado un banquete de bienvenida.

Era su deseo ofrecerle una fiesta refinada, no porque Fernando fuera más dado que ella a comer o beber en exceso: tampoco, lo mismo que a Isabel, le interesaba gastar dinero, pero sí apreciaría que su regreso fuera tan importante para la propia Isabel como para Castilla.

Isabel vigilaba cuidadosamente los gastos del tesoro, pero era la primera en admitir que había ocasiones en que lo adecuado era gastar, y ésa era una.

Fernando tenía buen aspecto, pero se advertía un cambio en él, una especie de mezcla de excitación y ansiedad. Isabel creyó comprenderlo. La salud de su padre debía de ser la causa de su ansiedad y excitación.

Fernando sentía afecto por su padre y jamás dejaría de estarle agradecido, pero, al mismo tiempo, la muerte del rey Juan lo convertiría en el rey Fernando de Aragón; y una vez que le correspondiera ese título, tendría la sensación de estar en un pie de igualdad con Isabel.

La Reina sabía que todas las emociones de su consorte estaban teñidas por su espíritu posesivo: ni siquiera la muerte del padre amado podía ser motivo exclusivo de dolor, en cuanto significaba para él una corona.

Después de recibirlo, cuando por fin se quedaron solos, Isabel le preguntó:

—¿Y vuestro padre, Fernando, cómo está?

—Complacido con lo logrado aquí, en Castilla, pero me temo que sus achaques lo abruman. Se olvida de sus casi ochenta y tres años. Y nosotros lo olvidamos también.

—Es para vos causa de preocupación, Fernando.

—No puedo dejar de sentirla, su fin está próximo.

—Gracias a él se ha concertado el tratado de San Juan de Luz, entre nosotros y los franceses.

—Mentalmente, se mantendrá activo hasta el fin, Isabel. Pero temo no volver a verlo.

—Venid, Fernando, haré llamar a nuestra hija; su presencia apartará vuestros pensamientos de un tema tan melancólico.

Pero mientras hacía llamar a su hija, Isabel sabía que el tema no era solamente melancólico, y esa idea la inquietaba.

La noticia llegó de Aragón a comienzos del año siguiente.

Los crueles vientos de enero, tras barrer las planicies del Guadarrama, se colaban en el palacio, y los enormes fuegos allí encendidos no bastaban para mantenerlo tibio.

Tan pronto como el mensajero se halló en su presencia, Fernando supo cuál era la noticia. Por la actitud del hombre al presentar su mensaje era evidente que no se encontraba simplemente en presencia del heredero del trono, sino del monarca en persona.

En las bronceadas mejillas de Fernando, el color se intensificó.

—¿Me traéis noticias del Rey de Aragón?

—¡Viva don Fernando, Rey de Aragón! —fue la respuesta.

—¿Conque así es? —murmuró Fernando, y se enderezó en toda su estatura, al tiempo que procuraba pensar en su pena, en todo lo que podría significar para él la pérdida de uno de sus mejores amigos. Se apartó, como para ocultar su emoción; pero la emoción no era únicamente el dolor, y Fernando no quería que el hombre advirtiera el significado que tenía para él haber heredado el trono de Aragón.

Dándose vuelta de nuevo, se cubrió los ojos con la mano.

—Os ruego me dejéis solo —pidió en voz baja.

Con un gesto de la mano, despidió a todos los presentes.

Fue a sentarse ante una mesa y hundió el rostro entre las manos. Intentó pensar en su padre, que había intrigado e incluso asesinado asesinado por él, y en todas las ocasiones en que Juan de Aragón le había brindado consejo y ayuda. Recordaba a su padre junto al lecho de muerte de su madre, cuando ésta se había asustado porque creyó ver junto a ella el fantasma de Carlos, el hermano asesinado de Fernando. Era creencia general que Carlos había muerto a manos de su padre y de su madrastra, así Fernando, el hijo de ambos, no encontraría obstáculo en su camino al trono.

Ahora, ese hombre había muerto; nunca más Fernando podría acudir a él en busca de guía. El padre, que indudablemente lo había amado como pocos eran amados, ya no existía. Cada una de sus acciones había tenido como meta el progreso de Fernando, Fernando el hijo idolatrado, el hijo de la mujer a quien Juan había amado más que a nada en el mundo.

Hasta con su muerte, había dado a Fernando una corona.

Isabel, enterada de la noticia, entró en la habitación.

Al sentirla aproximarse, Fernando levantó la vista. Al ver su aire de gravedad, pensó que no podía haber en el mundo mujer que disfrazara sus sentimientos tan hábilmente como Isabel.

Ella se arrodilló a sus pies, le tomó la mano y se la besó. Al mismo tiempo le ofrecía consuelo por la pérdida de su padre y rendía homenaje al Rey de Aragón.

—La noticia ha llegado, Isabel, como yo temía —dijo Fernando. Podría haber agregado: Como yo esperaba, pues indudablemente había anhelado ceñirse esa corona.

En ese momento, sintió un aguijonazo de irritación contra ella, porque, el tener conciencia de sus propios sentimientos mercenarios de ese momento, podía culpar de ellos a su mujer. Lo que hacía que para él fuera tan necesario ser Rey por derecho propio —y no simplemente de Sicilia, sino de la gran provincia de Aragón— era la determinación de Isabel de seguir manteniendo la supremacía en Castilla.

Ahora el hecho se había producido, y cuando debía estar llorando a su padre, Fernando se sentía eufórico.

—No debéis lamentarlo, porque él no habría querido —lo consoló Isabel—. Fernando, esta ocasión es importante. Yo soy Reina de Castilla; vos, Rey de Aragón. Todo lo que yo tengo es vuestro; todo lo que vos tenéis es mío. Ahora, casi toda España está unida.

—Toda España..., aparte de esos malditos reinos moros..., es nuestra... Nuestra, Isabel.

—Tenemos un hijo que será Rey de España, Fernando. Os lo recuerdo, porque bien sé lo que sufrís en este momento.

De pronto, Fernando cobró conciencia de la pérdida.

—Fue tan bueno conmigo. Nadie tuvo jamás mejor padre —balbuceó.

—Lo sé —asintió Isabel, llevándose un pañuelo a los ojos.

Al mismo tiempo, pensaba: Castilla y Aragón..., reinamos sobre casi toda España. Nuestro destino está cumpliéndose. Somos los gobernantes elegidos de Dios.

Soy Rey..., pensaba Fernando. Rey por derecho propio. Rey de Aragón, para poder estar en igualdad de condiciones con la Reina de Castilla.

El Rey de Aragón no se mostraba ya tan insistente en lo tocante a la deferencia que habían de demostrarle. Era evidente, era el Rey... Rey por derecho propio. Tenía una corona, no la debía a su mujer.

Isabel estaba encantada de verlo así cambiado. Consideraba el cambio como buen presagio para el futuro: Fernando no se resentiría ahora por el poder de ella en Castilla.

Cuando las guerras de sucesión pudieran quedar resueltas de una vez por todas, estarían dadas las condiciones para poner orden en su reino; pero mientras Alfonso se jactara de su intención de instalar a Juana en el trono de Castilla, en reemplazo de Isabel, no se podía pensar en la paz.

Sin embargo, Isabel tenía grandes esperanzas para el futuro. Tenía su familia —la encantadora Isabelita y el pequeño Juan, ambos normales y sanos—, y durante una breve temporada tendría consigo a Fernando: a un Fernando satisfecho, que no andaría en busca de desaires, porque era don Fernando, Rey de Aragón.

Durante esos meses de primavera Isabel descubrió, una vez más, que estaba esperando un hijo.

Isabel consideró necesario visitar las ciudades fortificadas en los límites entre Castilla y Portugal.

Mientras viajaba de un lugar a otro, cavilaba sobre el triste estado de su reino. En los caminos, los salteadores seguían siendo numerosos. La Hermandad estaba desempeñándose bien, pero en tanto persistiera la amenaza de guerra, sería imposible encontrar los fondos necesarios para mantener en marcha la organización. La situación no era tan grave como algún tiempo antes, pero en las ciudades fronterizas seguía siendo necesaria una vigilancia constante.

Desde Segovia acudió Beatriz para estar con su Reina.

—Debéis descansar —le aconsejaba—. ¡Ocho meses después del nacimiento de Juan ya habéis vuelto a quedar encinta!

—El deber de una Reina, Beatriz —recordó Isabel a su amiga, con una sonrisa—, es asegurar la continuidad de la línea sucesoria.

—Y cuidarse ella, para poder cumplir con ese deber —le replicó Beatriz—. ¿Acaso ha olvidado Vuestra Alteza cuando perdió a su hijo?

Isabel sonrió. Como era el signo exterior de su gran afecto, no le molestaba a que Beatriz le hablara de esa manera, bastante fanfarrona. Posiblemente, reflexionó Isabel, en Castilla no hubiera nadie que la amara como esa desenfadada de Beatriz de Bobadilla, sin pelos en la lengua.

—No soy yo quien ha de pensar en el peligro que yo misma corro —respondió con calma—. Si yo me muestro tímida, ¿cómo puedo esperar otra cosa de mis amigos?

Una vez más, Beatriz intentó disuadir a Isabel de hacer esos viajes, no sólo arduos sino también peligrosos, pero Isabel le dio a entender con firmeza que no quería oír hablar más del asunto; y aunque Beatriz era, por naturaleza, dominante, e Isabel más calma, la dama de honor siempre comprendía cuándo había llegado el momento de no decir nada más, de pasar de la condición de amiga privilegiada a humilde confidente.

Mientras Isabel se hallaba inspeccionando las fortificaciones fronterizas, recibió una comunicación de la infanta doña Beatriz de Portugal. La infanta, tía materna de Isabel, deploraba el hecho de que Castilla y

Portugal, pese al estrecho parentesco existente entre ambos soberanos, hubieran de estar continuamente en guerra. Quedaría muy agradecida, escribía, si Isabel accediera a reunirse con ella y juntas pudieran estudiar algún medio de restablecer la paz entre ambos países.

Isabel, ansiosa de una reunión tal, se mostró inmediatamente de acuerdo con ella.

Entretanto, con ayuda de Fernando y de sus consejeros, fue bosquejando los términos del tratado de paz.

Isabel, a quien el embarazo todavía no incapacitaba, viajó al pueblo fronterizo de Alcántara, donde la esperaba doña Beatriz de Portugal.

Las dos damas se abrazaron y, sin perder tiempo en celebraciones, dieron comienzo inmediato a las conversaciones, ávidas de lograr la paz.

—Mi querida doña Beatriz —expresó Isabel, mientras las dos se instalaban en la sala de audiencias—, el ejército portugués fue derrotado en el campo de batalla, y si intentara atacarnos una vez más, tenemos la seguridad de aniquilarlo.

—Es verdad —admitió doña Beatriz—, pero no pensemos en la posibilidad de guerra. Volvamos nuestros pensamientos hacia la paz.

—Sin duda alguna —asintió Isabel—. La primera cláusula en la que insistiríamos sería en que Alfonso renuncie al título y a los blasones de Castilla, que usa como suyos.

—Es razonable, y él se mostrará de acuerdo.

—No deben existir más reclamaciones de Juana, ni en nombre de ella, y el Rey debe dejar de considerarse comprometido con ella. Además, no debe volver jamás a pensar en su mano.

Doña Beatriz frunció el ceño.

—Alfonso tiene gran afecto por Juana —señaló.

—Y por la corona de Castilla —completó secamente Isabel—; por eso pretende que ella tiene derechos.

—Puedo plantearle esta cláusula —aceptó Beatriz—, y ver si consigo convencerlo.

—¿Estáis convencida de la justicia de la misma?

—Estoy convencida de la paz entre Castilla y Portugal.

—Entre Castilla y Aragón y Portugal—precisó Isabel con una sonrisa—. Ahora, somos más fuertes.

—Eso también se lo haré presente al Rey.

—En cuanto a Juana —prosiguió Isabel—, debe salir de Portugal, o bien comprometerse con mi hijo Juan.

—¡Con Juan! Pero si no tiene todavía un año, y ella..., ella ya es una mujer.

—Es una condición —insistió Isabel—. Le daremos seis meses para decidir si sale de Portugal o se compromete con mi hijo. Si cuando él llegue a la edad de casarse, Juana prefiere entrar en un convento, no le opondré ningún obstáculo. Pero si entrara en un convento, sería para tomar el velo.

Beatriz miró largamente el rostro sonriente de Isabel, mientras pensaba: henos aquí hablando de la vida de una muchacha inocente, por más que haya sido una amenaza para Isabel. Sin embargo Isabel, tan feliz en su matrimonio y con su familia, está tan determinada a mantenerse en el trono, que no sólo niega a esa muchacha toda esperanza de ceñirse la corona, sino también la vida más normal de una mujer. Isabel enseñaba al mundo un rostro completamente enigmático, no era prudente dejarse engañar por la suavidad de su apariencia.

—Es una elección difícil para una muchacha joven —señaló en voz baja—: comprometerse con un niñito, ¡o tomar el velo!

—Es una condición importante —insistió Isabel.

—Puedo plantear a Juana estas condiciones —precisó Beatriz—, y también al Rey. Pero no puedo hacer más.

—Eso se comprende —asintió Isabel—. Todos los castellanos partidarios de Juana que se han unido al Rey de Portugal serán perdonados, y para demostrar mi esposo y yo el deseo de amistad con Portugal, mi hija la infanta Isabel celebrará sus esponsales con Alonso, hijo del príncipe de Portugal.

—Tales son, pues, vuestras condiciones —resumió Beatriz—. No será fácil conseguir que el Rey se avenga a todas ellas.

—La guerra es para mí deplorable —declaró Isabel—. Pero será necesaria su aceptación de todas estas condiciones si hemos de tener paz. Fue derrotado en el campo de batalla y debe comprender que Castilla anhela la paz, pero no la necesita tan desesperadamente como Portugal.

Las dos damas se despidieron. Beatriz para viajar al oeste, hacia Lisboa, Isabel dirigiéndose al este, a Madrid.

Isabel esperó. Las condiciones eran rigurosas, pero eran necesarias, se decía, para asegurar una paz perdurable. Lo lamentaba por Juana, un títere desvalido manejado por hombres ambiciosos; pero no se podía tener en cuenta la comodidad ni la felicidad de una muchacha, cuando estaba en juego la prosperidad de Castilla.

Isabel estaba muy adelantada en su embarazo cuando le llegó la noticia: Alfonso había aceptado sus condiciones.

Eso le levantó el espíritu. La guerra de sucesión había terminado, después de haberse prolongado durante cuatro años.

Y muy pronto, a ella y a Fernando les nacería otro hijo.

La ciudad de Toledo, que estaba enclavada en lo alto de una meseta de piedra, parecía tallada en las montañas circundantes, en la garganta del Tajo. Solamente el lado norte era accesible por medio de una estrecha franja de tierra que la conectaba con la llanura castellana. Entre las ciudades castellanas de Isabel, ésta daba las más claras pruebas de la ocupación morisca.

Isabel no podía jamás visitar Toledo sin reiterar el voto según el cual un día habría de arrancar a los moros todas las provincias de España aún bajo su dominio, y la bandera de una España cristiana flamearía sobre todas las ciudades.

Pero, para recordarle el estado de su país, no lejos del palacio de Toledo, donde ahora descansaba, había una gran roca desde la cual era costumbre arrojar a los supuestos criminales. Muchos aún habrían de cumplir su destino en la roca de Toledo, antes de que Castilla fuera un lugar seguro, donde los hombres y mujeres honrados pudieran vivir en paz.

Una tarea tremenda la aguardaba, y tan pronto como el embarazo hubiera llegado a su término, Isabel debería dedicarse a estabilizar su país. No ahorraría nada, había decidido la Reina: si era menester ser dura, dura sería, para regocijo de todos sus súbditos honrados. Había jurado librar a Castilla de criminales, garantizar caminos seguros a los viajeros, e imponer a los delincuentes tales penalidades que incluso el más endurecido de los salteadores lo pensara dos veces antes de delinquir.

Pero ahora el niño estaba por nacer.

El momento estaba cercano, e Isabel no sentía miedo. Una mujer se acostumbra a dar hijos al mundo, y ella era capaz de soportar estoicamente los dolores del parto. Tenía una hija y un hijo, ya no abrigaba sentimiento alguno de inquietud respecto del niño por dar a luz. Su madre vivía en su oscuro mundo propio, en el castillo de Arévalo; el terror de Isabel, que sus hijos pudieran parecérsele, había desaparecido. ¿Por qué habrían de parecérsele? Isabel estaba en plena posesión de sus poderes mentales. No había nadie en Castilla más equilibrado, más controlado que la Reina. ¿Por qué, entonces, habría de albergar temores?

Los dolores se hacían más frecuentes. Isabel esperó un momento antes de llamar a sus damas de honor.

Horas más tarde, en la ciudad—fortaleza de Toledo, nacía el tercer hijo de Isabel y Fernando, la segunda hija.

La madre decidió llamarla Juana.

Juana se sabía definitivamente abandonada. Alfonso había accedido a los términos planteados por Isabel y también a ella le habían ofrecido su elección: casarse con un niño aún en la cuna, o tomar el velo. Ese matrimonio sólo tendría lugar si, para cuando el príncipe Juan llegaba a la adolescencia, había todavía en Castilla gente que recordara la causa de Juana. ¿Qué matrimonio, se preguntaba, podía esperar con alguien tantos años menor?

La paz del claustro le parecía tentadora, pero ¡tomar el velo, apartarse para siempre del mundo! ¿Acaso podía hacerlo?

¿Qué alternativa le ofrecía Isabel? ¡La astuta Isabel, tan dulcemente, y con su aparente bondad, era capaz de acorralar a una pobre muchacha desorientada en una prisión de la cual no tendría escapatoria!

Juana debía resignarse; aceptaría tomar el velo. Era la única manera de poner término al conflicto. Qué desdichados eran los que, por accidente de su nacimiento, jamás vivirían la vida que habrían querido elegir.

—Me prepararé para ir al convento de Santa Clara, en Coimbra —dijo a sus camareras.

Cuando se dio a conocer su decisión, una embajada se presentó ante ella.

La encabezaban el doctor Días de Madrigal, miembro del Consejo de Isabel, y su confesor, fray Fernando de Talavera.

Talavera dio su bendición a Juana.

—Habéis elegido bien, hija mía —le dijo—. En el convento de Santa Clara hallaréis una paz jamás conocida fuera de sus murallas.

Juana sonreía con desánimo.

Ahora comprendía el fervoroso deseo de Isabel de que ella tomara esa decisión.

Alfonso acudió a despedirse por última vez de ella.

—Mi muy querida —díjole mientras le tomaba ambas manos para besárselas—, se acaban todas nuestras esperanzas.

—Tal vez sea mejor así —reflexionó Juana—. Hay muchos de la misma opinión.

—Eso me deja desolado —declaró Alfonso—. Queridísima Juana, ¡había yo soñado tanto!

—Demasiados sueños —asintió tristemente Juana.

—¿ Qué será de mí cuando vos estéis en vuestro convento? ¿Qué haré cuando se alce entre nosotros una barrera infranqueable?

—Gobernaréis vuestro país, contraeréis sin duda otro matrimonio.

—Eso jamás sucederá —gritó Alfonso, y sus ojos relampaguearon. Juana comprendió que estaba urdiendo un nuevo plan para casarse con ella pese al Papa y a pesar del acuerdo establecido con Isabel.

La princesa sacudió la cabeza.

—Habéis aceptado esos términos —señaló—, y no es posible retroceder. El resultado sería una guerra desastrosa para Portugal.

—¿Debo entonces dejaros partir?

—Por cierto, sí.

La expresión de Alfonso se tornó melancólica; había abandonado la idea de un enfrentamiento.

—Si vos habéis de encarcelaros en un convento —dijo—, yo pasaré el resto de mis días en un monasterio. Si para vos debe ser el velo, para mí ha de ser el hábito de franciscano.

Ella le sonrió con tristeza.

—Recordaréis, Alfonso —murmuró— que hubo ya una ocasión en que estuvisteis próximo a entrar en un monasterio, y cambiasteis de opinión.

—Esta vez no cambiaré —aseguró Alfonso—, pues es la única manera de soportar la pérdida de mi amada Juana.

Isabel jamás se había sentido tan confiada, tan segura de su poder.

Había convocado a las Cortes para una reunión en Toledo, donde se habían discutido y promulgado leyes nuevas. Isabel lo había puesto en claro: aplastar el poder de los nobles y eliminar el crimen de sus dominios, en toda la medida posible.

Era necesario extender la Santa Hermandad; sólo mediante una organización eficiente se podía hacer frente al crimen. Y únicamente con rigurosos castigos, aplicados a quienes eran delincuentes probados, se podía disuadir a otros de seguir su ejemplo. Funcionarios de la Hermandad fueron enviados a todas las aldeas de Castilla, a residir en ellas para mantener el orden. En cada aldea se establecieron dos alcaldes. Como era menester ofrecerles una paga, se impuso una tasa inmobiliaria de 18.000 maravedís por cada cien viviendas.

Pero Isabel se daba cuenta de un hecho: no podía castigar con gran severidad a los pequeños delincuentes y dejar escapar a aquellos que delinquían en gran escala.

Durante los reinados de su padre y de su medio hermano se habían creado muchas sinecuras, y los que brindaron su apoyo a ambos monarcas recibieron como recompensa grandes ingresos. Isabel estaba decidida a poner término a semejante drenaje del erario. Quienes la apoyaran debían hacerlo por amor a su país, no por una recompensa en metálico. En esa tesitura,

Isabel privó a Beltrán de la Cueva de un ingreso anual de un millón y medio de maravedís, pese a que el antiguo favorito de Enrique se había apartado de Juana, su supuesta hija, para ofrecer sus servicios a la Reina; el duque de Alba perdió 600.000 maravedís, el duque de Medina Sidonia 180.000 y el almirante Henríquez 240.000, pese a ser pariente de Fernando.

Todo eso causó gran descontento entre los nobles, que no se atrevían sin embargo a protestar; esas grandes sumas, que se habían estado dilapidando, fueron en ayuda de la Santa Hermandad, y el efecto de la mano dura de Isabel en el gobierno empezó a hacerse sentir en todo el país.

La Reina confiaba: en pocos años, transformaría el reino anárquico de Castilla en el momento en que ella subió al trono, en un estado regido por el orden; y también, poco a poco, se llenarían las vacías arcas del tesoro.

Y una vez puesta en orden su propia casa, ya podría mirar más lejos.

Isabel tenía los ojos puestos en el reino de Granada. En eso contaba con el apoyo de Fernando, ansioso de entrar en batalla contra los moros, y era ella, más prudente, quien lo refrenaba.

Cuando se trabaran en batalla debía ser para conseguir la victoria, pero no podían abordar los riesgos de una guerra mientras no tuvieran paz y prosperidad en el ámbito doméstico.

Isabel se preocupaba por los asuntos de estado, pero no olvidaba jamás ser esposa y madre. Deploraba su propia falta de educación y con frecuencia pensaba en los años pasados en Arévalo, en compañía de su madre y de su hermano Alfonso, donde le enseñaron que algún día podría ser Reina, pero muy poco de latín, griego o cualquier otra lengua tan útil. Sus hijos no tropezarían con la misma desventaja; debían contar con los mejores maestros. y lo más importante de todo sería su instrucción religiosa.

A veces a Isabel le gustaba refugiarse en el cuarto de los niños, para olvidar momentáneamente la magnitud de la tarea de gobernar un reino hasta no hacía mucho tiempo al borde del desastre.

Le gustaba sentarse a coser con algunas de sus damas de honor, como si ella fuera una simple dama palaciega, y hablar con ellas de algo que nada tuviera que ver con asuntos de estado. Para eso no le quedaba mucho tiempo, e Isabel atesoraba esas breves horas cuando podía concedérselas.

Fue durante una de esas ocasiones, mientras las mujeres conversaban entre sí, que una de ellas, que acababa de volver de Aragón, habló de una ceremonia que había presenciado allí.

Isabel escuchaba distraídamente la conversación.

—¡Tan estupenda ceremonia! Los eclesiásticos estaban magníficos en su vestimenta. Y naturalmente, el que más llamaba la atención era el propio arzobispo de Zaragoza. Un arzobispo de apenas diez años..., o muy poco más. Y un muchachito tan apuesto..., con toda la dignidad de su rango.

—¿Un arzobispo de diez años? —se extrañó Isabel.

—Pues sí, Alteza, el arzobispo de Zaragoza. No puede tener mucho más.

—Es muy joven para haber alcanzado un cargo semejante. El arzobispo de Zaragoza debe ser una persona realmente notable.

Isabel cambió de tema, pero siguió pensando en el joven arzobispo de Zaragoza.

Isabel estaba discutiendo con Fernando un problema eternamente presente, el estado de las arcas reales.

—Estoy decidida —le dijo— a que las riquezas de las grandes órdenes militares y religiosas vengan a parar al erario.

—¿Qué? —se admiró Fernando—. Eso jamás lo conseguiréis.

—Creo que sí.

—Pero ¿cómo?

—Haciéndoos elegir a vos gran maestre de cada una de ellas, según los cargos vayan quedando vacantes.

En los ojos de Fernando apareció la mirada vidriosa que lo caracterizaba cada vez que veía ante sí grandes sumas de dinero.

—Calatrava, Alcántara, Santiago... —murmuró.

—Todas irán cayendo en nuestras manos —prosiguió Isabel—. Cuando contemplo las riquezas en poder de esas órdenes..., los ejércitos, las fortalezas..., me parece inconcebible, como una amenaza para la corona. Tendríamos que contar incuestionablemente con la lealtad de esas órdenes, y disponer de sus ejércitos y de sus riquezas en la medida de nuestras necesidades. Por consiguiente, deberían ser de propiedad de la corona, y eso lo lograremos cuando vos seáis gran maestre de ellas.

—Es una brillante idea —asintió gozosamente Fernando, mirando con admiración a su mujer. En momentos como ése, no le molestaba la decisión de Isabel de seguir siendo ella la gobernante suprema de Castilla.

—Ya la veréis concretada —aseguró Isabel—. Daremos tiempo al tiempo.

—Nuestras penurias van quedando atrás —expresó Fernando— y si nos mantenemos unidos, ganaremos un futuro glorioso, Isabel.

—Pues así nos mantendremos. Tal fue siempre mi intención.

Fernando la abrazó y ella se le escapó de los brazos para sonreírle.

—¡Castilla y Aragón son nuestras! Y tenemos tres hijos bellos y sanos.

Riendo, Fernando le tomó las manos.

—Y todavía somos jóvenes —le recordó.

—Nuestra Isabelita será Reina de Portugal. Y debemos disponer buenos matrimonios para los otros.

—No temáis, muchos querrán casarse con los hijos de Fernando e Isabel.

—Fernando, ¡cuánto me alegro de que todavía sean pequeños! Sufriré cuando se vean obligados a separarse de nosotros.

—Pero todavía son muy niños. Vaya, si nuestra Isabelita apenas tiene once años.

—Once años —repitió Isabel—. Pero tal vez no sea tan pequeña. En Zaragoza tenéis un arzobispo de esa edad.

El rostro de Fernando se puso un poco pálido, y después se empurpuró. En sus ojos se había alertado una luz de desconfianza.

—Un arzobispo... —murmuró.

—Debéis haber tenido vuestras razones para sancionar el nombramiento —continuó Isabel, con una sonrisa—. He estado pensando qué méritos puede reunir alguien tan joven.

No estaba en absoluto preparada para la reacción de Fernando.

—Vos os habéis reservado los asuntos de Castilla —le recordó él—. Os ruego me dejéis a mí los de Aragón.

Le tocaba ahora a Isabel ponerse pálida.

—Vaya, Fernando... —empezó a decir, pero él, con una brusca reverencia, ya se había retirado.

¿Por qué podría haberse enojado tanto?, se preguntaba Isabel. ¿Qué había hecho ella? ¿Formularle una simple pregunta?

Se quedó mirando la puerta por la que él había salido y después, con desánimo, se sentó. De pronto había comprendido.

Si había convertido en arzobispo a un niño de esa edad, Fernando debía de tener una razón muy especial para favorecerlo. ¿Cuál podía ser esa razón?

Se negaba a aceptar la explicación que, inevitablemente, se imponía a su entendimiento.

Ese niño debía de haber nacido hacia la misma época que su primogénita, Isabelita.

—¡No! —gimió Isabel.

Ella, que en todo sentido había sido tan fiel a Fernando, no podía tolerar esa sospecha que rápidamente se convertía en algo más. Ahora Isabel lo sabía, Fernando era amante de otras mujeres, le habían dado hijos...,

hijos a quienes él debía de amar tiernamente, si se había arriesgado a ser descubierto al hacer a uno de ellos arzobispo de Zaragoza.

Nada habría herido más a Isabel. El descubrimiento le llegaba cuando todo lo que había esperado conseguir parecía, por fin, estar haciéndose realidad.

Su matrimonio debería haber sido perfecto. Fernando estaba celoso de su autoridad, eso lo había comprendido. Esto era algo diferente.

Se sentía aturdida por el dolor de su descubrimiento. La acosaba el deseo de ceder a su debilidad, de buscar a Fernando para vilipendiarlo y quejarse amargamente, de arrojarse sobre su cama y estallar en llanto..., de gritar, de encolerizarse, de canalizar de alguna manera la amargura de esta situación, que la hería más profundamente de lo que nada la hubiera herido jamás.

Sus damas de honor venían hacia ella y en su rostro se dibujó una calma sonrisa.

Nadie habría imaginado que, tras la máscara sonriente se ocultaran emociones tan turbulentas y tan celosa humillación.

# 5

# TOMÁS DE TORQUEMADA

En una celda del monasterio de Santa Cruz, en la ciudad de Segovia, un hombre flaco, vestido con la áspera túnica de la orden de los dominicos, estaba de rodillas.

Varias horas solía permanecer en esa actitud. Era su costumbre alternar sin pausa la meditación y la plegaria a lo largo de muchas horas.

En ese momento rogaba pidiendo ser purificado de todo mal, y bendecido con el poder de llevar a otros al mismo estado de exaltación del que él personalmente gozaba, con sólo breves intervalos.

—Madre Santa —rogó—, escucha a este humilde suplicante...

Tomás de Torquemada creía fervorosamente en su humildad, y se habría quedado atónito si alguien le hubiera señalado que tan preciada cualidad tiene sus raíces en un feroz orgullo. Torquemada se consideraba un elegido del Cielo.

Bajo la recia túnica de áspera sarga llevaba el cilicio, que atormentaba continuamente su piel delicada. Se gozaba en el sufrimiento del roce: tras años de ir metido dentro de esa prenda abominable se había acostumbrado un poco a ella, y parecíale ahora menos penosa que en un principio. La idea le resultaba inquietante, porque Torquemada quería sufrir las mayores incomodidades. Dormía sobre un tablón de madera, sin almohada; las camas blandas no eran para él. En los primeros días de su norma de austeridad apenas si había comido; ahora, necesitaba hacerlo muy poco y, cuando se tendía sobre el jergón, se sumía casi inmediatamente en la inconsciencia. De ese modo se le cerraba otra posible vía de autotortura.

Comía apenas lo suficiente para mantenerse con vida; donde fuese, iba descalzo, y elegía cuidadosamente las sendas más pedregosas. La visión de sus pies lacerados y sangrantes le daba un placer similar al que otros hombres y mujeres obtienen de las prendas más refinadas.

Se gloriaba en la austeridad con un orgullo feroz y fanático, como otros se deleitan en mundanos resplandores.

Había nacido hacía casi sesenta años en la pequeña ciudad de Torquemada (que tomaba su nombre del latín *turre cremata*, torre quemada), no lejos de Valladolid, en el norte de Castilla.

Desde muy joven, Tomás se había mostrado sumamente piadoso. Su tío Juan de Torquemada, un teólogo muy distinguido, además de escritor sobre temas religiosos, había sido el cardenal de San Sixto.

Tomás sabía que su padre, Pero Fernández de Torquemada, esperaba de su hijo la vigilancia de las propiedades familiares como labor de su vida, pues era hijo único y estaba ansioso de un pronto matrimonio y de que engendrara hijos, así esa rama de la familia no se extinguiría.

Tomás había heredado cierto orgullo de su familia, y tal vez era ésa una de las razones para que decidiera tan firmemente que una autoridad superior a la de Pero le había ordenado llevar una vida de celibato absoluto.

A muy temprana edad, Tomás se hizo dominico. ¡Con qué alegría arrojó lejos de sí las suntuosas prendas de un joven noble! ¡Con qué placer se puso el áspero hábito de sarga, negándose —ya desde esa edad— a usar ropa interior de lino que habría impedido que la aspereza de la tela le irritara la piel! Poco después se aficionó a usar el cilicio, pero descubrió que no debía llevarlo continuamente si no quería acostumbrarse a él y, por ende, ver disminuido su tormento.

Había llegado a ser prior de Santa Cruz de Segovia, pero la fama de sus hábitos de austeridad se había difundido en la corte, y el rey Enrique IV lo había elegido como confesor de su hermana Isabel.

Al principio, Torquemada se había negado; no quería ablandarse con la vida cortesana. Pero después se dio cuenta de que en la corte podían tentarlo diablos que jamás podrían penetrar en la santidad del monasterio de Santa Cruz, y de que el goce espiritual de resistir a la tentación sería mayor que el de no enfrentarse jamás con ella.

La joven Isabel había sido una alumna bien dispuesta. Raro era encontrar una princesa tan ansiosa por compartir la espiritualidad de su confesor, tan seriamente deseosa de llevar una vida estrictamente religiosa.

Isabel había estado satisfecha con su confesor, y éste con ella.

Torquemada le había hablado de su gran deseo de ver una España totalmente cristiana y, en un acceso de fervor, le había pedido arrodillarse con él y jurar que, si llegaba a estar alguna vez en sus manos el poder de convertir al cristianismo el reino sobre el cual podría gobernar algún día, aprovecharía la oportunidad de hacerlo.

La muchacha, con los ojos ardiendo en un fervor equiparable al de su confesor, había jurado lo pedido.

Frecuentemente, a Tomás de Torquemada se le ocurría que pronto debía presentarse la oportunidad.

Torquemada había sabido mantener la estima de la Reina. Ella admiraba su piedad y respetaba sus motivos; en una corte en la que se veía rodeada de hombres ansiosos del poder temporal, ese monje ascético se destacaba como hombre de profunda sinceridad.

El trasfondo mental de la oración de Torquemada era ahora que Castilla había dejado de estar atormentada por la guerra civil; había llegado el momento de someter a un nuevo examen la vida religiosa del país, para lo cual, le parecía, la mejor manera era reintroducir la Inquisición en Castilla; una nueva forma de Inquisición, que él estaría dispuesto a organizar personalmente, una Inquisición supervisada por hombres como él: monjes de gran piedad, de las órdenes dominicana y franciscana.

Pero había otra pequeñez interpuesta en los planes de Torquemada, desviándolo de ellos, y por ese motivo rezaba en ese momento con tanta dedicación: se había permitido disfrutar del placer en vez del deber.

Recientemente había muerto un tal Hernán Núñez Arnalt, cuyo testamento designaba como su albacea a Tomás de Torquemada. Arnalt, un hombre muy adinerado, había dejado una suma considerable con el propósito de construir un monasterio en Ávila, que debía llamarse el monasterio de Santo Tomás.

A Torquemada le había correspondido llevar a la práctica los deseos del difunto, y en esta obligación había encontrado grandes alegrías. Pasaba mucho tiempo con los arquitectos, y había descubierto su gran amor por esa actividad. Tan grande era su placer en ello que empezó a mirarlo con desconfianza. Si algo daba a un hombre tanta felicidad como a él el estudio de los planos de esa magnífica obra, contendría en sí, indudablemente, un elemento de pecado. Torquemada desconfiaba de la felicidad; al evocar retrospectivamente el día de la misión encargada, cuando se le había confiado la tarea de ocuparse de la obra, se alarmó.

Había descuidado sus obligaciones en Santa Cruz; sólo ocasionalmente había pensado en la necesidad de imponer el cristianismo a todos y cada uno de los habitantes de Castilla; había dejado de considerar la existencia de los muchos que se llamaban cristianos pero iban volviendo en secreto a la religión judía. Esos pecadores se merecían el castigo más grande que la mente humana fuera capaz de imaginar. Y él, servidor elegido de Dios y de todos sus santos, había estado ocupándose de supervisar cómo se colocaban piedra sobre piedra, de decidir sobre la exquisita línea de los claustros, de planear —con sensual deleite— en compañía de los escultores, el diseño de una capilla.

Torquemada se golpeó el pecho con ambas manos.

—Santa madre de Dios —clamó— intercede por este miserable pecador.

Debía encontrar alguna forma de penitencia. Sin embargo —se decía—, el monasterio estará dedicado a la gloria de Dios. ¿Es tan pecaminoso erigir un edificio donde los hombres vivirán como reclusos una vida espiritual de gran simplicidad y austeridad, aproximándose así a la presencia divina? ¿Es eso pecado?

La respuesta le vino desde lo más íntimo de su ser.

«Es pecado complacerse en cualquier deseo terrenal. Es pecado aceptar el placer. Y tú, Tomás de Torquemada, te has gozado en estos planes; has hecho imágenes de piedra, obras escultóricas exquisitas; has codiciado esas mundanas fruslerías como otros hombres codician a las mujeres.»

—Madre Santa, castígame —rogó Torquemada—. Guíame. Muéstrame cómo puedo expiar mi pecado. ¿Debo apartarme del trabajo en el monasterio? Pero el monasterio será construido para la gloria de Dios. ¿Tan pecaminoso es hallar regocijo en la construcción de una casa de Dios?

Durante tres semanas decidió no visitar las obras en Ávila; también se negaría a estudiar los planos.

—Mi trabajo en Santa Cruz consume todas mis energías —se dijo—. Castilla es tierra profana, debo hacer todo cuanto esté en mi poder para devolver a esos pecadores al seno de la Iglesia.

Finalmente, se levantó. Ya había decidido su penitencia: durante tres semanas, apartaría de su mente su hermoso monasterio. Comería pan yagua, y aumentaría las horas dedicadas a la oración.

Cuando salía de su celda se le acercó un monje. Dos dominicos de Sevilla habían llegado a Santa Cruz; habían venido a hablar con su santo prior, Tomás de Torquemada.

Torquemada recibió a sus visitantes en una celda desnuda de todo moblaje, salvo una mesa, tres banquillos de madera, y de una de cuyas paredes pendía un crucifijo.

—Hermanos míos —los saludó Torquemada—, seáis bienvenidos a Santa Cruz.

—Santísimo prior —dijo el primero de los monjes—, sabéis ya que soy Alonso de Ojeda, prior del monasterio de San Pablo. Quiero presentaros a nuestro compañero dominico, Diego de Merlo.

—Bienvenido, bienvenido —repitió Torquemada.

—Estamos preocupados por los sucesos de Sevilla y, sabedores de vuestra gran piedad y de vuestra influencia con la Reina, hemos venido a pediros vuestro consejo y ayuda.

—Me alegraré de dároslos, si en mi poder estuviera —fue la respuesta.

—Malignas prácticas hay en Sevilla —enunció Ojeda.

—¿De qué malignidad habláis, hermano?

—De la de aquellos que trabajan en contra de la Santa Iglesia Católica. Me refiero a los marranos.

Durante un instante, el rostro de Torquemada perdió su mortal palidez, y bajo la piel se mostró, tenuemente rosada, la sangre; momentáneamente, en sus ojos relampaguearon la cólera y el odio.

—Los marranos —gritó Diego de Merlo— abundan en Sevilla..., en Córdoba..., en todas las hermosas ciudades de Castilla. Son ellos los ricos de Castilla... ¡Los judíos! Fingen ser cristianos. Son conversos, pertenecen a la verdadera fe; o por lo menos lo dan a entender. Y en secreto, practican sus ritos inmundos.

Torquemada cerró tensamente los puños y, aunque su rostro había vuelto a quedar exangüe, en los ojos seguía brillando un odio fanático.

Ojeda empezó a hablar, rápidamente.

—Hace algunos años nos lo advirtió Alonso de España; están aquí, entre nosotros. Hacen escarnio de todo lo sagrado..., en secreto, por cierto. ¡Que hacen escarnio! ¡Si eso fuera todo! Son los enemigos de los cristianos. En secreto, practican sus abominables ritos. Escupen sobre las sagradas imágenes. ¿Recordáis lo que escribió sobre ellos Espina?

—Lo recuerdo —confirmó en voz baja Torquemada. Pero Ojeda continuó como si éste no hubiera dicho palabra.

—Cocinan sus comidas en aceite, apestan a comida rancia. Comen comida *kosher*. Se puede distinguir a un judío por su hedor. ¿Hemos de tener entre nosotros a esa gente? Únicamente si renuncian a sus creencias. Únicamente si quedan purificados por una auténtica aceptación de la fe cristiana. Pero son estafadores, os lo aseguro.

—Son estafadores y mentirosos —le hizo eco Diego de Merlo.

—Son asesinos —prosiguió Ojeda—. Envenenan nuestros pozos y, peor, muestran su secreto desdén por la fe cristiana cometiendo crímenes abominables. Recientemente, desapareció de su casa un niñito..., un hermoso muchachito. Su cuerpo fue descubierto en una cueva. Lo habían crucificado y le habían arrancado el corazón.

—¿Esas atrocidades continúan? —preguntó Torquemada.

—Continúan, hermano, y nada se hace para ponerles término.

—Algo es necesario hacer —señaló de Merlo.

—Algo se hará —aseguró Torquemada.

—Debería haber un tribunal para los herejes —clamó Ojeda.

—La Inquisición es la respuesta —precisó Torquemada.

—Pero primero, ante vos, queríamos asegurarnos de contar con vuestro apoyo.

—Pues contáis con él —les repitió Torquemada, con ojos que echaban fuego—. Tras haber sido largamente demorada, ha llegado la hora. Este país ha padecido mucho por la guerra civil, pero ahora estamos en paz y ha llegado el momento de convertir en buenos cristianos a todos los hombres y a todas las mujeres de Castilla. Será una ardua tarea. Tendremos necesidad de llevarlos a la salvación por la vía del potro, del hierro al rojo y del látigo. La hora de gloria está próxima a sonar. Sí, amigos míos, sí, estoy con vosotros. Todos los malditos judíos de este reino que hayan regresado al credo perverso de sus antepasados, serán capturados, serán puestos a prueba y sentirán el fuego purificador. Id, id con mi bendición a ver a la Reina. Venid a verme cuando queráis, estoy con vosotros.

Sus visitantes se retiraron. Torquemada volvió a su celda y empezó a recorrerla de un lado a otro.

—Madre Santísima —imploraba—, maldice a todos los judíos. Maldice a quienes niegan a Cristo. Danos el poder de dejar en descubierto su perversidad y, cuando estén desenmascarados en todo su horror, sabremos qué hacer con ellos en tu santo nombre y en el de Cristo, tu hijo. Los tomaremos prisioneros, los sentaremos en el potro, les desgarraremos las carnes con pinzas al rojo vivo. Dislocaremos sus miembros, les torturaremos el cuerpo para salvarles el alma.

«Maldice a los marranos, maldice a los conversos, a todos los practicantes del judaísmo, sospecha de todos los nuevos cristianos. Únicamente cuando hayamos purificado este país de su presencia aborrecible tendremos una tierra auténticamente cristiana.»

Volvió a caer de rodillas, mientras una sola frase seguía martillándole el cerebro: odio a todos los judíos.

Deliberadamente, se cerró a una idea que seguía acosándolo. No quería aceptarlo, no era verdad. Su abuela no había sido judía. Su familia era de pura sangre castellana, y estaban orgullosos de su limpieza.

Nunca, jamás, Álvaro Fernández de Torquemada habría introducido sangre judía en la familia. Ésa era una idea maligna que le carcomía el cerebro como un gusano, atormentándolo.

Era imposible, se decía.

Sin embargo, cuando su abuelo se casó, la persecución a los judíos era cosa rara. Muchos de ellos ocupaban altos cargos en la corte y a nadie le interesaba demasiado la sangre de sus venas. El abuelo Álvaro Fernández se había casado desaprensivamente, sin pensar tal vez en las futuras complicaciones que eso podía acarrear a su familia.

Tomás de Torquemada se negaba a creerlo, pero la idea persistía.

Recordaba días de infancia. El solapado entendimiento, las miradas furtivas de otros muchachos, los comentarios susurrados.

—Tomás de Torquemada se enorgullece de su sangre castellana. Oh, se jacta mucho de su limpieza..., pero, ¿su abuela? Me han dicho que es judía.

¿Qué antídoto había contra ese miedo? ¿Cuál, si no el odio?

—¡Odio a los judíos! —repetía continuamente, obligándose a exhibir su gran cólera contra ellos. De esa manera, nadie creería que tuviera la más remota vinculación con ellos. Tal vez, así, él mismo pudiera convencerse.

Alonso de Espina, que casi veinte años antes había intentado excitar contra los judíos la furia popular, también era un converso. ¿Acaso él, Tomás de Torquemada, estaría acicateando su propio enojo por la misma razón?

Torquemada se prosternó de rodillas.

—Dame fuerza —clamó—, fuerza para llevar a la muerte a todos los infieles y descreídos. Dame fuerzas para hacer de toda Castilla un único estado cristiano.

Con un solo Dios, con una religión. Y enviar a la hoguera a todos aquellos creyentes de algo diferente.

Torquemada, temeroso de tener por sus venas algunas gotas de sangre judía, terminaría siendo el mayor de los católicos de Castilla, el castigo de los herejes, el azote de los judíos, el hombre infatigablemente entregado a la misión de hacer de Castilla un país totalmente cristiano.

Fernando estaba con Isabel cuando ésta recibió a Alonso de Ojeda y a Diego de Merlo.

La Reina dio una cordial bienvenida a ambos monjes y los invitó a exponer el motivo de su visita.

Ojeda se lanzó a un apasionado discurso sobre la cantidad de conversos de Sevilla.

—Hay muchos conversos en toda Castilla —señaló con calma Isabel—. Yo misma tengo algunos de ellos a mi servicio, y me alegro de su conversión al cristianismo. Quisiera ver que todos mis súbditos lo hicieran.

—Alteza, me quejo de que, al mismo tiempo que profesan el cristianismo, muchos de esos conversos en Sevilla practican la religión judía.

—Eso está muy mal —admitió Isabel.

—Y, sin duda —intervinó Diego de Merlo—, una situación a la cual Vuestra Alteza desearía poner término lo más pronto posible.

Lentamente, Isabel hizo un gesto afirmativo.

—¿Tenéis ya en vista algún proyecto, amigos míos? —preguntó.

—Alteza, en Castilla no existe el Santo Oficio. Os rogamos consideréis la posibilidad de instaurarlo.

Isabel echó una rápida mirada a Fernando y en la sien empezó a latirle una vena. Por un momento se sintió triste, y casi deseó no comprender tan bien a su marido. La cuota de humana fragilidad de Fernando era muy grande. Para ella había sido un duro golpe descubrir a su hijo ilegítimo, y que desde los seis años había hecho de él el arzobispo de Zaragoza. Ese niño no era el único hijo de Fernando con otras mujeres. Una noble dama portuguesa le había dado una hija. Podía haber otros. ¿Cómo podría llegar a saberlo?

Los ojos de Fernando brillaban, y ella sabía por qué. En Aragón se había instalado la Inquisición, y a partir de su establecimiento las riquezas de ciertos condenados habían ido a parar a las arcas reales. El dinero podía hacer que a Fernando le brillaran los ojos de esa manera.

—Un procedimiento así necesitaría ser muy bien considerado —señaló Isabel.

—Me inclino a pensar —intervino Fernando, todavía con los ojos brillantes y las mejillas arrebatadas—, que es sumamente deseable la instalación del Santo Oficio en Castilla.

Los monjes se volvieron con deferencia hacia él, y Ojeda vomitó un torrente de insultos en contra de los judíos. Habló de asesinatos rituales, de niños cristianos de tres o cuatro años secuestrados para hacerlos participar de ritos espantosos; terminaban con la crucifixión de la inocente criatura, a quien le arrancaban luego el corazón.

—Eso es monstruoso —gritó Fernando—. Tenéis razón; debemos investigar inmediatamente.

—¿Se han encontrado los cuerpos de esos niños? —preguntó con calma Isabel.

—Alteza, son gentes muy astutas, entierran los cuerpos en lugares secretos, como parte de su ritual.

—Antes de darles crédito, sería necesario tener pruebas de tales cosas —insistió Isabel.

Fernando se había vuelto hacia ella, y la Reina advirtió la respuesta colérica que estaba a punto de surgir de sus labios. Le sonrió con dulzura antes de hablar.

—Estoy segura de que el Rey está de acuerdo conmigo —sugirió.

—Se podría hacer una investigación —concedió Fernando, cuya voz sonaba impersonal y distante, como siempre que estaba enojado.

—Exactamente, una investigación —repitió Isabel, y se volvió hacia los monjes—. Estudiaré cuidadosamente este asunto. Os agradezco me hayáis llamado la atención sobre él.

Así diciendo, apoyó la mano en el brazo de Fernando. Era una orden para que él la acompañara a salir de la sala de audiencias.


—Es poco lo que cuenta mi opinión —acotó Fernando, cuando se quedaron a solas.

—Cuenta mucho —le aseguró Isabel.

—Pero, ¿la Reina es contraria al establecimiento de la Inquisición en Castilla?

—Es un asunto al cual no he prestado aún la suficiente consideración.

—Siempre fue uno de vuestros deseos más caros ver a Castilla totalmente cristiana.

—Es uno de mis deseos más caros.

—¿Por qué, entonces, habríais de oponeros a la eliminación de los herejes?

—No me opongo a ella. Es parte de nuestros planes para Castilla.

—Pues entonces, ¿quién más adecuado para seguirles la pista? ¿No son sin duda los inquisidores los hombres indicados para esa tarea?

—No estoy segura, Fernando, de desear ver a la Inquisición en Castilla. Quisiera asegurarme primero de que, al instalar aquí a la Inquisición, no estoy dando demasiado poder al Papa. Nosotros somos los soberanos de Castilla, Fernando, y con nadie más debemos compartir nuestro reino.

Tras un momento de vacilación, Fernando dijo:

—Podríamos establecer nuestra Inquisición, nuestra propia Inquisición, aparte de toda influencia papal. Puedo aseguraros, Isabel, que la Inquisición puede ser provechosa para la corona. Muchos conversos son hombres ricos, y una de las reglas de la Inquisición especifica que aquellos a quienes se encuentra culpables de herejía pierden el derecho a tierras..., riquezas..., toda clase de posesiones.

—El tesoro está exhausto —reconoció Isabel—, y necesitamos dinero. Pero preferiría conseguirlo por otros medios.

—¿Acaso los medios son tan importantes?

La Reina miró casi con frialdad a su consorte.

—Son de importancia suprema.

Fernando se apresuró a rectificarse.

—Si el motivo es bueno... —empezó—. ¿Qué mejor motivo, traer la salvación a esos pobres tontos extraviados? ¿Qué propósito más noble que conducirlos hacia la Iglesia católica?

—Así es como quisiera yo ver las cosas, pero me inclino todavía a prestar mayor consideración a este asunto.

—Pues si queréis hacer de Castilla un país totalmente cristiano, la Inquisición es una necesidad.

—Posiblemente tengáis razón, Fernando, como con frecuencia sucede.

Mientras lo decía, Isabel sonrió afectuosamente, como si dijera: vamos, seamos amigos. Este matrimonio nuestro nos ha traído decepciones a ambos. Yo soy una mujer que debe gobernar a su manera, y vos esperabais algo diferente. Vos sois un hombre incapaz de ser fiel a su esposa, y yo esperaba de vos otra cosa. Pero henos aquí a los dos..., dos individuos de personalidad fuerte, y ninguno de los dos puede cambiar, ni siquiera en interés del otro. Contentémonos con lo que nos ha sido dado, y no suspiremos por lo imposible. Si nuestro matrimonio es algo más que la unión de dos personas, ¿qué importan las pequeñas decepciones sufridas en nuestro corazón? ¿Qué son esas decepciones, comparadas con la tarea que nos espera?

—Quiero enseñaros nuestra nueva divisa —prosiguió diciendo—. Confío os agradará, pues a mí me da mucho placer. Estoy haciéndola bordar en un estandarte que no tenía intención de mostraros mientras no estuviera terminado; pero pronto se conocerá en toda Castilla, y cuando la gente lo vea, pensará: vos y yo estamos juntos en todo.

Fernando accedió a calmarse, y la Reina ordenó a uno de sus pajes le trajera la tela a medio bordar.

Cuando se la alcanzaron, desplegó ante Fernando el diseño todavía sin terminar.

Y con voz calma, vibrándole una nota de triunfo, leyó:

—Tanto monta, monta tanto, Isabel como Fernando.

Isabel vio cómo una lenta sonrisa se difundía por el rostro de Fernando. Tanto como el uno, tanto vale el otro; Isabel como Fernando.

La Reina no podía decir con más claridad hasta dónde lo valoraba, cuánto lo consideraba como el cogobernante de Castilla.

Así y todo, Fernando sabía que en todos los asuntos importantes, ella se consideraba la única con derecho a decidir. Fuera cual fuese la divisa común, Isabel seguía siendo la Reina por derecho propio: en Castilla, le correspondía la autoridad suprema.

En cuanto al establecimiento de la Inquisición, pensaba Fernando, ya accedería con el tiempo. Ya se ocuparía él, Torquemada la convencería.

Con Fernando de un lado, para hacerle ver los bienes materiales conseguidos por los inquisidores, con Torquemada del otro para hablarle de las necesidades espirituales de Castilla, la victoria sería de ellos... Pero antes debía convencer a Isabel de que la Inquisición era una necesidad para Castilla.

Isabel hizo llamar al cardenal Mendoza, y dio órdenes: la audiencia debía ser absolutamente privada.

—Os ruego toméis asiento, cardenal —le dijo—. Estoy hondamente preocupada y desearía me deis vuestra meditada opinión sobre el asunto que voy a exponeros.

El cardenal se imaginó el asunto, relacionándolo con la visita de los dos dominicos, y esperó respetuosamente.

—Alonso de Ojeda y Diego de Merlo —empezó diciendo Isabel— están profundamente inquietos respecto de la conducta de los marranos en Sevilla. Declaran que hay muchos hombres y mujeres que, proclamándose cristianos, practican cínicamente, en secreto, los ritos judíos. Los acusan incluso del secuestro y la crucifixión de niños pequeños. Es deseo de ellos establecer la Inquisición en Castilla. ¿Cuál es vuestra opinión sobre esto, cardenal?

Durante unos segundos, el cardenal permaneció pensativo. Después expresó:

—Entre nosotros hay fanáticos, Alteza —dijo luego—; yo me opongo profundamente al fanatismo, pues deforma el juicio y destruye la paz de la comunidad. A lo largo de los siglos, las comunidades judías han sido perseguidas, pero no hay pruebas de que tal persecución haya sido benéfica para los países donde se la llevó a cabo. Vuestra Alteza recordará: en el siglo catorce, Fernando Martínes predicó en contra de los judíos y los declaró responsables de la peste negra. El resultado fueron matanzas en masa en toda España. Muchos sufrieron, pero el resultado no ha demostrado ser positivo. De tiempo en tiempo han surgido rumores referentes al secuestro y crucifixión de niños pequeños, pero deberíamos preguntarnos acerca de la veracidad de esos rumores. No hace mucho tiempo, Alonso de Espina publicó su informe sobre las perversidades de los conversos... Cosa extraña, puesto que también él era un converso. Da la sensación de que su deseo era difundir por todas partes que él era un buen católico..., hasta el punto de estar decidido a denunciar a los suyos. Muy poco después volvieron a circular rumores sobre secuestros y crucifixiones. Pienso, Alteza, conociendo vuestro deseo de justicia, que antes de darlos por ciertos, deberíais examinar con el mayor cuidado estos rumores.

—Tenéis razón. Pero si es menester examinarlos, ¿quién ha de hacerlo? ¿No es esta tarea parte del deber de los inquisidores?

—¿Podemos estar seguros, Alteza, de que este deseo de establecer la Inquisición en Castilla no tiene su origen en Roma?

Isabel sonrió débilmente.

—Estáis expresando en voz alta mis pensamientos.

—¿Me permitís recordaros la pequeña controversia reciente?

—No es necesario —respondió Isabel—. Bien la recuerdo.

Sus pensamientos evocaron el reciente episodio, cuando ella había pedido que uno de sus capellanes, Alonso de Burgos, fuera elevado al obispado de Cuenca, pero el puesto había ido a parar al sobrino del papa Sixto, Raffaele Riario, quien lo ambicionaba para sí. Como en dos ocasiones anteriores pidió fueran designados protegidos de ella, y habían sido preferidos los candidatos del Papa, Isabel se enojó e hizo llamar a su embajador en el Vaticano. Con ayuda de Fernando, había propuesto reunir un consejo para examinar la conducta del Papa. Sixto, alarmado al ver que su nepotismo quedaba desenmascarado en toda su magnitud, cedió ante las exigencias de Isabel y Fernando, y concedió a los candidatos de estos los puestos solicitados.

Era perfectamente razonable, por ende, suponer que Sixto tendría los ojos atentamente puestos sobre Isabel y Fernando, en busca de algún medio de domeñar el poder de los soberanos. ¿Y cómo podía conseguirlo de manera más efectiva sino instalando la Inquisición, una institución separada del Estado y con sus raíces en Roma? La Inquisición podría ir creciendo paralelamente con el estado y usurpando cada vez en mayor medida el poder de éste. Podría ser el equivalente de cierta medida de soberanía romana en España.

Isabel miró con agradecido afecto al cardenal. Pensaba lo mismo que ella, y veía con tanta claridad como ella la magnitud de lo que estaba en juego.

—Vuestra Alteza estará de acuerdo conmigo en estar continuamente atentos al poder de Roma. Aquí en Castilla la autoridad de Vuestra Alteza es suprema, y deseo que siga siéndolo.

—Razón tenéis, como siempre —asintió Isabel—. Pero me inquieta ver entre mis súbditos quienes vilipendian la fe cristiana.

El cardenal se quedó pensativo. En lo profundo de su corazón —aunque jamás podría explicarlo a Isabel, pues ella no lo entendería— se inclinaba a tomar su religión a la ligera. Se daba cuenta de que la fe, para ser auténtica, debe ser libre. No se podía imponer. Tenía cabal conciencia de que eso era contrario a la idea aceptada, y por esa razón debía guardarse para sí sus pensamientos. Deseaba una vida cómoda, placentera y, sobre todo, digna. Comprendía que, en ese momento, la Inquisición —en Aragón, en Valencia y en Cataluña— era una institución letárgica. Sus funcionarios llevaban una vida fácil y no se preocupaban mucho por la búsqueda de herejes. Y si alguna vez los descubrían, era indudable que con un poco de diplomacia y otro de soborno, podían eludir el desastre.

Pero cuando pensaba en esa Reina joven y ferviente, con su determinación inflexible de castigar estrictamente a todos los delincuentes, que había convertido un estado anárquico en un país donde cada vez se consolidaban más la ley y el orden, se imaginaba en qué institución aterradora podía transformarse la Inquisición bajo el influjo de Isabel y el de hombres como Tomás de Torquemada, a quien, casi seguro, Isabel designaría (tal vez con la compañía del propio Mendoza) su principal asesor si se decidía a establecerla en Castilla.

Isabel y Torquemada eran inflexibles consigo mismos, y lo serían de manera mucho más terrible con otros.

Para un hombre a quien le gustaba el lujo, disfrutaba del buen vivir, consagrado al estudio de la literatura y que gozaba haciendo traducciones en verso de Ovidio, Salustio y Virgilio, la idea de imponer opiniones a hombres renuentes a aceptarlas, y que sólo llegarían a hacerlo bajo la amenaza de tortura y de muerte, era una aberración.

El cardenal Mendoza habría gozado llamando a su presencia a todos esos hombres de opiniones diferentes, para hablar con ellas de sus puntos de vista, hacer alguna concesión, exponer sus propias ideas. Imponer sus opiniones a los demás le daba náuseas a un hombre de la cultura y de la tolerancia del cardenal. Y en cuanto a la tortura, la sola idea le repugnaba.

Eso no podía explicárselo a Isabel, a quien el cardenal Mendoza admiraba. Isabel era sagaz, era honesta, estaba decidida a hacer el bien. Pero, en opinión del cardenal, le faltaba educación. Él lo deploraba, porque la había conducido a una estrechez mental y a un fanatismo que le impedían moverse en el mismo nivel intelectual que Mendoza.

El cardenal iba a luchar con indudable entusiasmo contra el establecimiento de la Inquisición. No podía, sin embargo, hacerlo con el fervor de un Torquemada, ya que no era de la misma naturaleza. Pero intentaría apartar a Isabel de esa línea de acción.

—Alteza —dijo—, debemos pensar muy detenidamente en este asunto. Antes de decidirnos a llamar a los inquisidores, advirtamos al pueblo de Sevilla que se ponen en peligro si desconocen nuestra fe.

Isabel asintió con la cabeza.

—Preparemos un manifiesto —declaró—, un catecismo especial explicando los deberes de un verdadero cristiano. Lo colocaremos en todas las iglesias de Sevilla, y lo haremos leer desde todos los púlpitos.

—Y quienes no lo acepten —agregó el cardenal—, serán amenazados con los fuegos del infierno.

—Tal vez eso sea suficiente —continuó Isabel— para apartar de su errado camino a esos hombres y mujeres de Sevilla.

—Roguemos porque así sea —respondió el cardenal—. ¿Es deseo de Vuestra Alteza que prepare yo el catecismo?

—Nadie podría hacerlo mejor —respondió Isabel.

El cardenal se retiró, satisfecho. Por el momento al menos, había frustrado el intento de los dominicos de instalar la Inquisición en Castilla. Ahora prepararía su catecismo, con la esperanza de conseguir el efecto deseado.

Poco tiempo después, el *Catecismo de la doctrina cristiana* del cardenal Mendoza se difundía ampliamente en la extraviada ciudad de Sevilla.

Cuando oyó decir que en Sevilla circulaba el *Catecismo* de Mendoza, Torquemada se rió sin disimulo. La risa era un lujo que rara vez se permitía. Pero esa vez fue irónica.

—¡Mucho os falta aprender sobre la perversidad de la naturaleza humana, cardenal Mendoza! —murmuró para sus adentros.

Para Torquemada, los herejes de Sevilla fingirían estudiar el catecismo, harían una imitación de la fe cristiana y después irían a burlarse furtivamente de Mendoza, de Isabel, de todos los buenos cristianos, y al tiempo, secretamente, practicarían sus ritos.

—¡Ésa no es la manera de purificar a Sevilla! —exclamó Torquemada, arrodillándose para implorar la ayuda divina, rogando a la Virgen su intercesión por él, para recibir el poder de purificar no solamente a Sevilla, sino a Castilla en su totalidad, de la mácula de la herejía.

Con el tiempo, se decía, la Reina llegará a comprender... Hasta el cardenal llegará a comprender. El cardenal, pese a ser un buen cristiano, lleva una vida poco virtuosa. Ropa interior perfumada, baños frecuentes, *amours*..., ¡complacencia en los goces sensuales de la música y la literatura! En su lecho de muerte, el cardenal suplicaría le fueran perdonados muchos pecados.

Torquemada abrazó su propio cuerpo apretándose el torso con los brazos: así el contacto del cilicio con su ya largamente lacerada piel se le haría todavía más doloroso. Secretamente, agradeció a Dios y a todos los santos el hecho de no ser como los demás hombres.

Le pareció entonces tener un atisbo de la voluntad divina. Ya llegaría su momento. El cardenal fracasaría, y a las manos de Torquemada sería confiada la tarea de imponer el arrepentimiento a Castilla.

Hasta entonces, podía ocuparse de la construcción del monasterio de Santo Tomás. Viajó, pues, a Ávila con la conciencia tranquila. Estaba seguro: no tardaría en ser llamado a cambiar el placer por el deber.

Isabel había viajado a Sevilla.

Había sido costumbre de los Reyes de Castilla sentarse en la gran sala del Alcázar para juzgar a los criminales traídos a su presencia.

Día a día, Isabel concurría a la gran sala, en ocasiones acompañada de Fernando, para administrar justicia.

Las sesiones se llevaban a cabo con todo el ceremonial, e Isabel se vestía suntuosamente para ellas. Aunque no sacara gran placer de la ropa bella, no dejaba por eso de ver la necesidad del esplendor. Era imprescindible, en esa ciudad turbulenta debían reconocerla como la gran Reina de Castilla; los habitantes habían vivido entre los restos del esplendor morisco, y era necesario impresionarlos con su propia magnificencia.

Isabel había demostrado su severidad como juez. Decidida como estaba a extirpar de raíz el crimen de su reino, mostraba poca misericordia con los culpables. La mínima indulgencia de su parte bastaría para que algunos de sus súbditos se entregaran a una vida de crímenes, y eso —la Reina estaba decidida— no debía suceder. Si no podía conseguir la reforma por amor de la virtud, los obligaría a hacerla por miedo al castigo.

Las ejecuciones eran numerosas y constituían una ceremonia cotidiana.

El pueblo empezaba a entender: esa mujer, su Reina, era mucho más enérgica que los gobernantes varones de los últimos años. Cuatro mil ladrones huyeron atravesando las fronteras, mientras Isabel se ocupaba de los atrapados y declarados culpables. Sufrirían como habían hecho sufrir a otros, y se constituirían así en ejemplo para todos.

La Reina estaba en la gran sala del Alcázar de Sevilla cuando un grupo de mujeres llorosas, encabezadas por los dignatarios eclesiásticos de Andalucía, se presentó ante ella, implorando su misericordia.

Isabel las recibió con aire grave, sin abandonar su regio porte, mirando con rostro totalmente impasible a esas mujeres angustiadas.

Eran todas madres e las hijas de hombres que habían delinquido contra las leyes del país.

—Alteza —clamó el que hablaba por ellas—, estas personas admiten que sus seres queridos han pecado, que el gobierno de su Reina es justo, pero vienen a rogaros misericordia. Concededles la vida a sus esposos y sus padres, a condición de que ellos juren no volver jamás a pecar.

Isabel contemplaba al grupo.

Para ella, existían dos cosas claramente definidas: el bien y el mal. Era capaz, sin conmoverse, de condenar a los malhechores a grandes sufrimientos; y como no tenía mucha imaginación, jamás se le habría ocurrido ponerse en el lugar del otro. Por eso, era capaz de contemplar sin alterarse los sufrimientos más extremos.

Sin embargo, su propósito no era el castigo como un fin en sí, sino sólo como un medio para imponer la ley y el orden; mientras obervaba a las mujeres gimientes, se le ocurrió que si ellas se hacían responsables de la buena conducta de esos hombres, ella no tenía interés alguno en castigarlos.

—Mis buenas gentes —respondió—, podéis seguir en paz vuestro camino. Mi gran deseo no es infligiros crueles castigos, a vosotras ni a vuestros familiares, sino asegurar para todos vosotros una tierra de paz. Por lo tanto, concedo una amnistía para todos los pecadores, excepción hecha de quienes hayan cometido delitos graves. Pero hay una condición. Debéis comprometeros a vivir en el futuro como ciudadanos pacíficos. Si no lo hacéis, y ellos vuelven a ser traídos a mi presencia o a la de cualesquiera de los jueces, su castigo será doblemente severo.

Un gran clamor se elevó en la sala.

—¡Viva Isabel!

El grito se difundió por las calles, donde como tributo a la fuerza de su soberana, la gente gritaba:

—¡Viva el *Rey* Isabel!

Fernando e Isabel viajaron desde Andalucía hasta Galicia; de esta última, una provincia turbulenta, podían esperarse problemas y disturbios como los de Cataluña en Aragón.

Pero, ¡qué diferente era la situación del país! Donde había habido desolación veíanse ya signos de prosperidad. Los viajeros no conocían ya aquel miedo a los ladrones. Viajar ya no era, como antes, una pesadilla. Las posadas se mostraban con aspecto próspero, e incluso alegre.

Isabel se sintió invadida por la euforia mientras cabalgaba por el campo y recibía el saludo y la profunda gratitud de sus súbditos.

—He aquí cómo una tierra de prosperidad emerge del caos —señaló Fernando, que cabalgaba junto a ella—. Esperemos que sea no solamente una comarca próspera, sino también totalmente cristiana.

Isabel comprendió. Se refería a la negativa de ella a establecer la Inquisición en Castilla, pero fingió no entender el significado de sus palabras.

—Comparto esa esperanza —respondió tranquilamente.

—Eso no será mientras no hayamos derrotado a Muley Abul-Hassan y la bandera santa ondee sobre Granada.

—Así será, Fernando.

—Nos desafió abiertamente cuando pidió un tratado de paz y se negó a pagar el tributo exigido en vuestro nombre. Que no se lo hubiera pagado a vuestro hermano no significaba que nosotros también lo permitiéramos. Recordaréis la insolencia de su respuesta.

—La recuerdo muy bien —respondió Isabel—. «Decid a la Reina y al Rey de Castilla: en Granada no batimos oro, sino acero.»

—Fue una amenaza insolente. Muley Abul-Hassan se animó a hacerla porque sabía que no estábamos en situación de hacerle tragar sus palabras —gritó Fernando—. Pero ahora la situación está cambiando, ¿verdad, Isabel?

Ella le sonrió al verlo inquieto, ansioso siempre de entrar en acción. Era como si le dijera: si no podemos instalar la Inquisición en Castilla, libremos inmediatamente la guerra contra Granada.

—Acabamos de salir de una guerra —respondió Isabel, continuando en voz alta su línea de pensamiento—. Nada mina tan efectivamente como una guerra los recursos de un país, ni nada hay tan erizado de peligros.

—Ésta sería una guerra santa —señaló piadosamente Fernando—. El cielo estaría de nuestra parte.

—Una guerra santa —caviló Isabel.

Estaba pensando en el momento en que era una joven princesa arrodillada junto a Torquemada, y le había oído decir:

—Debéis jurar que si alguna vez os es dado el poder, trabajaréis con todas vuestras fuerzas por hacer de España un país totalmente cristiano.

—Lo juro —había respondido aquella Isabel.

—Lo juro —repitió ahora Isabel, la Reina.

En Galicia, Isabel administró justicia con la misma severidad que en Castilla. Para quienes habían robado y asesinado, mostró poca misericordia; y dispensaba justicia de la misma manera a los ricos y a los pobres.

Con frecuencia, aunque Fernando estaba a punto de hacerle sugerencias, ella hacía todo lo posible por evitarlo. Una de las cosas que más la mortificaban era negar a Fernando algo que éste le pidiera; sin embargo, jamás vacilaba en hacerlo, si la justicia lo exigía.

Tal sucedió en el caso de Álvaro Yáñez de Lugo, un riquísimo caballero castellano a quien se había hallado culpable de convertir su castillo en refugio de los ladrones; con añagazas, habían atraído allí a los viajeros para robarles y después asesinarlos. Según el juicio de Isabel, su castigo debía ser la muerte.

Había salido de la sala de audiencias y se dirigía a sus habitaciones cuando le dijeron que un hombre imploraba se le concediera una audiencia por un asunto de grandísima importancia.

Fernando estaba con ella, e Isabel ordenó inmediatamente llevarlo a su presencia.

Como al entrar el visitante miró furtivamente a su alrededor, Isabel pidió la retirada de todos, excepto Fernando.

El hombre seguía pareciendo aprensivo, y la Reina lo animó.

—Os ruego me digáis vuestra misión. No temáis, nadie más que el Rey y yo oiremos lo que tengáis que decir.

—Vuestra Alteza —declaró el suplicante, dejándose caer de rodillas—, vengo de parte de don Álvaro Yáñez de Lugo.

Isabel frunció el ceño.

—¿El ladrón bajo pena de muerte? —preguntó con frialdad.

—Sí, Alteza. Tiene amigos ricos y poderosos, que os ofrecen una gran suma de dinero si queréis perdonarle la vida.

—¿Cómo podría perdonársele la vida —replicó Isabel, indignada—, cuando ha sido con justicia condenado a muerte?

Pero Fernando no había podido dominarse y había hecho, a su vez, una pregunta.

—¿Cuánto dinero?

La respuesta no se hizo esperar.

—Cuarenta mil doblas de oro.

—¡Cuarenta mis doblas! —repitió Fernando como si oyera algo increíble—. ¿Tienen sus amigos una cantidad semejante?

—Sí, Alteza. A vuestra disposición. Sólo se os pide a cambio la vida de Álvaro Yáñez de Lugo.

—Pues es una vida bien valiosa —señaló Fernando, con una sonrisa, e Isabel vio con horror aquella luz inquisitiva que brillaba en sus ojos.

—En oro, Alteza —le susurró el hombre—. La mitad os será entregada al tener la promesa de Vuestras Altezas, y la otra mitad cuando don Álvaro se encuentre libre.

En ese momento habló Isabel.

—Se olvida, al parecer —señaló— que ese hombre es culpable de crímenes tales que se le ha impuesto por ellos la pena de muerte.

—Por eso —explicó Fernando, no sin cierta impaciencia— se ofrece una suma tan grande por su libertad.

—A mí pe parece —insistió tranquilamente Isabel—, un dinero, indudablemente robado, y que está sumamente contaminado.

—Lo lavaríamos de toda contaminación —objetó Fernando—, si...

—No nos pondremos en semejantes fatigas —respondió Isabel con tono más que resuelto—. Podéis volver con vuestros amigos —añadió, dirigiéndose al hombre—. Decidles que no es esta la forma en que la Reina de Castilla dispensa justicia.

—Alteza... ¡Os negáis!

—Los amigos de Álvaro Yáñez de Lugo no me conocen, porque si no, no se habrían atrevido a plantearme una proposición tan deshonesta. Deberíais partir inmediatamente, antes de haceros arrestar por intento de soborno.

El hombre hizo una reverencia y se retiró apresuradamente de la habitación.

Fernando tenía el rostro pálido de cólera.

—Ya veo, no deseáis proseguir con la guerra santa contra los moros.

—Lo deseo con todo mi corazón —respondió suavemente Isabel.

—¡Nos vemos privados de iniciar esta guerra debido al estado desastroso del tesoro y vos desdeñáis el ofrecimiento de cuarenta mil doblas de oro!

—Desdeño el soborno.

—Pero cuarenta mil doblas...

—Mi reino tendrá por cimiento la justicia —le dijo sencillamente Isabel—. ¿Y cómo podría ser eso, si impusiera justicia sólo a aquellos que no pueden pagar su libertad?

Fernando levantó ambas manos con un gesto de exasperación.

—Necesitamos ese dinero..., desesperadamente.

—Más necesitamos nuestro honor —respondió ella con dignidad.

Fernando se apartó de ella; no se sentía capaz de hablar. Estaba en cuestión el dinero..., oro; e Isabel iba comprendiendo que su marido amaba el oro con un fervor que casi ninguna otra cosa despertaba en él.

Alonso de Ojeda había vuelto decepcionado al monasterio de San Pablo, en Sevilla. Tras haber abrigado la esperanza de ver florecer la Inquisición en Sevilla, a su regreso, temía ahora que, si Torquemada (quien, deseaba tanto como él ver el establecimiento de la Inquisición) no había podido persuadir a la Reina, pocas esperanzas quedaban de que alguien más lo hiciera.

El furibundo Ojeda se encolerizó con sus compañeros dominicos, e interpeló a los santos en sus plegarias.

—¿Cuánto, cuánto tiempo —clamó— es necesario ser testigos de los pecados de esta ciudad? ¿Cuánto tiempo pasará antes de tener un medio de castigar a esos herejes, para tener oportunidad de salvarse? Dadme una señal..., una señal.

Entonces, creyó Ojeda que le llegaba esa señal: arribó al monasterio un joven pidiendo que le permitieran tener una entrevista con el prior, pues estaba profundamente alterado por haber presenciado algo y necesitaba consejo inmediatamente.

Ojeda accedió a verlo.

El hombre era joven y apuesto. Ojeda lo reconoció inmediatamente, era miembro de la noble casa de Guzmán. Lo llevó a una pequeña habitación, casi una celda.

—Pues bien, hijo mío, se os ve alterado —observó el prior—. ¿Qué deseáis confesar, y por qué no consultasteis el asunto con vuestro confesor?

—Santísimo prior, esto es algo más que una confesión. Puede ser algo de grandísima importancia. Recientemente viajásteis a la corte, habéis visto a la Reina. Por esa razón, creí que debía venir a veros.

—Bien, hacedme oír vuestra confesión.

—Santo prior, tengo una querida.

—La concupiscencia carnal debe ser sojuzgada. Debéis hacer penitencia y no volver a pecar.

—Esa mujer es una marrana.

Ojeda entornó los párpados, pero su corazón saltaba de excitación.

—Si es una verdadera cristiana, su sangre judía debe teneros sin cuidado.

—Santo prior, yo la creía una verdadera cristiana. De otro modo, jamás me habría unido con ella.

Ojeda hizo un gesto de asentimiento.

—¿Vive en el barrio judío? —preguntó después.

—Sí, santo prior. Yo la visitaba en casa de su padre, en la judería. Es una muchacha muy joven, y naturalmente, contrariaba los deseos de su familia el que tuviese un amante.

—Es comprensible —admitió Ojeda—. ¿Y vos la persuadisteis a desobedecer las órdenes de su padre?

—Es muy hermosa, santo prior, y la tentación era irresistible.

—¿Cómo la visitasteis en casa de su padre, si él le había prohibido tomar amante?

—Entré allí en secreto, santo prior.

—Rígida deber ser vuestra penitencia.

—Posiblemente santo prior, mi pecado pueda serme perdonado, porque de no haber entrado allí en secreto jamás habría descubierto las abominaciones sucedidas en casa de mi amante.

La voz de Ojeda temblaba de emoción al pedir:

—Os ruego continuéis.

—Estamos en Semana Santa —continuó el joven—, también víspera de la Pascua judía.

—Seguid, seguid —exclamó Ojeda, incapaz ya de dominar su ansiedad.

—Mi amante me había citado secretamente en su habitación, donde hicimos el amor. Pero, santo prior, había demasiado movimiento en la casa. Continuamente llegaba mucha gente, no era habitual. Se oían pasos fuera de la habitación donde yo estaba con mi querida, y empecé a alarmarme. Su padre podía haber descubierto mi presencia en la casa y estar reuniendo a sus amigos para sorprendernos, quizá para matarme.

—¿Y era eso lo que sucedía?

—Nadie había pensado siquiera en mí, santo prior, según descubrí. Como ya no se podía seguir allí, me levanté a toda prisa y me vestí. Dije a mi amante que quería partir tan pronto como fuera posible; y ella pareció advertir mi miedo, y me contestó que cuanto antes saliera, mejor. Esperamos a que quedaran en silencio las escaleras y salimos furtivamente de su habitación. Cuando llegábamos al vestíbulo oímos ruidos en una habitación cercana y mi amante, presa del pánico, abrió una puerta, me empujó al interior de un armario y volvió a cerrarlo. No pudo haberlo hecho en forma más oportuna, pues en ese momento su padre entró en el vestíbulo a saludar a unos amigos que llegaban. Estaban muy próximos al armario donde estaba yo escondido, y como no bajaron la voz, oí todo. Los amigos habían llegado a la casa a celebrar la Pascua judía; el padre de mi querida se reía a carcajadas, se burlaba del cristianismo. Se reía pensando que él profesaba ser cristiano, y en secreto practicaba la fe judía.

Ojeda apretó los puños y cerró los ojos.

—Entonces, los hemos descubierto —gritó—; los hemos atrapado en toda su perversidad. Hicisteis bien, amigo mío; hicisteis bien en venir a verme.

—Entonces, santo prior, ¿me dais vuestro perdón?

—¡Mi perdón! Os doy mi bendición. Si fuisteis conducido hasta esa casa, fue para hacer castigar a quienes insultan al cristianismo. Tenedlo por seguro, en el cielo los santos intercederán por vos. El pecado os será perdonado, pues por él serán traídos ante la justicia esos pecadores. Ahora, decidme el nombre del padre de vuestra querida, y la casa donde vive. ¡Oh, no vivirá mucho tiempo más en esa condición de maldad!

—Santo prior, mi amante...

—Si es inocente, nada le sucederá.

—No era mi intención denunciarla.

—La habéis salvado de la condenación eterna. Viviendo en una casa como ésa, posiblemente necesita la salvación. No temáis, hijo mío, vuestros pecados os son perdonados.

La familia de marranos fue llevada a presencia de Ojeda.

—No neguéis vuestros pecados —les dijo éste—. Tengo de ellos pruebas irrefutables. Debéis proporcionarme una lista de todos los participantes en la Pascua judía.

El dueño de la casa habló gravemente con Ojeda.

—Santísimo prior, hemos pecado contra la santa Iglesia católica —reconoció—. Hemos vuelto a la religión de nuestros padres. Os rogamos perdón. Pedimos nos sean perdonados nuestros pecados y se nos permita volver a la Iglesia.

—Otros participaron con vosotros en esos bárbaros ritos. ¿Quiénes eran?

—Santo prior, os ruego no me pidáis traicionar a mis amigos.

—Pues sí, os lo pido —insistió Ojeda.

—No puedo daros sus nombres. En secreto vinieron, y secreto se les prometió.

—Sería más prudente de vuestra parte darme sus nombres.

—No puedo hacer eso, santo prior.

Ojeda sintió que el odio agitaba violentamente su corazón. En ese momento, debería ser posible llevar a ese hombre a la cámara de tortura, para persuadirlo. Oh, así podía defender con gran nobleza a sus amigos, pero ¿cómo se conduciría si lo pusieran en el potro, o le dislocaran los miembros con la rueda? Entonces, la historia sería muy diferente.

Heme aquí, pensaba Ojeda, ante un pecador miserable, y sin ninguna posibilidad de actuar.

—Vuestra penitencia sería menos severa si nos diérais los nombres de vuestros amigos —le recordó una vez más.

El hombre se mostró inflexible; se negaba a traicionar a sus amigos.

Ojeda le impuso la penitencia y, como los marranos rogaban volver a ser admitidos en la Iglesia cristiana, no le quedaba otro recurso que admitirlos.

Cuando se quedó solo, Ojeda comenzó a despotricar contra las leyes de Castilla. Si en Castilla hubiera tenido vigencia la Inquisición, a ese hombre lo habrían llevado a una mazmorra; allí lo habrían interrogado, allí habría traicionado a sus amigos y, en vez de unas pocas penitencias y unas pocas almas salvadas, podría haber habido centenares. Tampoco habrían salido del paso con una sentencia leve. Los habrían declarado culpables de herejía, y el castigo adecuado para la herejía era, sin duda alguna, la muerte... La muerte por el fuego, así el pecador tendría una muestra anticipada de los tormentos del infierno, a los cuales estaba destinado.

Pero la Inquisición todavía no había sido introducida en Castilla.

Ojeda partió rumbo a Ávila, donde Torquemada estaba ocupado con los planos para el monasterio de Santo Tomás.

Fue recibido con tanto placer como era capaz de demostrar Torquemada, quien consideraba a Ojeda como uno de los suyos.

El visitante no perdió tiempo y fue derecho al grano.

—Voy camino de Córdoba, donde residen en este momento los soberanos —explicó—. He descubierto en Sevilla ciertas iniquidades que no se pueden pasar por alto. Pediré una audiencia, y rogaré a la Reina la introducción de la Inquisición en esta tierra.

Tras ello, relató a Torquemada lo sucedido en la casa de la judería.

—Pero ¡eso es realmente escandaloso! —gritó Torquemada—. El joven Guzmán debería haber ido a la casa en una misión diferente, pero..., los caminos de Dios son inescrutables. Desde el armario oyó lo suficiente para condenar a muerte a esa gente, si aquí en España se hubiera prestado tanta consideración a la vida espiritual como se ha concedido a las leyes civiles. Los hechos deben ser puestos sin demora en conocimiento de la Reina.

—Y ¿quién podría hacerlo con más elocuencia sino vos mismo? —interrogó Ojeda—. Tal es la razón de venir a veros. Os ruego me acompañéis a Córdoba, para sumar vuestras súplicas a las mías.

Torquemada miró con cierta pena los planos del monasterio y se obligó a apartar la atención de las exquisitas esculturas. Ahí estaba su deber. La construcción de un estado cristiano del cual hubiera sido eliminada toda herejía era un logro mucho más grande que el monasterio más bello del mundo.

Torquemada se hallaba ante la Reina y ante Fernando, que permanecía unos pasos detrás de ella. Detrás de Torquemada estaba Ojeda, quien acababa de contar a los soberanos la historia del joven oculto en el armario.

—Y eso —gritó Torquemada— ocurre día tras día en la ciudad de Sevilla, Alteza.

—No me agrada lo que hacía el joven en esa casa —desaprobó Isabel.

—Lo deploramos, Alteza. Pero ha descubierto algo de la mayor importancia, y ¿quién podrá decir si ese joven no fue tal vez conducido al pecado, no por el diablo, sino por los santos? ¿Quién sabe si de esa manera no nos ha sido señalado nuestro deber?

Isabel estaba ciertamente escandalizada. Le parecía muy triste ver entre sus súbditos no solamente quienes estuvieran fuera de la fe cristiana, sino incluso quienes la denigraran. Era evidente, había que tomar medidas.

Isabel no confiaba en Sixto, pero Fernando estaba ansioso de ver establecida la Inquisición. La esperanza de su marido residía en que por la acción de los inquisidores un nuevo caudal de riqueza empezara a afluir, de sus actuales poseedores, a las vacías arcas reales. Muchos de los nuevos cristianos eran hombres adinerados, pues los judíos sabían cómo enriquecerse. E Isabel necesitaba dinero. Pero no quería olvidar su sentido del honor y de la justicia hasta el punto de acceder al establecimiento de la Inquisición sin otro objetivo que el monetario.

La Reina vacilaba, mientras tres pares de ojos fanáticos la observaban atentamente, y del fiel de la balanza pendía el destino de España.

Ojeda y Torquemada creían que las recompensas del hereje debían ser la tortura y la muerte. Isabel estaba de acuerdo con ellos; si estaban destinados al eterno fuego del infierno, ¿qué podía hacerles un pequeño bautismo de fuego en la tierra? Fernando también era un fanático. Cuando pensaba en dinero y en propiedades, los ojos no le brillaban menos que a Torquemada al pensar en la fe.

Isabel recordaba el voto hecho ante Torquemada, y él ahora se lo recordaba.

Una España totalmente cristiana, ése era su sueño desde niña. Pero, ¿debía dar al Papa más influencia de la que ya tenía?

Sin embargo, considerando los triunfos obtenidos recientemente sobre él, con la ayuda de Fernando, podría mantenerlo a raya si la ocasión así lo exigía. Por ende, ¿por qué vacilar en establecer la Inquisición en Castilla, si gracias a ella el país se vería libre de herejes?

Se volvió hacia Fernando.

—Pediremos permiso a Su Santidad para establecer la Inquisición en Castilla —le dijo.

Los hombres se relajaron.

Isabel había decidido el destino de España, el destino de miles de seres.

# 6

# LA SUSANA

Era primavera en Toledo. A caballo, Isabel recorría las calles entre los edificios moriscos. Con ella iban Fernando y su hijo de dos años, el príncipe Juan.

La ocasión era importante: las Cortes estaban reunidas en Toledo.

Isabel, tan sencilla en sus gustos en las ocasiones ordinarias, desplegaba el mayor esplendor posible cuando ocupaba su lugar en los asuntos de Estado. Iba ataviada con brocado carmesí recamado en oro, y un corte en la falda dejaba entrever una enagua de satén blanco incrustado de perlas: sentada en su caballo, era una bellísima imagen.

El pueblo la vitoreaba: era ella quien había traído la justicia a la comarca. Recordaban los reinados de su padre y de su medio hermano, cuando el favoritismo reinaba en el palacio y la anarquía imperaba en las carreteras. Y sin embargo, esa mujer joven, de sonrisa dulce y serena, era la responsable del cambio.

La visión del pequeño príncipe, vestido de satén y brocado tan finos como los de sus padres, les enternecía el corazón. Sentado en su jaca, sonreía y aceptaba los aplausos de la multitud como si fuera un hombre, y no un niño tan pequeño.

¡Vivan Isabel y Fernando! ¡Viva el príncipe de Asturias!, gritaba el pueblo.

Los ciudadanos de Toledo estaban seguros de que, llegado a la edad viril, el pequeño sería tan sabio y prudente como sus padres.

Todos entraron a la gran sala, donde el primer deber de las Cortes era jurar fidelidad al joven príncipe y proclamarlo heredero del trono.

Al observar a su hijo, la sonrisa de Isabel se hizo aún más dulce, tan orgullosa estaba de él. En verdad, estaba orgullosa de todos sus hijos, deseaba haber tenido más tiempo disponible para estar con ellos. Para ella era una gran tristeza que sus obligaciones la privaran de manera tan continua de la compañía de sus hijos.

Pero Isabel estaba dedicada a una gran tarea. Estaba ya camino de lograr lo que se había propuesto: convertir a Castilla en un estado regido por la ley. Galicia y León seguían el mismo camino. Una vez que hubiera hecho de sus comarcas un estado cristiano, tal vez pudiera pensar en su familia un poco más. Por el momento, otros cuidarían de los suyos, y eran raras las ocasiones en que la Reina podía estar con ellos.

Ahora, el pequeño Juan era el heredero reconocido de los tronos de Castilla y Aragón. Antes de que su hijo ocupara los tronos, ella y Fernando debían cumplir con su deber: Juan heredaría Castilla y Aragón, y la totalidad de España, incluyendo el reino de Granada.

Las Cortes discutieron luego las finanzas del país; era una satisfacción comprobarlas, pues se asentaban sobre cimientos mucho más firmes que cuando Isabel ascendió al trono.

Pero los edictos más importantes de las Cortes eran las normas contra los judíos, que habían sido reforzadas.

La votación había sido unánime.

«Todos los judíos del reino han de usar un círculo de tela roja sobre los hombros de sus capas, para ser reconocidos como judíos por todo aquel que los vea.

Todos los judíos han de mantenerse dentro de las juderías, y las puertas de éstas serán cerradas con cerrojo a la caída del sol.

A ningún judío se le permitirá ejercer profesión de hostelero, boticario, médico o cirujano.»

La persecución se había reiniciado.

Alonso de Ojeda estaba sobre la pista. Mientras recorría a pie las calles de Sevilla, se prometía que muy pronto esos desaprensivos ciudadanos verían cosas sorprendentes. Los judíos no creerían que las leyes fueran a ser tomadas en serio. La vida se les había hecho demasiado fácil durante muchos años, pensaba hoscamente Ojeda. Se dejaban ver sin los círculos rojos, seguían en calidad de médicos y de cirujanos, y con el patrocinio de mucha gente, pues se destacaban notablemente por su habilidad en esas profesiones. Tampoco se limitaban a estar en las juderías. Se desentendían totalmente de la nueva ley, y se los podía ver tomando el sol bajo las palmeras y las acacias, o paseándose con sus familias por las márgenes del Guadalquivir.

No se habían dado cuenta de que la antigua vida bañada de sol se les terminaba sin remedio.

Uno de los dominicos compañeros de Ojeda le alcanzó un folleto. Al leerlo, Ojeda sonrió cínicamente. Era algo escrito por algún judío demasiado seguro de sí mismo.

¿Qué eran —preguntaba— esas nuevas leyes sino un ataque a la comunidad judía? El país estaba bajo el dominio de sacerdotes y monjes. ¿Era ése el camino hacia la prosperidad? La religión cristiana sonaba impresionante en teoría, pero ¿cómo era en la práctica?

—¡Blasfemia! ¡Blasfemia! —clamó Ojeda, y a toda prisa corrió a ver a Torquemada, quien tras haber leído el folleto estuvo totalmente de acuerdo con su amigo en hacer inmediatamente algo al respecto.

Después fue a ver a Isabel.

Al leer el folleto, Isabel se horrorizó tanto como los dominicos.

Envió a buscar al cardenal Mendoza y a Torquemada.

—Ya veis, cardenal, vuestro plan de persuasión ha fracasado.

—Alteza —respondió el cardenal—, el castigo no resultará más efectivo que la persuasión.

En el rostro emaciado de Torquemada, los ojos brillaban con fiereza.

—Es indudable, la persuasión ha fracasado —gritó—. Por lo menos, haremos la prueba con el castigo.

—Cardenal, ha llegado el momento de hacerlo —lo apoyó Isabel.

—¿Cuáles son las órdenes de Vuestra Alteza? —preguntó Mendoza.

—Deseo que vos y Tomás de Torquemada designéis a los inquisidores —respondió Isabel—; y como la ciudad de Sevilla está, al parecer, más contaminada por la herejía, os ruego empecéis por ella.

Tomás de Torquemada miró con triunfante orgullo al cardenal. Su opinión prevalecía; se había demostrado que el catecismo era estéril.

El cardenal se resignó: ya no podía hacer nada para contener la oleada de persecuciones. Ese judío y su folleto habían sido causa de gran daño para su raza.

Al cardenal no le quedaba otra alternativa que seguir la corriente.

—Señor cardenal —lo invitó Torquemada—, hemos de obedecer las órdenes de la Reina y designar inquisidores para Sevilla. Yo sugiero a dos monjes de mi orden, Miguel Morillo y Juan de San Martino. ¿Estáis de acuerdo?

—Sí, lo estoy —asintió el cardenal.

En las estrechas calles de Sevilla, flanqueadas por edificios de estilo morisco, la gente holgazaneaba. Era un cálido día de octubre, y desde los balcones, damas peinadas con peinetones y mantillas negras miraban la multitud en las calles.

El día era festivo, y al pueblo de Sevilla le encantaban los días de fiesta.

Un hombre y su familia estaban sentados en el balcón de una de las casas más hermosas de la ciudad, mirando las calles. Con ellos había un muchacho tocando el laúd y otro la flauta.

Al pasar por la calle, la gente se detenía a mirar hacia el balcón. Miraban a Diego de Susan, a quien se conocía como uno de los comerciantes más ricos de Sevilla.

—Dicen que tiene diez millones de maravedís —se susurraba de él.

—¿Hay en toda España tanto dinero?

—Y él solo se lo ganó. Es un comerciante muy despierto.

—Como todos esos judíos.

—Pero tiene algo más. ¿Es verdad que su hija es la muchacha más encantadora de Sevilla?

—Pues mírala. Ahí está, en el balcón. La Susana, la llamamos aquí en Sevilla. Es hija natural de él, está embobado con ella. Está bien vigilada, y bien lo necesita. No sólo está llena de belleza; de promesas también, ¿no crees?

Y los que levantaban los ojos al balcón veían allí a la Susana, junto a su padre. Tenía grandes y soñolientos ojos negros; el rostro menudo dibujaba un óvalo encantador; llevaba su abundante pelo negro recogido con peinetas, centelleando al sol, y sus blancas manos cubiertas de anillos mecían ante sus rasgos exquisitos un abanico de escarlata y oro.

Diego de Susan estaba muy atento a su hija. La muchacha era su placer, y lamentaba que no fuera su hija legítima, pero no había podido resistir a la tentación de llevarla a su casa para allí educarla con todos los privilegios correspondientes a un hijo habido dentro del vínculo matrimonial.

Su padre temía por la Susana; la muchacha era demasiado hermosa, y podría repetirse en ella el destino de su madre; por eso la guardaba tan bien. Tenía la intención de hacerlo así hasta concertar para ella un brillante matrimonio, algo que seguramente había de lograr ya que la muchacha era tan hermosa, y él tan adinerado.

Pero en ese momento, la atención de Diego de Susan estaba dedicada a los acontecimientos del día.

Se había sentido un tanto inquieto al oír la proclama leída en las calles.

Se habían despertado grandes sospechas en lo tocante a los hábitos secretos de algunos nuevos cristianos... Es decir, de los judíos que habían abrazado la religión cristiana únicamente para volver en secreto a las prácticas de su antigua fe. Ésa, seguía diciendo la proclama, era una herejía de la peor especie, y se habían designado inquisidores encargados de extirparla. Era deber de todos los ciudadanos observar a sus vecinos y, si descubrían en su comportamiento algo sospechoso, debían informárselo con toda celeridad a los inquisidores o a sus sirvientes.

Todo eso hacía sentirse a Diego de Susan vagamente incómodo; la proclama agregaba que quienes no denunciaran los comportamientos sospechosos serían, ellos mismos, considerados culpables. Su miedo tomó una forma mucho más definida.

¿Se les pedía a los vecinos espiarse recíprocamente? ¿Si no denunciaban a los heréticos, serían a su vez, ellos mismos, declarados culpables?

Diego trató de apartar de su mente tan inquietantes pensamientos. Estaban en Sevilla, la hermosa y pujante ciudad que debía su prosperidad a hombres como él y sus amigos comerciantes. Muchos de ellos eran nuevos cristianos. La comunidad judía, con su laboriosidad y su genio para las finanzas, había traído la prosperidad a Sevilla.

No, esos sacerdotes no podrían hacer daño alguno a su ciudad.

Mientras así pensaba, miró a su hija. Mecánicamente, la blanca mano hacía oscilar el colorido abanico, entornados los párpados de largas pestañas. ¿No estaba últimamente un poco retraída? ¿No pasaría nada con la Susana?

La Susana, a su vez, pensaba: ¿Qué dirá cuando lo sepa? ¿Qué hará? No me perdonará jamás. El temía que me sucediera.

De pronto, se sintió enojada. Tenía un temperamento apasionado que se removía dentro de ella y le hacía perder temporalmente el dominio sobre sí misma. Es culpa suya, se dijo; no debería haberme encerrado así. Yo no soy de las que se dejan encerrar. Quizá me parezca a mi madre. Yo necesito ser libre. Si deseo tener un amante, tengo que tenerlo.

Su expresión no cambió mientras las manos seguían agitando el abanico.

La Susana adoraba a Diego, pero sus emociones eran demasiado fuertes para que pudiera controlarlas. Se odiaba a sí misma por haberlo engañado y, como se odiaba, odiaba también a su padre.

Es culpa de él, nada más que de él, se decía. No puede reprochar nada a nadie, más que a sí mismo.

Pronto, pensó, ya me será imposible seguir ocultándole mi embarazo, y entonces, ¿qué haré?

Había estado bien guardada, pero con ayuda de una doncella comprensiva, no le había resultado imposible conseguir que su amante se metiera de contrabando en la casa. Él era joven y apuesto, miembro de una noble familia castellana, y la Susana no había podido reprimir el deseo que la atraía hacia él. Y no había pensado en las consecuencias. Jamás había pensado en las consecuencias de sus acciones; siempre había sido impulsiva, como debía de haberlo sido su madre.

Sentada en el balcón, sólo a medias oía los gritos en las calles, sin percibir la nueva tensión invadiendo insidiosamente la ciudad. Estaba pensando en su padre, tan tiernamente la había amado durante los años de su infancia, y que tan orgulloso estaba de la hija a quien toda Sevilla conocía como «la hermosa hembra». E indudablemente era hermosa, pero ya no era una niña; ahora era una mujer: debía vivir su vida tal como ella lo deseara, debía escapar del dominio de su padre. Por el mismo amor que le tenía, la trataba con una rigidez intolerable para alguien de la indómita naturaleza de la Susana.

Y, ¿qué dirá —preguntábase una y otra vez la muchacha— cuando me presente ante él para decirle: «Padre, estoy encinta»?

Y su amante, ¿dónde estaba? La Susana no lo sabía. Se había cansado de él y no le había permitido seguir entrando furtivamente en su habitación. Dentro de ella, para recordarle lo mucho que lo había amado, sólo quedaba el niño.

Una procesión avanzaba en ese momento por la calle, y la visión hacía correr un escalofrío por la espalda del más desaprensivo de los espectadores. Era como si sobre las calles soleadas se extendiera una nube de advertencia.

La procesión se acercaba, encabezada por el monje dominico con la cruz blanca. Allí iban los inquisidores con sus túnicas blancas y sus caperuzas negras. Con ellos marchaban sus familiares, los alguaciles, que los asistirían en su trabajo, y los frailes dominicos, con sus hábitos recios y los pies desnudos.

Una procesión lúgubre, funeral y deprimente. Se dirigía hacia el convento de San Pablo, donde el prior, Alonso de Ojeda, estaba listo para instruir a esos hombres en los deberes que habrían de cumplir, para estimular en ellos un ardiente entusiasmo con su feroz denuncia de quienes no aceptaran los dogmas rígidos de su propia fe.

Hasta la Susana, que sólo pensaba en su propia tragedia inminente, percibió los ominosos presentimientos que inspiraba esa banda de hoscos personajes. Al mirar a su padre, lo vio inmóvil, tenso, observando.

Una multitud de gitanos, mendigos y chiquillos seguían a la procesión hacia el convento, pero hasta ellos, que antes parloteaban, bailaban y gritaban, se habían quedado en silencio.

Un visitante había entrado en el balcón. Era también un comerciante, amigo de Diego de Susan.

Grave era su aspecto cuando habló:

—No me gusta el aspecto de esto, amigo mío.

Diego de Susan pareció arrancarse de su ensimismamiento.

—Intentan traer la Inquisición a Sevilla, pero no lo conseguirán.

—¿Quién ha de impedírselo?

Diego, de pie, apoyó la mano en el hombro de su amigo.

—Hombres como vos y como yo. Sevilla prospera, y ¿por qué? Porque nosotros hemos traído a ella el comercio. Hombres como nosotros gobiernan la ciudad. Nos mantendremos unidos, y entenderán que no admitiremos inquisidores indagando en nuestra vida privada.

—¿Eso es posible?

—Estoy seguro de ello.

Diego de Susan habló con tono fuerte y sonoro, y uno de los músicos del balcón empezó a tañer su laúd.

La Susana se olvidó de la procesión. ¿Cómo se lo diré?, se preguntaba. ¿Cómo me atreveré?

En una habitación, al fondo de la casa de Diego de Susan, estaban reunidos muchos de los ciudadanos más importantes de Sevilla. Entre ellos estaba Juan Abolafio, capitán de Justicia y recolector de impuestos de las Reales Aduanas, y su hermano, el licenciado Fernández Abolafio. También estaban presentes otros hombres adinerados, entre ellos Manuel Sauli y Bartolomé Torralba.

Diego había hecho cerrar todas las puertas y había apostado por fuera de ellas sirvientes de confianza, para que nadie pudiera oír lo que allí se decía.

Después se dirigió a la asamblea.

—Amigos míos —empezó sobriamente—, ya sabéis por qué os he pedido reunirnos hoy aquí. Habéis visto la procesión camino del convento de San Pablo, y sabéis lo que eso significa. Hasta ahora hemos vivido felices en esta ciudad. Disfrutando de prosperidad y seguridad. Si los inquisidores alcanzan el poder que evidentemente reclaman, será el final de nuestra prosperidad, el término de nuestra seguridad.

A cualquier hora del día o de la noche nos golpearán la puerta. Podrán arrebatarnos del seno de nuestra familia sin tiempo para vestirnos siquiera. ¿Qué será de nosotros en las oscuras mazmorras de la Inquisición? Bien puede ser que, una vez que nos lleven, no volvamos a ver jamás familia ni amigos. Y no es inevitable. Amigos míos, estoy convencido de que no es inevitable.

—Decidnos, por favor, amigo Diego, cómo os proponéis desbaratar los planes en contra nuestra —pidió Juan Abolafio.

—¿Es que esos planes son contra nosotros? —lo interrumpió su hermano.

Diego sacudió tristemente la cabeza.

—Es muy posible. Nosotros somos los nuevos cristianos; tenemos riquezas. Será fácil levantar cargos contra nosotros. Sí, amigos míos, estoy seguro: se trama algo dirigido contra nosotros. Los inquisidores han mostrado gran respeto por el pueblo de Sevilla, pero su invitación a formular denuncias contra aquellos a quienes ellos llaman herejes no ha sido recogida. Por lo tanto, serán ellos mismos quienes se lancen a la busca de víctimas.

—Es un pecado que el pueblo no comunique cualquier información que llegue a su conocimiento... En otras palabras, se amenaza sutilmente a los ciudadanos diciéndoles que si no se convierten en espías, serán ellos mismos sospechosos —precisó Bartolomé Torralba.

—Tenéis razón, Bartolomé —asintió Diego—. Debemos considerar el destino de los nuevos cristianos que huyeron de Sevilla para buscar refugio con el marqués de Cádiz, el duque de Medina Sidonia y el conde de Arcos.

—¿Son esas gentes —intervino Sauli— quienes os han inducido a pedirnos que viniéramos hoy aquí, Diego?

Diego asintió con tristeza.

—Amigos míos, a esos nobles caballeros, que habían ofrecido refugio a los fugitivos en sus propiedades, se les ha ordenado entregarlos a los inquisidores de nuestra ciudad.

La preocupación se reflejó en los rostros de todos los presentes..

—Se los ha amenazado con el disfavor eclesiástico si no obedecen —continuó Diego—. Es más..., ellos mismos incurrirán en el desagrado de la Reina, y lo que eso puede significar. Pero no nos descorazonemos; Sevilla es nuestra ciudad, y lucharemos por salvaguardar nuestros derechos y dignidades.

—¿Podremos hacerlo?

—Pienso que sí. Mostraremos nuestra decisión de mantenemos fuertes, y el pueblo de Sevilla estará con nosotros. Gozamos de elevada consideración entre ellos. Hemos traído la prosperidad a la ciudad, y ellos quieren que esa prosperidad se mantenga. Sí, si demostramos que somos fuertes, que estamos dispuestos a luchar por nuestra libertad, y por la libertad de conciencia para todos, estarán de nuestra parte. No somos hombres pobres, y os he traído aquí para preguntaros cuánto dinero, cuántos hombres y armas podéis aportar a esta empresa.

Diego preparó los papeles que tenía consigo, y los conspiradores lo observaron con aire tenso.

A partir de entonces, los conspiradores se reunieron en la casa de Diego de Susan.

Diego insistía continuamente en la gran necesidad de guardar el secreto. Los inquisidores seguían recordando al pueblo su deber de convertirse en espías, de modo que ¿cómo estar seguros de nadie, si incluso los sirvientes a quienes consideraban leales podían estar vigilándolos?

Pocos días más tarde, Diego entró sin llamar en la habitación de su hija, y la halló sentada con su labor de bordado en la mano, mirando fijamente ante sí con una expresión que, para el padre, era de temerosa aprensión.

Llena la cabeza de la conspiración a punto de culminar, pensó: Pobre hija mía, percibe lo que va a suceder, está aterrorizada de lo que pueda ser de mí.

—Mi querida —exclamó, y se acercó a abrazarla. La muchacha se arrojó en sus brazos, sollozando apasionadamente. El padre le acarició el pelo.

—Todo se arreglará, hija mía —murmuró—. No debes temer, ningún daño sucederá a tu padre. Te han asustado, naturalmente..., ¡con sus caperuzas negras y el lúgubre canto de sus voces! Son capaces de estremecer de terror el corazón de cualquiera, pero no nos harán daño. Tu padre está a salvo.

—¿A salvo? —repitió ella, con tono perplejo—. ¿Vos..., a salvo, padre?

—Sí, hija sí. Éste es nuestro secreto... No hay que hablarlo fuera de estos muros. Tú, que tan bien me conoces, lo has presentido. Sabes por qué han venido a esta casa el capitán de Justicia y sus amigos. Has oído los mandatos del convento de San Pablo. Sí, hija mía, vamos a levantarnos en contra de ellos. Vamos a expulsarlos de Sevilla.

La Susana, preocupada con su tragedia personal, no había prestado mucha atención a las nuevas leyes impuestas en Sevilla. La conspiración encabezada por su padre le parecía, en su ignorancia (pues siempre había vivido en el lujo y la comodidad, en el refugio de la casa de su padre) un asunto trivial. No podía concebir a su padre, el rico e influyente Diego de Susan, fracasado en su trato con las autoridades, y para ella la conspiración, comparada con su propio dilema, era un juego de niños.

Como jamás había sido capaz de dominar sus sentimientos, en ese momento su naturaleza salvaje y apasionada afloró, llevándola a un violento estallido de risa.

—¡Vuestra conspiración! —gritó—. Estáis obsesionado con eso, no pensáis para nada en mí, en lo que pueda sucederme. Yo tengo un tremendo problema..., ¡y vos os ocupáis de vuestra conspiración!

—Mi muy querida, ¿qué pasa?

La Susana se levantó y se irguió en toda su estatura; al mirar su cuerpo, que mostraba ya los primeros signos del embarazo, Diego comprendió.

Su hija lo vio ponerse pálido, aturdido de horror; y con sensación de triunfo, se dio cuenta de que, por un momento, había conseguido hacerle olvidar la conspiración.

—Es imposible —clamó Diego de Susan, enojado y patético al mismo tiempo, negándose a creerlo, implorando que le dijera que se había equivocado.

Las incontroladas emociones de la Susana se salieron de cauce. Amaba tanto a su padre, que hacerle daño le resultaba intolerable; como era obstinada, rebelde e ilógica, se odiaba, a su vez, por haberle impuesto a él semejante tragedia. Pero no soportaba odiarse: necesitaba odiar a aquel cuyo dolor la hacía sufrir tanto.

—¡No, no es imposible! —gritó—. Es verdad; estoy encinta. Mi amante me visitaba por las noches. Me habíais vigilado tan bien... Pero os engañé. Y ahora, él se ha ido y yo voy a tener un hijo.

Con un gemido, Diego hundió la cara entre las manos.

Su hija seguía de pie, observándolo con aire desafiante. Él bajó las manos para mirarla: el rostro de la muchacha estaba desfigurado por el dolor y la cólera.

—Te he amado —murmuró el padre—. Más no podía haberte amado si hubieras sido mi hija legítima. Te he cuidado... Me he ocupado de ti durante todos estos años..., y de esta manera me pagas.

La Susana pensaba: no puedo soportar esto. Me volveré loca. ¿No es acaso bastante alumbrar mi hijo en la vergüenza? ¿Cómo puede mirarme de esa manera? Es como si ya no me amara. Piensa que él manda sobre mí..., sobre Sevilla... Sobre mí con sus reglas estrictas, sobre Sevilla con su conspiración. No, no puedo soportarlo.

—Entonces..., ¡lamentáis tenerme en vuestra casa! No temáis, no os pediré nada que no queráis darme.

Riendo y llorando, escapó de la habitación y salió de la casa, perseguida por la voz de su padre.

—Vuelve, hija, vuelve —la llamó Diego.

Pero la Susana siguió corriendo; corría por las calles de Sevilla, mientras el hermoso pelo negro se le escapaba de las peinetas y flotaba a sus espaldas.

Iba pensando en el padre a quien tan tiernamente había amado, sin poder olvidar la expresión de rabia y de pena que había visto dibujarse en su rostro.

—Ya no lo amo... No, lo odio. Lo odio. Lo castigaré por haberme hecho sufrir.

Cuando dejó de correr, se encontró junto a las murallas del convento de San Pablo.

Atardecía, y todavía la Susana no había regresado a la casa.

Diego estaba frenético. La había buscado por las calles de Sevilla y más allá; había recorrido las riberas del Guadalquivir voceando su nombre, implorándole que regresara a casa.

Pero no pudo encontrarla.

Pensar en ella, vagando por el campo en la oscuridad de la noche, a merced de ladrones y aventureros que no respetarían su condición de mujer, era algo que Diego no podía soportar. Su angustia por ella le había hecho olvidar temporalmente el plan, ya a punto de concretarse, para expulsar de Sevilla a los inquisidores.

Regresó a la casa y, su hija no había vuelto. Volvió a salir a las calles, gritando el nombre de la muchacha.

Finalmente, la encontró.

Ahora estaba tranquila, e iba marchando por las calles como si no tuviera conciencia de nada, ni siquiera de sí misma.

El padre corrió hacia ella para abrazarla; la muchacha estaba temblando, y no pudo encontrar palabras para decirle lo que sentía. Pero por fin volvía a casa. Diego de Susan la rodeó con el brazo.

—Mi pequeña —le reprochó—, ¡qué angustia me has causado! Jamás huyas de mí. Lo hecho, hecho está, pero capearemos el temporal juntos, mi querida. Nunca vuelvas a huir de mí.

La Susana sacudía la cabeza.

—Nunca... Nunca... —balbucearon sus labios.

Sin embargo, parecía distraída, como si su espíritu divagara. Diego, que conocía la feroz impetuosidad de su naturaleza, temió que el choque sufrido hubiera dañado permanentemente su ánimo.

—Todo está bien ya, mi pequeña —le murmuró tiernamente mientras se acercaban a la casa—. Hemos llegado ya a casa, y ahora te cuidaré mientras te recuperas. Ya saldremos de este problema, no temas. Tú eres mi hija querida.

Cuando entraron, la casa parecía excepcionalmente silenciosa. Apareció uno de los sirvientes, y al ver a su amo y a la Susana, se dio la vuelta y escapó presurosamente, sin hablar.

Diego se quedó atónito. Al entrar en la salita, se encontró con visita: varios hombres se pusieron silenciosamente de pie al verlo entrar.

Eran los alguaciles de la Inquisición.

—Diego de Susan —anunció uno de ellos—, sois prisionero de la Inquisición. Nos acompañaréis al convento de San Pablo para ser interrogado.

—¡Yo! —exclamó Diego, relampagueantes los ojos—. Yo soy uno de los principales ciudadanos de Sevilla. No podéis...

El alguacil hizo una señal a dos guardias, se adelantaron a prender a Diego.

Mientras a rastras se lo llevaban de la casa, Diego vio a la Susana: se había desmayado.

La noticia se difundió por toda Sevilla: sus principales ciudadanos estaban encerrados en las celdas del convento de San Pablo, y era fácil adivinar lo que allí les sucedía: los inquisidores estaban decididos a demostrar a los ciudadanos de Sevilla su error al suponer que la Inquisición no estaba dispuesta a llevar a la práctica sus amenazas.

Hubo otros arrestados. ¿Las celdas del convento se habían convertido en cámaras de torturas?

La Susana, después de haber perdido el conocimiento al ver a los alguaciles arrestando a su padre, se había quedado en cama, como aturdida. Cuando por fin se levantó, su dolor era terrible: el dolor del remordimiento.

Ella había traído a los alguaciles a la casa: ella, presa de una furia súbita e incontrolable, había corrido hasta el convento de San Pablo para poner a los ansiosos inquisidores al tanto de la conspiración preparada en casa de su padre, y de la cual éste era el principal organizador.

¿Qué estarían haciéndoles, a él y a sus amigos, en el convento de San Pablo? Se hablaba con terror de torturas y, si tales comentarios eran ciertos, la responsable era ella, y sólo ella.

Sólo había una forma de mantener la cordura: negarse a creer las historias sobre los métodos de los inquisidores. Habría simples interrogatorios, la trama de los conspiradores no llegaría a descubrirse y su padre terminaría por regresar a casa.

La Susana salió y fue a instalarse a la sombra del convento de San Pablo, mirando las pétreas murallas.

—Padre —sollozaba—, no fue mi intención hacer eso. Yo no sabía, no pensé...

Después fue hacia la puerta, rogó la dejaran entrar.

—Dejad en libertad a mi padre —imploraba—. Permitid que sea yo quien ocupe su lugar.

—Esta muchacha está loca —fue la respuesta—. Que se vaya, no hay nada que hacer por ella.

Entonces, la Susana golpeó con los puños las murallas de piedra, lloró hasta quedarse agotada; allí siguió, derrumbada en su desesperación, con el pelo oscuro caído sobre la cara, «la hermosa hembra», que tenía más bien el aspecto de una mendiga que el de quien ha sido la hija mimada del comerciante más rico de toda la ciudad.

Mientras estaba allí, acurrucada, un hombre que pasaba se compadeció de ella.

—Levántate, hija mía —le dijo—. Sea cual fuere tu pena, no podrás lavarla con lágrimas.

—Merezco la muerte —respondió ella, levantando hacia el rostro de él sus hermosos ojos.

—¿Qué crimen has cometido?

—El más grande, el de traición. He traicionado a quien más amaba en el mundo, a quien sólo bondad me había ofrecido. Ahora está allí dentro y no sé qué está sucediéndole, pero algo en mí me dice que está sufriendo intolerablemente. Y yo soy la causante de ese sufrimiento..., yo; sólo bien recibí de sus manos. Por eso estoy llorando y rogando que venga la muerte.

—Hija mía, debes irte a casa a rogar por el hombre que has traicionado, y por ti misma. Solamente en la oración podrás hallar consuelo.

—¿Quién sois? —preguntó la Susana.

—Soy Reginaldo Rubino, obispo de Tiberíades, y sé quién es tu padre. Es Diego de Susan, culpable de haber conspirado contra el Santo Oficio. Ve a casa a rezar, hija mía, pues él necesitará de tus plegarias.

La Susana se sintió entonces invadida por una gran congoja.

Ese hombre había hablado verdad. Sobre Sevilla se había abatido una tragedia comparada con la cual sus propios problemas eran niñerías.

Horrorizada, regresó a la casa, y aunque creía haber llegado al fondo mismo de la desesperación, permaneció en silencio, sin poder llorar.


Había llegado el día.

Iba a ser un día de fiesta..., una triste fiesta durante la cual todo el pueblo debía estar en las calles para ver el espectáculo.

Las campanas doblaban, anunciando el primer auto de fe en Sevilla.

Hacía varias noches que la Susana no dormía; había esperado ese día con un terror que la aniquilaba. Sin embargo, tenía que estar allí, ser testigo del fruto de su traición.

Al escuchar las campanas, se envolvió cuidadosamente en su chal para no ser reconocida. Toda Sevilla sabía quiénes debían ser las víctimas del horrendo espectáculo preparado, y también quién era el ser perverso, causante de todo eso... La muchacha que había traicionado a su padre.

Pero yo no sabía, habría querido gritar ella. Yo no entendía. ¿Entendía acaso alguno de vosotros qué significaba para Sevilla la llegada de la Inquisición? Antes éramos libres. Dejábamos las puertas abiertas, sin temor de nadie. No teníamos miedo de encontrarnos, súbitamente, con los alguaciles entre nosotros..., señalando con el dedo a los seres queridos. Vos..., vos y vos... Vosotros sois prisioneros de la Inquisición. Venid con nosotros. ¿Quién podría darse cuenta de que sería la última vez que viera el amado rostro familiar?

Si uno volviera a verlo, el rostro ya no sería familiar. No sería ya la faz de alguien que ha vivido durante años en paz, en el seno de su familia. Sería la cara de un hombre arrancado de la vida familiar, marcado por una terrible experiencia de dolor mental y físico, y por el conocimiento brutal de lo inhumano que puede ser el hombre con su prójimo. No, ya no sería el mismo.

—No puedo mirar, no me atrevo —murmuraba la Susana. Pero debía mirar.

Ahí estaba el monje dominico encabezando la procesión, con aspecto siniestro en su hábito grotesco.

Llevaba muy alto la cruz verde, en torno de la cual habían envuelto un crespón negro. Significaba que la Santa Iglesia estaba de duelo, porque había descubierto en medio de ella gentes que no la amaban.

La Susana levantó los ojos al cielo, preguntándose: ¿será que el Cielo todo está de duelo, viendo a los hombres conducirse con semejante crueldad hacia otros hombres?

Allí estaban los monjes sombríos, los familiares del Santo Oficio, seguidos por los alabarderos vigilantes de los presos.

—No puedo mirar, no puedo —murmuró la Susana, pero siguió mirando y los vio; vio a su padre amado, descalzo y tocado con el horroroso sambenito amarillo, y vio en él pintados la cabeza y los hombros de un hombre consumiéndose por las llamas, rodeado de diablos armados con horquillas, mientras las lenguas de fuego se elevaban.

Con él iban los demás conspiradores, a quienes la Susana conocía desde su niñez. Les había oído reír y conversar con su padre; se habían sentado a la mesa con su familia. Pero ahora eran extraños. Exteriormente, habían cambiado. Llevaban sobre sí las marcas de la tortura; los rostros habían perdido el color de la salud; y la mirada que brillaba en sus ojos mostraba que habían padecido horrores hasta entonces imposibles de imaginar.

Los prisioneros pasaron, seguidos por los propios inquisidores, acompañados por un grupo de dominicos a la cabeza de los cuales iba Alonso de Ojeda, el prior de San Pablo..., triunfante.

Ojeda miraba a los prisioneros mientras pronunciaba su sermón en la catedral.

Su expresión revelaba el fanatismo más extremado. Una mezcla de furia y triunfo le volvía estridente la voz, y al hablar señalaba con el dedo a los prisioneros, indefensos en su hábito amarillo. Esos eran los pecadores que habían profanado a la Santa Iglesia. Esos eran los hombres que, indudablemente, arderían por toda la eternidad en los fuegos del infierno.

Todos debían de entender —todos, en esa perversa ciudad de Sevilla— que la apatía del pasado había tocado a su fin.

Entre ellos estaba Ojeda, el vengador.

Desde la catedral, la procesión se dirigió a las praderas de Tablada.

La Susana los seguía.

Se sentía débil y descompuesta, y sin embargo dentro de ella ardía una esperanza difícil de abandonar. Eso no podía ser verdad: no podía sucederle a su padre. Diego era un hombre rico, siempre había comprado lo que necesitaba; era un hombre de gran influencia en Sevilla. Tenía muy pocos enemigos; había sido amigo del pueblo y había aportado prosperidad a la ciudad de Sevilla.

Algo sucederá y lo salvará, se decía la Susana.

Pero ya había llegado a las praderas, y allí estaban las piras; y allí estaban los haces de leña.

—¡Padre! —gritó la muchacha—. ¡Oh, padre mío! ¿Qué os han hecho?

Aunque él no podía haberla oído gritar, a la Susana le pareció que sus ojos se posaban en ella, y que, durante unos segundos, los dos se miraban. Apenas si podía reconocerlo, a él, un hombre tan lleno de dignidad, hasta un poco vanidoso de la pulcritud de su ropa, con esa espantosa vestimenta amarilla.

—¿Qué os han hecho, padre mío? —susurró, y se imaginó ver compasión en sus ojos, se imaginó que él la perdonaba.

Encendieron las hogueras. Ella no podía mirar. Pero, ¿podía acaso apartar la vista?

Oyó los gritos de agonía. Vio las llamas, que se elevaban por el amarillo abominable; vio entre el humo el rostro de su padre.

—¡No! —clamó—. ¡No!

Después se dejó caer al suelo y allí se arrodilló a rezar, a rogar por un milagro, mientras el olor de la carne quemada le llenaba las narices.

—Oh, Dios —susurró—, llevadme ahora... No permitáis que vuelva a levantarme. Matadme ya, por misericordia.

Una mano se le apoyó en el hombro y, al mirar, sus ojos se encontraron con otro par de ojos, bondadosos.

Era el obispo de Tiberíades, el mismo que había hablado con ella junto al convento de San Pablo.

—Conque es la Susana —murmuró—. No deberías haber venido aquí, hija mía.

—Se está muriendo..., con una muerte cruel —gimió ella.

—¡Silencio! No se deben cuestionar las sentencias del Santo Oficio.

—Fue tan bueno conmigo.

—¿Qué harás ahora?

—No puedo volver a la casa de él.

—Todos sus bienes han sido confiscados por la Inquisición, hija mía. No sería mucho el tiempo que podrías permanecer allí.

—No me interesa lo que sea de mí. Sólo espero la muerte.

—Ven conmigo.

La muchacha obedeció y, junto a él, recorrió las calles de la ciudad, sin prestar atención a los rostros tensos de la gente, sin oír el asustado murmullo de sus voces, sin darse cuenta de que todos se preguntaban si esa escena terrible presenciada ese día podría convertirse en un espectáculo común en Sevilla.

Para la Susana sólo existía su propia desdicha.

Los dos llegaron a las puertas de un edificio. La muchacha sabía que aquél era uno de los conventos de la ciudad.

El obispo llamó y los hicieron entrar.

—Cuidad a esta mujer, mucho necesita de vuestros cuidados —dijo el obispo a la madre superiora.

Se fue dejándola allí con su remordimiento y con el recuerdo de su padre en la hoguera, con el eco de los gritos de angustia de él mientras las llamas le lamían el cuerpo..., con todo ya grabado en su mente para siempre.

En el convento de San Pablo, Ojeda seguía planeando más espectáculos semejantes. Su trabajo había comenzado. El pueblo de Sevilla había perdido su fiereza; ahora comprendían qué podía suceder a quienes desafiaban a la Inquisición. Pronto volvería a elevarse el humo sobre las praderas de Tablada.

Sevilla sería la primera y la seguirían otras ciudades; ya les mostraría él, a Torquemada y a la Reina, qué celoso cristiano era Alonso de Ojeda.

Envió a sus dominicos a predicar contra la herejía desde todos los púlpitos de la ciudad. La información contra los sospechosos de herejes debía ser comunicada. Cualquier sospechoso de la más leve herejía debía ser llevado ante los tribunales y torturado hasta delatar a su prójimo.

En San Pablo había hermanos cuya especial obligación era instalarse sobre el techo del convento durante el sábado judío, para vigilar las chimeneas de la ciudad. Cualquiera que no entendiera el fuego era sospechoso. Aquellos de cuyas chimeneas no saliera humo serían llevados ante el tribunal, y si no confesaban, sometidos a tortura; muy probablemente, en la parrilla o en el potro, o al probar la tortura del agua, esa gente estuviera dispuesta no solamente a confesar su propia culpa, sino también a delatar a sus amigos.

—¡Ah! —clamaba Ojeda—. Ya demostraré mi ardor a Tomás de Torquemada, y la Reina me reconocerá como su mejor servidor.

No había terminado de decirlo cuando uno de sus monjes vino, presuroso, a anunciarle que la peste se había desatado sobre la ciudad.

Los ojos de Ojeda relampaguearon.

—Es la voluntad Divina —declaró—. Es el castigo de Dios por la perversidad de la vida sevillana.

Los enfermos de peste se morían por las calles.

—Santo prior —declaró el inquisidor Morilla—, es imposible seguir con nuestra buena obra mientras la peste no ceda. Los hombres a quienes traemos para interrogarlos pueden enfermar, morir en nuestras celdas, y pronto tendríamos la peste dentro del convento. Nos queda una cosa.

—Dejar esta ciudad condenada —asintió Ojeda—. La voluntad Divina quiere castigar a estas gentes por su vida licenciosa; pero Dios no ha de querer que nosotros. padezcamos con ellos. Sí, debemos irnos de Sevilla.

—Podríamos ir a Aracena, a esperar.

—Eso haremos —coincidió Ojeda—. Aracena se verá beneficiada con nuestra visita. Habrá allí algunos herejes a quienes no permitiremos que mancillen su pureza.

—Debemos viajar lo antes posible —urgió Morillo.

—Entonces, salgamos hoy mismo.

Cuando se quedó solo, Ojeda se sintió invadido por un extraño letargo; estaba mareado y descompuesto.

—Tanto oír hablar de la peste —se dijo—. Es hora de irnos de Sevilla.

Se sentó, fatigosamente, tratando de pensar en Aracena. El edicto debía ser leído tan pronto como llegaran, advirtiendo a todos los habitantes lo más aconsejable para ellos: denunciar cualquier acto de herejía presenciado. Entonces no sería difícil encontrar víctimas para un auto de fe.

Uno de los dominicos había entrado en la habitación; al mirar al prior, en su rostro se pintó una expresión de terror y sorpresa.

Buscó una excusa y se retiró inmediatamente; cuando Ojeda intentó ponerse de pie y salir tras él, volvió a desplomarse sobre la silla.

Entonces se dio cuenta: la peste ya había llegado a San Pablo, y no sólo atacaba a los que desafiaban las leyes de la Iglesia, sino también a quienes se sentían llamados a imponerlas.

Pocos días despues, Ojeda estaba muerto, pero el Quemadero tendría aún un larguísimo tiempo de vida; en toda Castilla, las hogueras apenas habían empezado a arder.

# 7

# EL NACIMIENTO DE MARÍA
# Y LA MUERTE DE CARRILLO

Había llegado la Navidad y, en compañía de su familia, Isabel disfrutaba de una breve pausa en sus obligaciones. Muy rara vez estaban todos juntos, y esa reunión hacía muy feliz a la Reina.

Ya podía mirar retrospectivamente con cierto orgullo los años de su reinado.

Se había logrado la paz para el reino. Alfonso de Portugal había muerto en agosto del año anterior, mientras se preparaba para renunciar al trono e ir a retirarse al convento de Varatojo, y cuando viajaba por Cintra fue atacado por una enfermedad fatal. Alfonso le había causado muchísimas preocupaciones, e Isabel no pudo evitar sentirse aliviada por su muerte.

Los severos castigos impuestos por la Reina a los criminales habían reducido considerablemente su número. Ahora, su propósito era castigar a los herejes; no quería ninguno en su país.

En esa época no veía con mucha frecuencia a su amigo Tomás de Torquemada, obsesionado con su trabajo para el Santo Oficio. El confesor de la Reina era ahora el padre Talavera, tan celoso defensor de la fe como el propio Torquemada.

Isabel no debía dormirse sobre sus laureles. Recordaba siempre lo que le quedaba por hacer. Todavía había una gran tarea; librar al país de los herejes no era todo. Allí, decíase la Reina, como un gran absceso que deformara la belleza de España, estaba el reino de Granada.

Pero para esa Navidad, Isabel había aflojado su disciplina y estaba dispuesta a pasar la festividad como una mujer común, en el seno de su familia.

Se dirigió al cuarto de los niños para estar con sus hijos.

Al verlos, mientras la saludaban con una inclinación, Isabel sintió una punzada de tristeza. Era una extraña para ellos, y era su madre. Dominó el deseo de tomarlos en sus brazos y acariciarlos, de llorar sobre sus cabezas, de decirles cuánto habría querido ser para ellos una madre afectuosa.

Pero sería una imprudencia. Esos niños no debían olvidar jamás que, por más que fuera su madre, también era su Reina.

—¿Cómo están hoy mis hijos? —les preguntó.

Isabel, que tenía ya once años, era naturalmente el portavoz de los otros.

—Están todos bien, Alteza, y en la esperanza de que igual se encuentre Vuestra Alteza.

Una débil sonrisa curvó los labios de Isabel. ¡Qué respuesta tan formal a la pregunta de una madre! Pero era la respuesta correcta, sin duda.

Sus ojos se detuvieron en su hijo, el pequeño Juan, de tres años ya. ¿Cómo podría no ser su favorito? Fernando había deseado un varón, un varón como heredero del trono; y por Fernando Isabel se alegraba.

Estaba también la pequeña Juana, encantadora con sus dos años y sus ojos chispeantes.

—Estoy muy feliz, queridos míos —díjoles Isabel. Ahora vuestro padre y yo podemos sustraer un poco de tiempo a nuestras obligaciones para pasarlo con nuestra familia.

—¿Qué obligaciones, Alteza? —preguntó la pequeña Juana.

La infanta Isabel miró con reproche a su hermana, pero la Reina le indicó:

—No, déjala hablar.

Se sentó y se puso sobre las rodillas a su hija menor.

—¿Te gustaría saber cuáles son las obligaciones de un Rey y una Reina, hijita?

Juana hizo un gesto afirmativo, y la infanta Isabel le dio un codazo.

—No debes decir sí con la cabeza cuando te habla la Reina. Debes responder.

Juana le dirigió una sonrisa encantadora.

—¿Qué debo decir?

—Oh, Alteza —la disculpó la infanta Isabel—, sólo tiene dos años, ya lo sabéis.

—Bien lo sé —respondió Isabel—. Y ahora, en nuestro círculo familiar más íntimo, no es necesario observar tan estrictamente la etiqueta necesaria en todas las demás ocasiones. Pero, naturalmente, recordad, es algo permitido sólo en ocasiones como ésta.

—Oh, sí, Alteza —respondieron al unísono Isabel y Juan.

Entonces, la Reina habló a sus hijos de las obligaciones de un Rey y de una Reina: de cómo debían viajar de un lugar a otro, de cómo convocar a las Cortes para gobernar al país, o de establecer tribunales para juzgar a los malhechores que infringían las leyes de los hombres y las de Dios.

Los niños la escucharon con gravedad.

—Un día—les dijo Isabel—, Juan será Rey, y posiblemente vosotras, hijas mías, seáis Reinas.

—¿Reinas? —preguntó la joven Isabel—. Pero, si Juan es Rey, ¿cómo podemos nosotras ser Reinas?

—No de Castilla y Aragón, por cierto. Pero os casaréis, y vuestros maridos serán Reyes, y vosotras reinaréis con ellos. Debéis recordarlo siempre, y estar preparadas.

De pronto, Isabel se detuvo; la había asaltado un vívido recuerdo del pasado. Recordó los días de Arévalo, donde habían pasado su niñez ella y su hermanito Alfonso. Recordó la locura de su madre, y el tema constante de su conversación: tú podrías ser Rey (o Reina) de Castilla.

Pero esto es diferente, se apresuró a decirse. Estos niños no tendrán problemas para llegar a un trono. Lo que me hace pedirles que estén preparados no es simplemente histeria.

Sin embargo, cambió bruscamente de tema y se interesó por saber cómo iban progresando con sus lecciones. Quiso ver sus cuadernos y oírlos leer.

Le tocó leer a la joven Isabel que mientras lo hacía, empezó a toser.

—¿Toses con frecuencia? —le preguntó la Reina.

—De vez en cuando, madre.

—Está siempre tosiendo —intervino Juan.

—No siempre —lo contradijo Isabel—. Por las noches, a veces, madre. Entonces me dan un jarabe calmante, y eso me hacer dormir.

Isabel se preocupó. Consultaría a la gobernanta de su hija respecto de aquella tos.

Los dos niños menores tenían un aspecto evidentemente saludable, y al mirarlos, Isabel deseó que su hija mayor no pareciera tan frágil.

—Alteza, me toca a mí leer —dijo la pequeña Juana.

—No sabe —señaló la infanta Isabel.

—Señala la página y hace como si leyera —agregó Juan.

—Yo sé leer, sé —gritó Juana—. Yo sé leer, Alteza, sé. ¡Yo sé, sé, *sé*!

—Está bien, mi pequeña, no debes excitarte así; y no debes decir mentiras tampoco. Si dices que sabes leer y no sabes, eso es una mentira.

—La gente mentirosa va al infierno y arde en el fuego eterno —anunció Juan—. Y aquí también arden. Aquí muchísima gente va a la hoguera, porque dicen mentiras. No creen en Dios..., en nuestro Dios... y entonces, son quemados en la hoguera y arden hasta la muerte.

—¿Conque tú oyes esas cosas? —preguntó la Reina.

—Está siempre escuchando habladurías, Alteza —le explicó la infanta Isabel.

—Y no importa —continuó Juan—. Si van a arder por toda la eternidad, ¿qué importan unos pocos minutos más en la tierra? Me lo dijo el sacerdote.

—Bueno, hijos míos —intervino Isabel—, estas cosas no son para los niños. Juana me ha dicho que sabe leer, y me quedaré muy decepcionada si me ha dicho una mentira.

Juana hizo un puchero y su hermano, bondadoso, la rodeó con un brazo.

—Aprende algunas palabras, Alteza, y se las sabe de memoria. Entonces señala el libro y cree estar leyendo.

Juana pegó con el pie en el piso.

—Yo no creo, sé leer.

—¡Silencio, hija mía! —ordenó Isabel.

—Te olvidas que estás en presencia de Su Alteza, la Reina —dijo la infanta a su hermanita.

—¡Yo sé leer, sé leer! —sollozó la niña.

Isabel procuró retenerla en sus brazos, pero la criatura se le escapó y empezó a correr dando vueltas a la habitación mientras gritaba.

—Yo sé leer, sé, sé...

Los niños mayores la miraban, apenados y atónitos.

Después la pequeña Juana empezó a reírse, y poco a poco su risa se fue convirtiendo en llanto.

La Reina se quedó mirando a su hija menor, y un miedo espantoso se apoderó de ella.

Cuando Fernando irrumpió de pronto en la escena doméstica, Isabel se sobresaltó al verlo. Advirtió en su expresión que había acontecido algún desastre.

Juan corrió hacia su padre y se arrojó en sus brazos Fernando lo alzó y lo besó en la mejilla, pero era obvio que no estaba pensando en sus hijos.

—Ahora ha venido el Rey, debéis volver al cuarto de los niños —les dijo Isabel.

¡No! —gritó la caprichosa Juana—. ¡No! Queremos quedarnos con papá.

—Pero..., has oído la orden de Su Alteza —le señaló, horrorizada, la joven Isabel.

—Y la obedecerá —intervino Fernando, mientras sonreía a su hijita, que le tironeaba el jubón.

—Es mi turno, papá —murmuró Juana—. Es mi turno para un beso.

—Esta pequeña me recuerda a mi madre —comentó Fernando.

Esas palabras alegraron a Isabel, y la hicieron olvidar su inquietud por la mala noticia que debía comunicarle Fernando. Se parecía a la madre de él pensó... A la calma, astuta y práctica Juana Enríquez. No a la madre de Isabel, a la pobre, triste Reina, sumida en sus tinieblas, en Arévalo.

—Vamos, suegrita —indicó a su hija—, ahora debes irte al cuarto de los niños.

—¿Qué es una suegra? —preguntó Juana.

—Es la madre de un marido o de una esposa –le explicó Isabel.

Juana se quedó muy quieta, con los ojos brillantes, muy abiertos, repitiendo para sí:

—Suegra. Suegra..., la madre de un marido.

—Vete, suegra, en seguida, como te dije —le recordó la Reina, y la pequeña Isabel tomó de la mano a su hermanita y la obligó a hacer una reverencia.

Fernando e Isabel se quedaron mirando a sus hijos mientras se retiraban.

—Tenéis malas noticias, Fernando —dijo después Isabel.

—Los moros han tomado por sorpresa nuestra fortaleza de Zahara, y se han apoderado de ella.

—¡Zahara! Pero..., eso es grave.

Fernando asintió con un gesto.

—Mi abuelo la había recuperado de los infieles —evocó—, y ahora ha vuelto a manos de ellos.

—Pues no deben seguir reteniéndola —contestó Isabel.

—No la retendrán, querida mía. Si dispusiéramos de fondos, libraría contra los infieles una guerra sin cuartel, y no cesaría en la lucha mientras no hubiera expulsado de nuestra tierra a todos los musulmanes.

—O los hubiérais convertido a nuestra fe —señaló Isabel.

—Entonces vería ondear la bandera cristiana sobre cada ciudad de España —prosiguió Fernando, y sus ojos brillaban. Isabel comprendió: pensaba en las riquezas de las ciudades moriscas; pensaba en su oro y sus riquezas.

—Ya llegará el momento —respondió.

Fernando se volvió hacia ella y le apoyó ambas manos sobre los hombros.

—Estáis cansada, Isabel. Deberíais descansar más.

—No —se opuso ella—; si estoy apenas en el tercer mes de embarazo. Ya sabéis cómo soy yo: trabajo hasta el final.

—Cuidaos, esposa mía. Aunque tenemos ya tres hijos, no queremos perder a los que puedan venir.

—Me cuidaré, Fernando, no temáis. ¿Consideráis la pérdida de esa fortaleza muy perjudicial para nuestra causa?

—La considero como el comienzo de la Guerra Santa.

—Esa guerra se ha librado periódicamente durante siglos en nuestro país, ha tenido muchos comienzos.

Sobre sus hombros, la presión de las manos de Fernando se acentuó.

—Éste, Reina mía, es el comienzo de una Guerra Santa que habrá de terminar con todas esas guerras. Es el comienzo de una España unida.

Habían pasado tres meses desde la pérdida de Zahara, e Isabel estaba en la ciudad de Medina. Se encontraba ya embarazada de seis meses, y los viajes se le hacían penosos. Continuamente se recordaba —y también se lo recordaban sus amigas— aquella vez en que, por haber emprendido una actividad similar, había sufrido un aborto.

Cuando pasaba por las aldeas y veía en los campos y viñedos a las madres con sus hijos, sentía envidia. Como amaba tiernamente a sus hijos, una de las mayores penas de su vida era estar tan poco con ellos.

Pero mientras estuvieran bien de salud y bien atendidos, no debía pensar tan constantemente en los niños; tal vez cuando hubiera completado su gran tarea podría pasar más tiempo con ellos.

Para entonces, se imaginó tristemente, probablemente ya estarán casados. Bien comprendía Isabel la magnitud de sus dos tareas. Librar a su país de todos los herejes y hacer flamear sobre todo el territorio de España la bandera cristiana eran las metas que daban sentido a toda su vida. Tampoco olvidaba la Reina que esos objetivos habían sido ya intentados en los siglos anteriores, y nadie, todavía, había logrado alcanzarlos.

—Sin embargo yo, con la ayuda de Dios, lo haré —declaraba Isabel—. Y Fernando, y hombres como Torquemada, me ayudarán en la tarea.

Su confesor, fray Fernando de Talavera, se presentó a saludarla. Isabel lo recibió con agrado.

Devota y piadosa como era, había mantenido siempre especial amistad con sus confesores, y cuando estaba de rodillas con ellos nunca les recordabas que ella era la Reina.

La influencia de Torquemada sobre ella era indeleble, y Talavera gozaba también de su estima.

Talavera era un hombre mucho menos ardiente que Torquemada —en realidad, difícil habría sido encontrar alguien cuyo celo igualara al del prior de Santa Cruz—, y sin embargo, su piedad era ferviente. Como Torquemada, no vacilaba en reprender a Isabel o a Fernando, si así debía hacerlo, y aunque Fernando solía resentirse en tales ocasiones, eso jamás sucedía con Isabel, si la Reina consideraba merecida la reprimenda.

Isabel recordaba ahora la primera vez que Talavera fuera a oírla en confesión. Ella se había arrodillado, y se había quedado atónita al verlo a él sentado.

—Fray Fernando de Talavera —le había dicho—, ¿no os arrodilláis conmigo? Mis confesores se arrodillan cuando yo me arrodillo.

—Éste es el Tribunal de Dios —le había contestado Talavera—, yo estoy aquí como su ministro. Por lo tanto represento a Dios, y permaneceré sentado mientras Vuestra Alteza se arrodilla ante mí para confesarse.

Isabel se había sorprendido: ¿cómo se atrevía a dirigirse a ella en tales términos? Pero al considerar el asunto aceptó la idea de que como ministro de Dios que era, su confesor debía quedarse sentado mientras ella, la Reina, se arrodillaba.

Desde ese día había empezado a creer que había encontrado en Talavera a un hombre de singular honradez.

Ahora, le confesó, anhelaba llevar una vida más simple, asumir un papel más importante en la educación de sus hijos; envidiaba a las madres de condición más humilde y en ocasiones se preguntaba qué habría hecho ella para verse condenada a una vida de continua exigencia.

Talavera la regañó, recordándole que era el instrumento elegido de Dios, y que hacía mal en quejarse o rebelarse contra la noble vocación.

—Ya lo sé —admitió la Reina—. Pero para una madre amante de su marido y de sus hijos, el deseo de llevar una vida más pacífica junto a ellos es una continua tentación.

En compañía de Talavera, rogó le fueran dadas fuerzas para cumplir con su deber, y la humildad necesaria para aceptar de buen grado la vida de sacrificio que le había sido impuesta.

Terminada la confesión, Fernando se reunió con ellos.

—He venido a veros a toda prisa —anunció—. Hay una noticia importante. La fortaleza de Alhama ha sido capturada por las tropas cristianas.

Isabel se quedó inmóvil, con los ojos cerrados, mientras daba a Dios las gracias por esa victoria.

Fernando la miró con cierta impaciencia; en ocasiones la piedad de su mujer lo irritaba, e Isabel jamás la olvidaba; en cuanto a él, había decidido desde hacía mucho tiempo que su religión debía estar al servicio de él, y no él al servicio de su religión.

—El lugar —relató Fernando con los ojos brillantes— es una cueva del tesoro. Ponce de León, el marqués de Cádiz, atacó la fortaleza y la conquistó después de ardua lucha. Él y sus hombres entraron a saco en la ciudad. La carnicería fue grande; los cadáveres se apilan en las calles, y raras veces se ha visto botín semejante.

—Y Alhama —señaló Isabel— está apenas a cinco o seis leguas de Granada.

—En todo el reino árabe están de duelo —anunció alegremente Fernando—. Me preparare para partir inmediatamente en ayuda del valiente Ponce de León, que está en Alhama, asediado por los moros.

—Es una gran victoria —declaró Isabel, pensando en el fogoso Ponce de León, hijo ilegítimo del conde de Arcos, pero a quien, en virtud de sus muchos atributos, le había sido reconocida la legitimidad, concediéndosele el título de marqués de Cádiz. Era uno de los soldados más valientes y osados de Castilla.

—Jamás debemos permitir que Alhama vuelva a caer en manos de los moros —corroboró Fernando—. La ganamos y la conservaremos. Será el punto de partida de nuestra gran campaña.

Y salió, dejando a Isabel con Talavera.

—Demos las gracias por esta gran victoria —dijo Isabel cuando ambos quedaron solos, y el confesor y la Reina se arrodillaron uno junto al otro.

—Querido amigo —díjole Isabel mientras se levantaban—, cuando llegue la ocasión os recompensaré por los servicios prestados.

—Mi recompensa es seguir al servicio de Vuestra Alteza —fue la respuesta.

—Estoy decidida a recompensaros —insistió la Reina— por el gran bien que me habéis hecho. Cuando quede vacante, os asignaré el obispado de Salamanca.

—No, Alteza, no lo aceptaré.

Isabel se mostró un tanto sorprendida.

—¿Desobedecéis, pues, mis órdenes?

Talavera se arrodilló y, tomando la mano de la Reina, se la llevó a los labios.

—Alteza —replicó luego—, sólo un obispado aceptaría.

—¿Y ése es?

—El de Granada.

—Vuestro será..., antes de mucho tiempo, amigo mío —respondió firmemente Isabel.

En su voz resonaba la decisión. Ya no había manera de echarse atrás. La guerra contra los moros debía empezar en serio.

Corría el mes de abril, e Isabel había viajado desde Medina a Córdoba, donde se encontraba Fernando. Su embarazo estaba ya muy adelantado, y no podría viajar mucho más antes del alumbramiento.

Sin embargo, esa vez deseaba estar con Fernando.

Pero cuando ella llegó, Fernando había partido ya, porque el sitio de Alhama se había levantado y Ponce de León estaba en libertad.

Fernando había entrado en Alhama con los miembros de la Iglesia, para llevar a cabo una ceremonia de purificación. Las mezquitas habían sido convertidas en iglesias cristianas, y a la ciudad llegaban, a torrentes, campanas, manteles de altar y otros artículos del ritual cristiano.

En toda Castilla reinaba un gran regocijo, y gran duelo había en toda Granada.

—¿Qué tratamiento debemos esperar a manos de esos cristianos? —preguntábanse los moros, pues al acudir en defensa de Alhama habían encontrado pudriéndose y desnudos, a medias devorados por buitres y perros famélicos, los cadáveres de los moros defensores de la ciudad, fuera de las murallas, donde los habían arrojado los conquistadores.

—¿No ha de haber decente sepultura para un enemigo honorable? —preguntaban los moros.

—Pero estos son infieles —era la respuesta de los cristianos—. ¿Qué significado puede tener para ellos una sepultura honorable?

Dominados por la furia y la humillación, los moros habían vuelto salvajemente al ataque, pero ya para entonces habían aparecido más tropas cristianas, y sus esfuerzos fueron inútiles.

De tal modo, la victoria de Alhama fue completa, y tanto moros como cristianos, la consideraron decisiva en esa guerra que llevaba ya siglos.

Isabel envió a la iglesia de Santa María de la Encarnación un mantel de altar bordado por ella, y anunció que lamentaba no ir personalmente, descalza, a dar las gracias por la victoria. Ni siquiera por tan alta causa se atrevía a poner en peligro la vida de su hijo.

Había llegado junio e Isabel, en cama, esperaba el momento del parto.

Esa vez, Beatriz de Bobadilla había venido a acompañarla.

—Pues no confío en nadie más para atenderos —había explicado.

A Isabel siempre le provocaba una sonrisa la franqueza de su amiga, y sólo con ella podía compartir sus pensamientos más íntimos.

—Ansiosa estoy por levantarme y volver a la actividad —le confió—. ¡Tanto y tan importante es lo que hay que hacer!

—Sois una mujer, no un soldado —refunfuñó Beatriz.

—Una Reina debe ser ambas cosas.

—Suerte tienen los reyes, que pueden consagrarse al gobierno de su reino —reflexionó Beatriz—. Una Reina debe parir a sus hijos mientras cumple con las mismas tareas de un Rey.

—Pero yo tengo a Fernando para ayudarme —recordóle Isabel—. Y siempre está allí... listo para hacerse cargo de mis obligaciones cuando yo estoy indispuesta.

—Cuando este niño nazca, ya tendréis cuatro. Tal vez ya sea suficiente para asegurar la sucesión —aventuró Beatriz.

—Ojalá tuviera otro varón. Debería haber más varones, eso es lo que desea Fernando.

¡Engreimiento masculino! —se burló Beatriz—. ¡Como si nuestra Reina actual no demostrara que las mujeres pueden ser tan buenas gobernantes como los hombres..., e incluso mejores!

—Y sin embargo, el pueblo estaría más feliz con un Rey.

—Evidentemente no, no quieren ver instaurada aquí la ley sálica.

—Eso no importa, Beatriz. El próximo gobernante de Castilla y de Aragón..., de toda España quizás, será mi Juan.

—Para eso faltan años —se impacientó Beatriz.

—Beatriz... —empezó Isabel, en voz baja— ¿habéis observado algo que os llame la atención en mi pequeña Juana?

—Su vivacidad es lo único.

—¿Nada más Beatriz?

La interrogada parecía sorprendida.

—¿Qué tendría que haber notado, Alteza?

—Algo un poco desaforado..., cierta tendencia nerviosa.

—¡Una niñita vivaz, con un hermano un año mayor y una hermana bastante mayor! Necesita ser vivaz. Diría que sus tendencias son normales.

—Beatriz..., ¿me decís la verdad?

Beatriz se arrodilló junto a su señora.

—Las fantasías de las embarazadas son de lo más comunes —bromeó—, y por lo que veo, las Reinas no son la excepción.

—Qué consuelo sois para mí, Beatriz.

Beatriz le besó la mano.

—Siempre a vuestro servicio... Dispuesta a morir por vos —respondió con brusquedad.

—No hablemos de la muerte, sino del nacimiento. No falta mucho ya. Rogad porque sea un varón, por favor, Beatriz. Fernando estaría encantado. Tenemos dos niñas, y solamente un varón. Las familias como la nuestra se ponen nerviosas. Nuestros hijos no deben ser sólo niños, y tampoco nos pertenecen del todo a nosotros, sino al Estado. Por favor..., rogad..., un niño.

—Así lo haré —afirmó fervorosamente Beatriz.

Pocos días después nacía el cuarto hijo de Isabel. De nuevo era una niña, María.

En un convento de Sevilla, una mujer joven estaba de rodillas en su celda. Mientras escuchaba doblar las campanas, se decía: si me quedo aquí, me volveré loca.

En la calma de ese lugar no hallaba manera de olvidar. Cada vez que oía las campanas, pensaba en la triste procesión de las calles: creía oír la voz del predicador en la catedral, le parecía ver entre las figuras vestidas de amarillo el rostro de aquel a quien ella había amado y traicionado, respiraba el hedor aborrecible de las praderas de Tablada.

Es indudable, se decía una y mil veces, si sigo aquí me volveré loca.

Pero, ¿dónde podría ir? No había dónde. La casa de su padre estaba confiscada, y todas sus posesiones habían pasado a manos de la Inquisición. Los inquisidores le habían arrebatado la vida, y le habían arrebatado también sus propiedades, además de la paz interior de su hija.

Si hubiera podido tener a su hijo... Pero ¿qué podía hacer con un niño una monja, en un convento? Había perdido a su hijo, como había perdido a su padre, y estaba perdiendo su libertad.

¿Cómo puedo olvidar?, se preguntaba. Tal vez hubiera una manera. Se imaginó ataviada con prendas ricas, acariciantes, en vez de la áspera sarga del hábito monjil. Pensó en un muelle lecho compartido con un amante, en reemplazo del duro jergón de una celda solitaria.

Tal vez en una vida de lujo y goces consiguiera olvidar su desdicha.

Escaparé, se repitió: si sigo aquí me volveré loca.

Estaba ya terminando su noviciado; pronto tomaría el velo, y aquello sería el fin de toda esperanza. Sus días pasarían en silencio y soledad. ¿La vida de una monja para la «hermosa hembra»? ¿Una vida de soledad para quien había sido la mujer más hermosa de Sevilla?

Se pasó la mano por los cortos rizos. Ya volverían a crecer en todo su esplendor. Actuaría con rapidez, antes de que fuera demasiado tarde.

Oscurecía cuando se fugó del convento.

En misión de misericordia, creyeron todos, pues nadie conocía sus pensamientos más secretos.

Cuando estuvo fuera de las sombrías murallas, se dirigió a la casa de su padre.

Hacerlo era una tontería, pues nadie quedaba allí relacionado con él.

Se quedó mirando la casa; mientras estaba allí, inmóvil, pasó un hombre y se fijó en ella. La caperuza se le había caído y dejaba ver los cortos rizos relucientes; el rostro eran tan bello como en los días en que, sentada en el balcón de su padre, se abanicaba lánguidamente.

—Perdonadme —dijo el hombre, cuya voz y modales hablaban de su condición nobiliaria—. ¿Estáis en dificultades?

—Acabo de escaparme de un convento, y no tengo dónde ir —fue la respuesta.

—Pero, ¿por qué os escapasteis? ¿Os habéis ido, simplemente, y no tenéis intención de volver?

—Me escapé porque la vida de monja no es vida para mí.

Sus palabras incitaron al hombre a fijarse en el rostro, en los ojos oscuros y soñadores, en los labios sensuales.

—Sois muy hermosa —le dijo.

—Mucho tiempo hace que no me lo decían —respondió ella.

—Si venís conmigo, os daré albergue —ofreció el desconocido—, y podréis contarme vuestra historia y hacer planes. ¿Aceptáis venir?

Durante un momento, ella vaciló. Aunque corteses, en los ojos del hombre había osadía, y ella no ignoraba que eso era dar un paso por cierta senda. Era ése el momento de decidir si seguiría el camino propuesto por él.

Su vacilación no se prolongó demasiado.

Para eso había salido del convento. Ese hombre le agradaba, y se ofrecía a ser su protector.

—Sí, iré con vos —le respondió.

Dio la espalda a la casa que había sido de su padre, y sonrió al echar a andar junto a su nuevo protector.

En su residencia de Alcalá de Henares, Alfonso Carrillo, el arzobispo de Toledo, había abandonado su laboratorio para retirarse a sus habitaciones.

—Iré a acostarme, me siento muy cansado —advirtió a sus sirvientes.

Todos se quedaron atónitos, pues nunca lo habían visto tan abatido. Como si en él se hubiera desvanecido todo el espíritu militar, como si no tuviera ya interés alguno en los problemas del país ni en los descubrimientos de los experimentos científicos en los que se había gastado toda una fortuna.

—Es hora de hacer las paces con Dios —expresó—; estoy ya viejo y creo que no me queda mucho tiempo.

Presuroso, su sirviente corrió a ocuparse de administrarle los últimos ritos, y el anciano arzobispo volvió a recostarse en el lecho, evocando el pasado.

—Es una gran Reina, nuestra Isabel —murmuró para sí—. Ha hecho arder las hogueras en toda Castilla. Despejará de herejes a Castilla, y de todos los infieles tal vez. Está decidida a arrojar fuera de Granada a los moros, y lo que nuestra Isabel se propone, lo consigue.

«Y a no ser por mí, jamás habría llegado al trono. Sin embargo, heme aquí caído en desgracia, separado de todo lo que antaño fue para mí el sentido todo de la vida. He actuado con desatino; no debería haberme ofendido por el tratamiento dispensado por Fernando. No debería haber mostrado rencor alguno hacia ese viejo zorro de Mendoza. Sólo esperan mi muerte. Sí.

Sí, he sido un tonto. Después de haberla elevado, creí que podría abatirla, pero me equivoqué. No conocía a Isabel, no supe percibir la fuerza de esa mujer. ¿Y quién podría culparme? ¿Se vio acaso alguna vez tal suavidad encubriendo semejante fortaleza?»

La somnolencia se apoderó de él y, al despertarse, vio junto a su lecho a los sacerdotes, que habían venido a administrarle la extremaunción.

El fin de su vida turbulenta estaba próximo.

Isabel estaba con su hijita de un mes, la pequeña María, cuando llegaron noticias de Loja.

Muley Abul—Hassan, el rey de Granada, se había atemorizado ante la pérdida de Alhama, y en la ciudad de Granada habían sido intensas las manifestaciones de duelo. Pero los árabes eran un pueblo de guerreros, y conservaban el recuerdo de derrotas pasadas que habían terminado convirtiéndose en victoria.

Volvieron a rehacerse, y enfrentaron a los cristianos en Loja.

Tal vez a los cristianos el éxito de Alhama se les subió a la cabeza; tal vez habían subestimado los recursos de sus enemigos.

En Loja, en el mes de julio, la derrota del ejército cristiano fue tal que, de haber recibido más rápidamente los refuerzos de Granada, Muley Abul—Hassan habría arrasado con todo el de Fernando.

Isabel recibió la noticia sin cambiar de expresión, aunque su corazón se llenó de angustia.

Hizo llamar al cardenal Mendoza y, cuando éste se presentó ante ella, le dio la noticia.

El cardenal inclinó la cabeza y durante unos segundos reinó el silencio.

—Puede ser una advertencia del Cielo —dijo después Isabel—. Nos mostramos demasiado confiados; consideramos nuestras victorias por nuestras armas y nuestra destreza, y no por la voluntad de Dios.

Mendoza dirigió a la Reina una mirada, que ella interpretó como expresión de acuerdo, pero en realidad el cardenal se maravillaba de la forma en que Isabel se las arreglaba siempre para ver la mano de Dios en todos los acontecimientos.

En toda Castilla, entre tanto, iba consolidándose la temida Inquisición. En muchas ciudades, y casi de la noche a la mañana, la atmósfera había cambiado. La gente andaba por las calles con aire furtivo y temeroso; el cardenal conjeturaba que las horas nocturnas eran horas de inquietud, pues nadie podía saber cuándo se escucharía el golpe en la puerta, cuándo las palabras aterradoras:

—¡Abrid, en nombre de la Inquisición!

Y sin embargo, si le hubieran preguntado qué había sucedido con sus ciudades, Isabel habría respondido:

—Están siendo purgadas de herejes.

Creía cumplir con la voluntad de Dios al establecer la Inquisición en España.

Esta mujer obtendrá éxito en todo lo que haga, cavilaba Mendoza. Por debajo de esa apariencia de dulzura había un fervor y un fuego que había sido imposible vencer. Isabel no se cuestiona jamás su rectitud: es Isabel de Castilla y, por consiguiente, reina por Voluntad Divina.

—Los moros son fuertes —respondió finalmente el cardenal—; la tarea que nos espera parecería imposible, a no ser por la valentía y prudencia de nuestra Reina.

Isabel objetó el cumplido. Mendoza era demasiado galante, demasiado cortés. No tenía la sinceridad de hombres como Talavera y Torquemada, pero su compañía era quizá más grata, y por eso ella le perdonaba su volubilidad. Pese a su vida, era hombre prudente, y aunque había en él aspectos que Isabel desaprobaba, estaba dispuesta a aceptado como el primero de sus ministros.

En los asuntos de Estado, se decía, no se debe dar de lado a la gente por sus hábitos licenciosos. Ese hombre era un estadista prudente y avisado, y la Reina tenía necesidad de él.

—Proseguiremos la guerra con éxito —dijo—. Y ahora, amigo mío, tengo para vos una noticia de Alcalá de Henares. Alfonso Carrillo ha muerto. Y, pobre Carrillo, ha muerto muy endeudado. Jamás fue capaz de ponerse límites, ni en política ni con sus experimentos científicos. Siempre fue así. Y aunque me hizo mucho daño, su muerte me entristece porque recuerdo los días de amistad.

—Vuestra Alteza no debería dolerse. Fue vuestro amigo cuando le resultó conveniente serlo.

—Razón tenéis, arzobispo.

El cardenal la miró sorprendido e Isabel le sonrió con su dulzura habitual.

—¿Quién, si no vos, habría de ser arzobispo de Toledo y Primado de España? ¿A quién más podría confiar la dirección de nuestros asuntos en los años venideros?

Mendoza se arrodilló y le tomó la mano.

Era un hombre ambicioso, y se sentía sobrecogido de admiración y respeto ante una Reina que, fanática como ella, era también capaz de elegir a un hombre de su reputación, porque lo sabía su estadista más capaz.

Fernando se paseaba de un lado a otro por las habitaciones de la Reina. La derrota de Loaja lo tenía muy alterado. Había creído tener ya casi al alcance de la mano la victoria sobre los moros, y no era capaz de hacer frente a los reveses con la calma de su mujer.

Pero también Isabel, aunque no lo demostrara, estaba inquieta por la última noticia.

La Beltraneja estaba neutralizada en su convento. ¿Acaso no había tomado el velo?

—¿Cómo se puede estar seguro de Luis? —exclamó Fernando—. Ahora tiene los ojos puestos en Navarra, no nos equivoquemos. Y Navarra nos pertenece. Es mía..., por herencia de mi padre.

Isabel consideraba la situación. La primera mujer del padre de Fernando, Blanca, hija de Carlos III de Navarra, había dejado a su muerte el reino a su hijo Carlos, asesinado para dejar el camino del trono abierto para Fernando. Navarra había pasado entonces a Blanca, la hermana mayor de Carlos, la esposa repudiada de Enrique IV de Castilla. La pobre Blanca, lo mismo que su hermano, había sido arrebatada prematuramente por la muerte, a instigación de su hermana Leonor, que quería Navarra para su hijo, Gastón de Foix.

Muerto Juan de Aragón, que había conservado el título de Rey de Navarra, Leonor se había adueñado ávidamente del poder, pero de poca duración fue su gloria: ella misma murió tres semanas después que su padre.

Leonor había hecho asesinar a su hermana Blanca para que su hijo, Gastón de Foix, pudiera heredar Navarra, pero a su vez Gastón había muerto durante un torneo, en Lisboa, algunos años antes que su madre. El próximo en la línea de sucesión era Francisco Febo, hijo de Gastón.

La mujer de Gastón había sido la princesa Magdalena, hermana de Luis XI de Francia. Luis tenía la mira puesta en Navarra, decidido a que su territorio no volviera a la corona de Aragón.

En ese momento, Fernando contaba a Isabel la causa de su alarma.

—¿Quién puede conjeturar lo que está urdiendo Luis? Ahora, ¡sugiere un matrimonio entre Francisco Febo, rey de Navarra, y la Beltraneja!

—Pero eso es imposible —se horrorizó Isabel—. La Beltraneja ha tomado el velo, y pasará el resto de sus días en el convento de Santa Clara, en Coimbra.

—¿Y los votos de la Beltraneja serán obstáculo para Luis? Concretará ese matrimonio, si así lo desea.

—Posiblemente tengáis razón —admitió Isabel—. Es indudable, quiere poner a Navarra bajo el dominio francés; y además, si la Beltraneja fuera la mujer de su sobrino, Francisco Febo, Luis defendería las pretensiones de ella sobre mi corona.

—¡Exactamente! —coincidió Fernando—. Nuestros planes son llevar adelante la guerra contra los moros, y Luis lo sabe. Es indudable, ha tenido noticias de

Loja, y el viejo taimado está eligiendo el mejor momento para asestarnos el golpe.

—Debemos detenerlo, Fernando. Ahora, nada debe constituirse en obstáculo para nuestras campañas en esta Guerra Santa.

—Nada las detendrá —aseguró Fernando.

# 8

# En el reino de Granada

Granada era la provincia más hermosa y más próspera de España. Contenía abundantes recursos: había minerales en sus montañas, sus puertos sobre el Mediterráneo eran los más importantes de toda España, sus tierras de pastoreo estaban bien regadas, y la laboriosidad de su pueblo la había enriquecido.

La ciudad más bella de España era la capital del reino, Granada. Cerrada por sus murallas con mil treinta torres y siete portales, parecía una fortaleza inexpugnable. Los moros estaban orgullosos de su ciudad, y razón tenían para estarlo. Sus edificios eran exquisitos; las calles estrechas y las altas casas estaban decoradas con un metal que brillaba bajo la luz del sol y de las estrellas, dando la impresión de que estaban enjoyadas.

El edificio más hermoso de Granada y de toda España era la imponente Alhambra, fortaleza y palacio, enclavada sobre una colina. No sólo era un espectáculo encantador para la vista, con sus brillantes pórticos y columnatas, no sólo hablaban sus patios y baños de lujo y extravagancia; la Alhambra también era útil, pues de plantearse la necesidad, era capaz de albergar a un ejército de cuarenta mil hombres.

Granada había sido el centro de la cultura morisca desde 1228, año en que un caudillo de la tribu de Beni Hud había decidido convertirse en rey de la bellísima ciudad después de recibir los derechos de soberanía del Califa de Bagdad, para reinar en ella bajo los títulos de Amir ul Moslemin y Al Mutawakal (Comandante de los musulmanes y Protegido de Dios).

Tras él habían venido otros muchos, cuyos reinados habían sido turbulentos; los enfrentamientos con las fuerzas cristianas eran continuos, y en 1464 se concluyó un tratado con Enrique IV, en el que se convenía que Mohamed, el monarca reinante, pondría a Granada bajo la protección de Castilla, y por ello debía pagar a los Reyes de Castilla un tributo anual de doce mil ducados de oro. Era ésa la suma que el codicioso Fernando intentaba atraer de nuevo a los cofres castellanos. Cuando Castilla fue cayendo en la anarquía, durante los últimos años del desastroso reinado de Enrique IV, los moros habían dejado de pagar el tributo, y los castellanos no se encontraron en situación de obligarlos a cumplir el convenio.

Mohamed Ismail murió en 1466, y cuando su hijo Muley Abul-Hassan subió al trono, las cosas en Granada estaban poniéndose casi tan turbulentas como lo estaban en la cercana provincia de Castilla.

Aun así, los moros eran un pueblo belicoso, y estaban decididos a defender lo que consideraban suyo. Habían pasado setecientos años desde que los árabes habían conquistado a los visigodos y se habían establecido en España. Y después de setecientos años, ya consideraban Granada como territorio propio.

Lamentablemente para la población morisca de España, les esperaba la derrota, y no sólo debido al enemigo, sino por causa de las disensiones internas.

En el corazón de la familia real, acechaba la traición.


Desde detrás de los cortinados, la sultana Zoraya, la Estrella de la Mañana, miraba hacia el patio, donde la esclava favorita del sultán jugueteaba con los dedos en el agua. Zoraya estaba llena de odio.

La griega era hermosa, con una belleza extraña, jamás vista hasta entonces en el harén, y el sultán la visitaba con frecuencia.

Pero eso no inquietaba a Zoraya. ¡Que el sultán visitara a la griega cuando se le antojara! Zoraya ya no era joven, y había vivido en el harén durante el tiempo suficiente para saber que el favor de los sultanes pasa con rapidez.

La gran ambición de las esposas del sultán es tener un hijo varón. Zoraya lo tenía: Abu-Abdalá, conocido como Boabdil.

Temía al hijo de la griega; tal vez intentaran ponerlo por encima de Boabdil, pero ella jamás lo permitiría. Estaba dispuesta a matar a cualquiera que se interpusiera entre su hijo y la herencia. El próximo sultán de Granada sería Boabdil.

Por eso Zoraya vigilaba a la griega; por eso las intrigas en el interior mismo de la Alhambra, difícil empresa, pues en su condición de esposa del sultán, debía vivir entre las mujeres, guardada por los eunucos.

Pero Zoraya no era una humilde mujer árabe, y no creía en la superioridad del varón.

La habían educado en Martos, y se esperaba de ella un matrimonio brillante.

Sin embargo, su vida no había sido tan mala, y nada lamentaría Zoraya una vez instalado Boabdil en el trono de Granada.

No era difícil enviar mensajes desde el harén a otras partes del palacio. Ella, en su juventud una mujer tan hermosa, era ahora enérgica y decidida. Muley Abul-Hassan se estaba poniendo viejo y débil, pero Zoraya temía a su hermano, conocido por el nombre de el Zagal, el Valiente.

Zoraya era orgullosa, y con mucha frecuencia se había salido con la suya en su trato con el anciano sultán. Desde el momento en que la llevaron encadenada a presencia de él, le había exigido privilegios especiales. Poco era lo que Muley Abul-Hassan le había negado en aquellos días.

Le permitían visitar a Boabdil, su hijo, aunque intentase poner a este nuevo sultán en el lugar de Muley Abul-Hassan.

Zoraya despreciaba a Muley Abul-Hassan tanto como temía a su hermano.

En ese momento, mientras vigilaba a la esclava griega, se preguntó qué temer. La griega era hermosa, pero Zoraya tenía algo más que belleza.

Pensó en el día en que la llevaron a la Alhambra, a ella, la orgullosa hija del orgulloso gobernador de la ciudad de Martos.

Fue un día extraño, de calor y tensión, que nunca olvidaría: todo había cambiado, ella había pasado de una vida a otra, de una civilización a otra. ¡Cuántas mujeres estuvieron destinadas a llevar la vida de una recatada hija de noble familia castellana, y no la de una de tantas esposas en el harén de un sultán!

Doña Isabel de Solís se había convertido en Zoraya, la Estrella de la Mañana.

Durante todo el día se prolongó, furiosa, la batalla, y en las últimas horas de la tarde los moros entraron en la residencia de su padre. Ella se había refugiado con su doncella en una habitación de una de las torres, a la que sólo se podía llegar por una escalera de caracol. Desde allí escucharon los gritos de los invasores, el clamor de muerte de los hombres, los alaridos de las mujeres.

—No podemos escapar —se había repetido una y otra vez Zoraya—. ¿Cómo sería posible? ¿No registrarán acaso hasta la última habitación, hasta el último rincón?

Tenía razón; no había escapatoria. Cuando oyó pasos en la escalera, empujó detrás de sí a la temblorosa doncella para hacer frente al intruso: un hombre de alto rango en el ejército morisco, que se quedó mirándola, con la cimitarra todavía ensangrentada en la mano, consciente de su hermosura. Tampoco su dignidad, característica cualidad castellana, pasó inadvertida para su captor; eligió para él a su doncella, pero al inmovilizar con cadenas las muñecas de doña Isabel de Solís, le dijo:

—Tú estás reservada para el sultán.

Así, encadenada, la llevaron a Granada, a la imponente fortaleza, su nuevo hogar. Allí, orgullosa como una Reina de visita, se irguió ante Muley Abul-Hassan.

Su actitud divirtió al sultán, que la incorporó a su harén. Sería una de sus esposas. Evidentemente, era el honor debido a una dama de tan noble cuna y de tal dignidad.

Después, la cautiva se convirtió en Estrella de la Mañana, y dio al sultán un hijo, Boabdil; a partir de ese momento, decidió que el próximo sultán de Granada sería su hijo.

Zoraya no había temido otra cosa, pero ahora había llegado la griega. La griega estaba llena de ardides. Y también tenía un hijo.

Boabdil estaba de pie ante su madre. Su rostro tenía los rasgos de un soñador, y su deseo, llevar una vida pacífica.

—Boabdil, hijo mío —decíale Zoraya—, pareces inmutable. ¿No entiendes acaso que esa mujer está tramando algo contra nosotros?

—No lo conseguirá, oh, madre mía —respondió Boabdil—. Yo soy el hijo mayor de mi padre.

—Tú no sabes cómo luchan las mujeres por sus hijos.

Boabdil le sonrió.

—¿No os veo acaso, madre, luchar por el vuestro?

—Ya encontraré un medio de arrojarla de palacio. Le tenderemos una trampa, la llevaremos engañosamente a una situación de la cual no pueda escapar. La matarán como se mata a una mujer infiel. Boabdil, ¿dónde está tu hombría? ¿No quieres luchar por lo tuyo?

—Cuando Alá lo decida, madre mía, seré sultán de Granada. Si Alá lo quisiera en este momento, ya lo sería.

—Tú aceptas tu destino. Es tu sangre morisca, hijo mío. Mi pueblo se adueña.

—Sin embargo, de ellos se adueñaron —señaló suavemente Boabdil.

—No me irrites —advirtió Zoraya, y se acercó más a él—. Boabdil, hijo, hay hombres en Granada que tomarían las armas por ti si te alzaras en oposición a tu padre.

—¿Me pediríais vos tomar las armas en contra de mi padre?

—Está tu tío, el Zagal, que planea arrebatarte la corona. Tu padre es débil, pero tú tendrías defensores, y aunque no me preguntes cómo he llegado a saberlo, te lo diré. Tengo espías en las calles, me traen mensajes. Sé lo que podríamos hacer.

—Hacéis peligrar vuestra vida con acciones tales, madre.

Ella golpeó el suelo con el pie y echó atrás la todavía hermosa cabeza. Boabdil la miraba con afecto, admiración y exasperación; jamás había conocido a una mujer como su madre.

—Si alguien pudiera arrebatarte el trono —susurró ella entrecerrando los ojos—, hoy mismo te pondría a la cabeza de un ejército.

—Madre mía, vuestras palabras son traición.

Los ojos de Zoraya relampaguearon.

—A nadie debo lealtad. Me arrebataron de mi hogar contra mi voluntad, me trajeron aquí encadenada. Me vi obligada a llevar la vida de una esclava árabe... Yo, la hija de un orgulloso castellano. No debo lealtad a nadie. Otros rigieron mi vida, y ahora mi recompensa es una corona para mi hijo. Tú serás sultán de Granada aunque debamos librar una guerra contra tu padre para ceñirte la corona.

—Pero, ¿por qué hemos de luchar por algo nuestro cuando tal es la voluntad de Alá?

—Tonto hijo mío —respondió Zoraya—, ¿no entiendes acaso que hay quienes conspiran para arrebatarte la corona de Granada? La griega la quiere para su hijo, y esa mujer es astuta. ¿Cómo podemos saber las promesas de un viejo a quien tiene embaucado? Tu tío mira con codicia la corona, la quiere para sí. Alá ayuda a quien se ayuda. ¿No lo has aprendido todavía, Boabdil?

—Oigo voces.

—Ve, pues, a ver quién está escuchándonos.

—Os ruego, madre, no habléis de traición, alguien podría oír.

No había terminado de decirlo cuando unos guardias irrumpieron en la habitación.

—¿Qué hacéis aquí? —preguntó Zoraya, exasperada—. ¿No sabéis cuál es el castigo por entrar de esa manera en las habitaciones de la sultana?

Tras una profunda reverencia, los guardias se dirigieron a Boabdil.

—Señor, venimos por orden de Muley Abul-Hassan, sultán de Granada. Es nuestro deber pediros humildemente nos permitáis poneros estas cadenas, pues tenemos la desdichada misión de conduciros, a vos y a la sultana, a la prisión de palacio.

—¡A mí no me pondréis cadenas! —vociferó Zoraya.

Pero todo fue inútil; los guardias ya la habían inmovilizado. En sus ojos brilló el desprecio al ver cómo su hijo, Boabdil, tendía mansamente las manos para ser encadenado.

Tampoco en prisión dejó de intrigar Zoraya. En su condición de sultana y madre de Boabdil, heredero reconocido del trono de Granada, eran muchos los que la apoyaban. El gobierno de Muley Abul-Hassan no era popular. En todo el reino se sabía sin lugar a dudas hasta qué punto los ejércitos cristianos se estaban organizando para combatir a los musulmanes. Castilla era en ese momento una provincia formidable, especialmente desde que el matrimonio de Isabel con Fernando significó la alianza con Aragón.

«El Sultán está viejo; es un hombre acabado. ¿Acaso puede un hombre así defender a Granada contra el peligro creciente?» Tal era el mensaje que Zoraya difundía por toda la ciudad. Y en las calles, el pueblo murmuraba:

—Somos un reino en peligro que está dividido contra sí mismo. Los viejos se detienen en lo viejo. Nuestro futuro está en manos de nuestros jóvenes.

Aunque prisioneros, Zoraya y su hijo no sufrían privación alguna, pues estaban rodeados de sirvientes y ayudantes. De tal manera, el propio Muley Abul-Hassan facilitaba a Zoraya la tarea de seguir trabajando para destronarlo y asegurarse la sucesión para su hijo, Boabdil.

La sultana enviaba sus espías a difundir por las calles los escándalos de palacio, y a hablar en voz baja de la valentía de Zoraya y de Boabdil, a quien otros intentaban despojar de su herencia. Había allí una madre heroica luchando por los derechos de su hijo. ¿Podría Alá darles la espalda?

Un día le llegó una noticia. En la calle la gente ya no susurraba, gritaba:

—¡Terminemos con el viejo sultán! ¡Queremos uno nuevo!

Entonces, Zoraya estimó que había llegado el momento. Reunió a todos sus servidores y ayudantes e hizo que las mujeres se quitaran el velo, y los eunucos los *haiks.*

Con ellos, ayudada por Boabdil y algunos de sus sirvientes de más confianza, hizo una larga cuerda, la ató a una ventana, y la colgó hacia afuera.

La primera en bajar fue Soraya, seguida por Boabdil.

Ella había dispuesto las cosas para que los esperaran. Cuando Boabdil llegó abajo se encontró con varios defensores, que lo aclamaban como sultán y saludaban a Soraya, la gran sultana, su madre; una mujer cuyo nombre, según creían, llegaría a ser leyenda en la historia de los musulmanes porque, con su amor maternal, su valentía y su ingenio, había liberado al nuevo sultán de la tiranía de su antecesor.

En Granada se había propagado la guerra, y eran miles los que apoyaban la causa de Boabdil.

En las calles de la hermosa ciudad, los moros combatían entre ellos, trabados en furiosa batalla.

Muley Abul-Hassan fue tomado por sorpresa, primero por la traición de su familia, después por la fuerza de quienes los apoyaban. Y aunque la fortaleza de la Alhambra seguía manteniéndose leal, la ciudad estaba en contra de él. La caballerosidad obligaba a los hombres de Granada a apoyar a la valiente sultana y a su hijo. La prudencia en la consideración de las circunstancias llevó a una decisión. El momento de Muley Abul-Hassan había pasado, y los tiempos requerían el vigor de un sultán joven; Muley Abul-Hassan fue expulsado de Granada y huyó a la ciudad de Málaga, cuyos habitantes estaban de su parte.

Así, mientras los ejércitos cristianos se reunían para luchar contra ellos, en el reino de Granada los moros estaban desgarrados por la guerra civil.

Mientras trabajaba en su labor de aguja, Isabel estaba pensativa. Era una de las raras ocasiones en las que podía escaparse durante un rato de sus obligaciones de Estado, y en momentos como ése, le era grato tener consigo a Beatriz.

Beatriz tenía, a su vez, sus deberes para con su marido, y no estaba continuamente al servicio de Isabel, así que esas oportunidades de estar juntas eran especialmente preciosas.

Isabel pensaba en Fernando: tenía la impresión de que estaba cavilando sobre algún asunto secreto. La Reina se preguntaba si, como los suyos, los pensamientos de él estaban puestos en los sucesos de Granada; tal vez lo estuvieran en alguna mujer, en alguna familia que acaso tuviera sin saberlo ella. Parecía extraño: Fernando con otras familias, mujeres, hijos que despertaban sus afectos tanto como podían despertarlos su propia Isabel, Juan, Juana y la pequeña María; la idea era extraña e inquietante, y la entristecía.

Miró a Beatriz, que sin demasiado placer, trabajaba a su vez en un bordado. Beatriz era una mujer demasiado activa para encontrar alegría en una ocupación tan sedentaria. A Isabel le habría gustado hablar de estas cosas con una amiga comprensiva como Beatriz, pero se contenía; ni siquiera con Beatriz podía hablar de estas cosas que, en opinión de ella, a tal punto menoscababan su propia dignidad y la de Fernando en cuanto soberanos de Castilla y Aragón.

De pronto Beatriz inició la conversación, pues en esas ocasiones, Isabel había pedido a su amiga que cuando estuvieran juntas se condujeran simplemente como dos mujeres reunidas para un rato de charla amistosa.

—¿Cómo van las cosas en Navarra? —preguntó Beatriz.

—Nos dan motivo de ansiedad —respondió Isabel—. Nunca se puede estar seguro de los planes tortuosos de la mente de Luis.

—Sin duda, ni siquiera él podría considerar no existentes los votos de la Beltraneja.

—Luis es muy poderoso, y yo no confío en el papa Sixto. Ya hemos tenido nuestras diferencias: y con un hombre como él, el soborno puede obrar maravillas.

—El soborno o las amenazas —murmuró Beatriz—. Según me han dicho, Francisco Febo es un hermoso joven. El nombre de Febo le va como anillo al dedo, y tiene el pelo dorado como el sol.

—Exageran —respondió Isabel—. Febo es el apellido. Será apuesto, pero también es un Rey, y en los reyes y reinas es frecuente que la belleza obtenga brillo de tales posiciones.

Beatriz le sonrió.

—Reina mía —le dijo—, vuestro natural buen sentido es equiparable a vuestra belleza..., y, Reina o no, ¡vos sois bella Isabel!

—Estábamos hablando de Francisco Febo —le recordó Isabel.

—Ah, sí, de Francisco Febo... Tan bello como su nombre. ¿Qué sentirá al casarse con una ex monja de ascendencia dudosa?

—Si el matrimonio se hace —conjeturó hoscamente Isabel—, muchos le asegurarán un linaje sin la menor duda. Oh, Beatriz, parecería que las tareas aumentaran de día en día. Yo había esperado una guerra..., pero solamente con Granada. Ahora, en el momento favorable para emprenderla, hay complicaciones en Navarra. Si Luis sugiere que la Beltraneja sea retirada de su convento y liberada de sus votos para casarla con su sobrino el Rey de Navarra, no lo dudéis por un momento: el paso siguiente será poner a Navarra bajo la protección de Francia, y el siguiente, apoderarse de mi corona para entregársela a la Beltraneja.

—Eso ni siquiera Luis lo conseguiría.

—No lo conseguiría, Beatriz, pero habría otra áspera guerra. Ya hemos librado y ganado una guerra de sucesión. Continuamente ruego que no haya otra.

—Así podríais consagrar vuestras energías a la guerra contra los moros.

Pensativamente, Isabel continuó con su bordado.

Poco después, Fernando entró en sus habitaciones sin ceremonia alguna. Beatriz, dándose cuenta de que a él no le gustaría un saludo con la informalidad que le permitía Isabel, se levantó para inclinarse en una profunda reverencia.

Isabel advirtió que Fernando estaba excitado. Sus ojos brillaban en la cara bronceada, y un pequeño tic le sacudía la boca.

—¿Tenéis noticias, Fernando? ¿Buenas noticias? —le preguntó—. Por favor, no tengáis en cuenta la presencia de Beatriz, es una excelente amiga.

Beatriz esperaba la indicación de retirarse, pero no se produjo.

Fernando se sentó en una silla junto a la de la Reina, e Isabel indicó con un gesto a Beatriz que volviera a su asiento.

—Hay noticias de Navarra —anunció Fernando.

—¿Qué noticias? —preguntó ansiosamente Isabel.

—El Rey de Navarra ha muerto.

Un aire de triunfo pasó furtivamente por el rostro de Fernando.

Beatriz contuvo el aliento. Había visualizado tan claramente al joven conocido como Francisco Febo, a quien comparaban por su belleza con el propio dios Sol… Hacía apenas un momento se lo había imaginado en su dorada hermosura, y ahora debía alterar el cuadro para convertirlo en el de un joven yacente en su ataúd.

—¿Cómo murió? —quiso saber la Reina.

—Repentinamente —respondió Fernando. Pese a sus esfuerzos por mostrarse solemne, no lo consiguió. La expresión de triunfo seguía pintada en su rostro.

Los ojos de Beatriz se dirigieron a Isabel, pero como de costumbre, la expresión de la Reina nada revelaba.

¿Qué pensará del asesinato?, se preguntaba Beatriz. ¿Cómo puedo saberlo, si ella no se traiciona? ¿Acepta entonces el asesinato de ese joven, tan bello como su nombre dice, porque su existencia es una amenaza para el trono de Castilla? ¿Dará las gracias a Dios, o pedirá perdón en sus oraciones por haberse regocijado de un asesinato a instancias de su marido?

—Entonces —dijo lentamente Isabel—, ya no existe el peligro de un matrimonio entre Navarra y la Beltraneja.

—Ese peligro ha pasado —asintió Fernando, cruzándose de brazos mientras sonreía a su Reina.

En esa actitud parecía invencible, pensó Beatriz. Isabel se da cuenta de eso, y quizá se dice para sus adentros: aunque seas un marido infiel, aunque seas tal vez un asesino, ¡eres un esposo digno de Isabel de Castilla!

—¿Quién gobierna ahora Navarra? —quiso saber la Reina.

—Su hermana Catalina ha sido proclamada Reina.

—¡Una niña de trece años!

—Su madre será regente.

—Algo debemos hacer sin pérdida de tiempo —decidió Isabel—. Juan debe comprometerse con Catalina de Navarra.

—Estoy de acuerdo —coincidió Fernando—. Pero según mis noticias, Luis no se ha mantenido ocioso.

Está haciendo sus preparativos para adueñarse de Navarra. En ese caso posiblemente no acepten a nuestro hijo para Catalina.

—Debemos emprender inmediatamente la acción contra Luis —prosiguió Isabel.

—Vuestro breve respiro ha terminado —replicó Fernando, apesadumbrado.

—Partiré inmediatamente para la frontera —anunció Isabel—. Demostraremos a Luis, en caso de que intente avanzar sobre Navarra, que contamos con poderosas fuerzas para hacerle frente.

Isabel dobló la tela a medias bordada, como si fuera una ama de casa que se prepara para dedicarse a alguna otra de sus labores domésticas.

—Lo guardaré durante un tiempo —dijo Isabel, mientras entregaba el bordado a Beatriz.

Beatriz lo recibió y, viendo que ambos deseaban discutir sus asuntos en privado, se despidió con una reverencia y dejó solos a Isabel y Fernando.

Boabdil emprendió la batalla contra el ejército cristiano.

Muley Abul-Hassan y su hermano el Zagal estaban librando su propia guerra, también contra los cristianos. Habían lanzado varios ataques cerca de Gibraltar, y habían obtenido cierto éxito.

—Es posible que Muley Abul-Hassan esté viejo y débil —comenzaba a decir el pueblo de Granada—, pero teniendo a su lado al Zagal, todavía puede obtener victorias. Tal vez no sea la voluntad de Alá reemplazarlo para entronizar a Boabdil como el nuevo sultán.

—Boabdil debe entrar en acción —clamaba Zoraya—. Debe demostrar al reino árabe su capacidad de lucha como jamás podrían hacerlo el pobre Muley Abul-Hassan, y ni siquiera el Zagal.

Así empujado, Boabdil empezó la lucha contra los cristianos, confiado en el éxito. Llamativamente ataviado con un manto de terciopelo carmesí bordado en oro, era una figura imponente, pues debajo de la capa su armadura de acero damasquinado recibía y reflejaba brillantemente la luz.

Cabalgando salió de la ciudad de Granada, aclamado por el pueblo, y las aclamaciones seguían resonándole en los oídos cuando emprendió el camino a Córdoba.

Se encontró con las tropas cristianas en las márgenes del Xenil, y la batalla fue encarnizada.

Boabdil no había nacido para guerrero. Anhelaba la paz, y a no ser por la obstinación de su madre jamás se habría encontrado en esa situación. Sus hombres percibían la falta de resolución de su jefe, y veían que los cristianos, en cambio, estaban decididos.

Allí, en las márgenes del Xenil, vio Boabdil la derrota de sus moros, y al advertir que sus magníficas vestiduras y su corcel blanco como la leche ponían evidencia su dignidad de jefe, buscó una manera de ocultarse y escapar de la muerte o —más humillante aún— de la captura.

Vio a sus hombres segados por la muerte, a sus capitanes pasados a cuchillo: la batalla estaba perdida.

El río había crecido durante la noche, y vadearlo era imposible; por lo tanto desmontó y, abandonando su caballo, se ocultó entre las malezas, a orillas del río.

Mientras estaba escondido entre los juncos, un soldado que pasaba distinguió fugazmente el escarlata brillante de la capa y se acercó a investigar.

Cimitarra en mano, Boabdil se puso de pie, dispuesto a luchar por su vida. Pero el hombre, llamado Martín Hurtado, al percibir que se hallaba frente a un moro de alto rango, empezó a dar voces a sus camaradas e inmediatamente Boabdil se vio rodeado.

Contra tantos enemigos, la cimitarra de nada le servía, y en el intento de salvar la vida, gritó:

—Soy Boabdil, el sultán de Granada.

Inmediatamente, los soldados se detuvieron; semejante botín superaba sus esperanzas más descabelladas.

—Envainad las espadas, amigos —gritó Martín Hurtado—, lo llevaremos ante el rey Fernando. Os aseguro que seremos ricamente recompensados por este botín.

Los otros accedieron, aunque les disgustaba renunciar a la capa de terciopelo rojo, la resplandeciente armadura y los demás tesoros que, a no dudarlo, debía llevar encima semejante personaje.

De tal manera fue Boabdil a terminar como prisionero de Fernando.


Isabel estaba en la ciudad fronteriza de Logroño cuando le llegó la noticia de la muerte de Luis.

La Reina cayó de rodillas para dar gracias por verse libre de tal problema.

El Rey de Francia había muerto sumamente temeroso del más allá, pues había cometido muchos pecados que no dejaban de atormentarlo.

Sin embargo, pensaba Isabel, todo lo hizo por su país. Para él Francia fue siempre lo primero. Tal vez por esa única gran virtud, todos sus pecados le fueran perdonados.

Su hijo Carlos VIII, era menor de edad, y en Francia los problemas serían bastantes, así que durante un tiempo los franceses no volverían a poner los ojos sobre Navarra.

Un milagro más, pensó Isabel. Una prueba adicional de que he sido elegida para las grandes tareas que me aguardan.

Ahora no necesitaba ya permanecer en la frontera de Navarra. Podría ir a reunirse con Fernando, y juntos podrían proseguir la guerra contra los infieles, echando mano de todos sus recursos.

Durante su viaje a Córdoba, una noticia le dio aún más alegría.

Los moros habían sido derrotados en las márgenes del Xenil, y el propio Boabdil era prisionero de Fernando.

—Demos las gracias a Dios y a todos sus santos —exhortó Isabel a sus acompañantes—. El camino está abriéndose ante nosotros. Nuestros inquisidores traen a los herejes ante la justicia, y ahora expulsaremos de Granada a los infieles. Si lo conseguimos no habremos vivido en vano, pues la alegría reinará en el Cielo. Nuestros pecados quedarán reducidos a motas de polvo, comparados con la montaña de nuestros logros.

Al decirlo, sonrió. Por primera vez desde la llegada de la noticia, no la perturbaba la idea del radiante y bello Francisco Febo muerto a manos de un envenenador.

# 9

# EL SUEÑO
# DE CRISTÓFORO COLOMBO

En una tienda pequeña, en una de las estrechas calles de Lisboa, un hombre esperaba la llegada de clientes. En su rostro se dibujaba una expresión de frustración y tristeza.

—¿Será siempre así? —preguntábase—. ¿Jamás llegarán a fructificar mis planes?

Una y otra vez se lo había preguntado a Felipa, su mujer, y ella le respondía siempre de la misma manera.

—Ten coraje, Cristóforo —le decía—. Un día, tus sueños se realizarán. Un día alguien tendrá fe en ti y te dará la posibilidad de llevar a la práctica tu plan.

—Tienes razón, Felipa —solía contestarle él—; algún día triunfaré.

Le sonreía, porque en el fondo de su corazón, su mujer no estaba descontenta. Cuando llegara el gran día, ya la vería él, de pie en la puerta de la tienda, con el pequeño Diego en los brazos, diciendo adiós con la mano al marido que se iba a su gran aventura..., una aventura que, muy probablemente, terminaría en la muerte.

Felipa no debería haber tenido ese temor. En definitiva, fue ella quien hubo de ir al encuentro de la muerte, y no en alta mar, sino en la trastienda de la oscura tiendecita atestada de cartas marinas y de instrumentos náuticos.

El pequeño Diego vino a estar con él. El paciente Dieguito, que ya no tenía madre para ocuparse de él, se esforzaba por entender el significado de los sueños que se reflejaban en los ojos de su padre.

Pocos entraban a la tienda para comprar. Cristóforo sospechaba que no era buen comerciante. Si a alguien que entraba le interesaba la navegación marítima, el dueño de la tienda se lo llevaba a la pequeña habitación de atrás y allí, ante una botella de vino, hablaban. Cristóforo se olvidaba de que si quería comprar comida para él y para su hijo necesitaba vender sus mercancías.

Pronto haría diez años desde que había venido de Génova a Lisboa, y ya entonces tenía casi treinta. Ahora hablaba frecuentemente con el pequeño Diego, desde la muerte de Felipa era su principal compañero.

Con las manos apoyadas en las rodillas de su padre, de pie ante él, Diego escuchaba.

Para el niño, su padre era el hombre más apuesto de Lisboa, y aun del mundo entero, pues Diego nada sabía del mundo más allá de Lisboa. Cuando su padre hablaba, los ojos le brillaban con una luminosidad que el pequeño no entendía pero que, sin embargo, le hacía correr un estremecimiento por su cuerpecito. Su padre hablaba como nadie más hablaba, siempre de una tierra que se encontraba en alguna otra parte, más allá de los océanos, o de un país del que, sin embargo, de este lado del mundo nadie sabía nada.

Diego tenía ante sí el rostro de un visionario; un hombre alto, corpulento, de largas piernas, de ojos azules, hechos para mirar a la distancia, de pelo abundante, en el que brillaban toques de oro y cobre.

—Padre —solía pedir Diego—, háblame del gran viaje del descubrimiento.

Entonces, Cristóforo hablaba, y mientras esos claros ojos luminosos recorrían el pasado, llegaban al presente y se aventuraban en el futuro; era como si el hombre estuviera viendo claramente lo que había pasado, lo que estaba sucediendo, y lo que le reservaba el futuro.

—Vine a Lisboa, hijo mío —empezaba a contar—, porque creí que en este país podría encontrar más comprensión para mis planes que en Italia. En Italia..., se reían de mí. Hijo mío, aquí también empiezan a reírse de mí.

Diego lo escuchaba atentamente. Se reían de su padre porque eran tontos. Porque no creían en la existencia de ese gran país, del otro lado de las aguas.

—¡Tontos! ¡Tontos! —refunfuñaba Diego, apretando los puñitos y golpeando con ellos las rodillas de su padre.

Entonces, Cristóforo recordaba lo muy niño que era su hijo y volvía a entristecerse pensando: ¿Si me escucharan, si me prestaran atención? ¿Si fueran benévolos conmigo? ¿Qué sería entonces de este niño?

Las cosas habían sido diferentes cuando Felipa vivía; Cristóforo ya no podía representarse su partida mientras Felipa lo despedía, sosteniendo en sus brazos al hijo de ambos.

Solía sentarse al niño en las rodillas, para hablarle de los viajes que había hecho. Le contaba de viajes a la costa de Guinea y de Islandia, a las islas de Cabo Verde. Le hablaba de la primera vez que había venido a Lisboa. Felipa había venido con él, porque sabía los planes de su marido, pues Cristóforo no hacía secreto alguno de sus ambiciones. Ella lo comprendía. Su padre también había sido marino, y entendía el deseo de un hombre de descubrir nuevas tierras. Por eso, Felipa Muñiz de Parestrello también lo entendía.

Había visto cómo su marido y su padre se inclinaban sobre las cartas de navegación, entusiasmándose, hablando de lo que habría más allá de las extensiones de agua hasta entonces no exploradas por los europeos.

Cuando el padre de Felipa murió, todas sus cartas y todos sus instrumentos pasaron a manos de Cristóforo, que por entonces ya se había casado con ella.

Un día Cristóforo había intentado inútilmente interesar en sus proyectos a hombres influyentes. Oyó después que un aventurero tenía más probabilidades de ser escuchado con simpatía en el puerto marítimo de Lisboa que en cualquier otra parte, porque al rey Juan II de Portugal le interesaban las expediciones al mundo desconocido.

—Empaca nuestras cosas, Felipa, hoy mismo saldremos hacia Lisboa —había dicho a su mujer.

Y a Lisboa se habían ido, y allí, entre sus siete colinas, habían hecho su hogar. Pero después Felipa había muerto, dejándole únicamente a Diego para recordarla. A ese precioso y querido Diego, que al pensar en sus planes se convertía para él en causa de la mayor ansiedad.

Mientras vagabundeaba junto a las riberas del Tajo, o caminaba desconsoladamente por el distrito de Alfama, o levantaba los ojos hasta el castillo de San Jorge, enclavado en la más alta de las colinas, Cristóforo soñaba continuamente con salir de Lisboa: su sueño se había convertido en una obsesión que lo atormentaba y había alcanzado proporciones que eclipsaban incluso el amor por su mujer y su hijo.

—Pero un día, Diego, hijo mío —decía Cristóforo—, ya no se reirán. Un día rendirán honores a tu padre. Hasta posiblemente lo nombren almirante, y entonces pediré en la corte un lugar para ti, hijito mío.

Diego asentía silenciosamente; aunque no tenía idea de qué significaba eso de un lugar en la corte, le agradaba que su padre no se olvidara de él. Pequeño como era, Diego percibía la fuerza de la ambición de su padre.

—Padre —preguntó—, ¿te harás pronto a la vela?

—Pronto, hijo mío. Debe ser pronto, pues mucho lo he esperado. Y mientras yo no esté, ¿tú serás bueno?

—Sí, lo seré —respondió el niño—, pero esperaré con ansiedad tu regreso.

De nuevo Cristóforo sintió el impacto del remordimiento. Levantó en sus brazos al niño y lo abrazó estrechamente. Era conmovedora la confianza del pequeño en su padre, dispuesto a abandonarlo, incluso ansioso de hacerlo. El niño no dudaba de tener las providencias necesarias para su cuidado durante la ausencia de su padre, incluso para el caso de que éste no regresara jamás.

¡Por cierto que las tomaré!, asegurábase Cristóforo. Aunque para ello tuviera que llevármelo conmigo.

Sin embargo, ¡qué clase de padre era, dispuesto a exponer a su tierno hijo a los peligros del mar!

No soy padre, decíase Cristóforo, como tampoco antes fui marido. Soy un explorador, un aventurero, y una vida así no deja margen para mucho más. Y, sin embargo, Diego estará bien atendido.

Se puso al niño en las rodillas, sacó una de las cartas de navegación de su suegro y mostró a su hijo dónde quedaban las nuevas tierras, y mientras hablaba se quejaba con vehemencia del destino que le impedía realizar el viaje de sus sueños. Si al menos fuera un hombre rico... Pero era un pobre aventurero que dependía de la riqueza de otros para financiar su aventura. En algunos sentidos, era un hombre práctico; para una expedición como la que él deseaba organizar se gastarían grandes sumas. Podrían ayudarlo los grandes nobles. O reyes.

Pero sin la aprobación de la Iglesia no se podría hacer nada, y la Iglesia se inclinaba a reírse de sus propuestas. Los obispos querían que esos supuestos fueran verificados. ¿Qué probabilidades de éxito había? ¿Podrían depositar su confianza en el sueño de un aventurero? Los obispos no creían en la existencia de ese gran país a la espera de ser descubierto.

Sin embargo, le habían dejado ciertas esperanzas.

Mientras Cristóforo estaba con su hijo, llegó un visitante. El corazón le dio un salto en el pecho al ver entrar al hombre en su tienda. No era alguien que viniera a comprar instrumentos náuticos, pues estaba al servicio del obispo de Ceuta.

Levantándose presurosamente, bajó al niño de las rodillas.

—Déjanos solos, hijo mío —le indicó.

Diego subió a la carrera la escalera de caracol, pero no entró en la habitación: se quedó sentado en el escalón más alto, escuchando las voces de abajo. No alcanzaba a oír las palabras, pero por el tono de voz de su padre podría saber si la noticia era buena. Una buena noticia sería que su padre pudiera prepararse inmediatamente para hacer el viaje, y aunque eso significaba una separación, estaba ansioso como su padre por recibir la noticia. Para Diego, como para Cristóforo, sólo podría haber verdadera satisfacción cuando el sueño se convirtiera en realidad; y, como su padre, el muchachito estaba dispuesto a soportar cualquier penuria si eso llegaba a suceder.

Entretanto Cristóforo había llevado a su visitante a la oscura trastienda del negocio.

Al ver el rostro del hombre, a Cristóforo se le había ido el alma a los pies; ya antes había visto esa expresión en otras caras, la apenas disimulada sonrisa de superioridad de los hombres de poco seso; se consideraban sabios para aquellos que, en opinión de ellos, lindaban con la imbecilidad.

—Vengo en nombre de mi señor, el obispo de Ceuta —dijo el hombre.

—¿Qué noticias traéis?

El hombre sacudió la cabeza.

—Nada más puede hacerse. El viaje es imposible.

—¡Imposible! —Cristóforo se puso de pie, mientras sus ojos azules echaban chispas—. ¿Cómo se puede decir eso de algo sin haberlo demostrado?

—Ha sido demostrado —la sonrisa del hombre se hizo más amplia—. El Consejo Eclesiástico ha decidido que vuestro proyecto no sería viable, pero su señoría el obispo de Ceuta no tomó vuestras afirmaciones tan a la ligera como los demás.

—Lo sé —reconoció Cristóforo—; me prometió que no tardaría mucho en verme equipado con todo lo necesario para hacer ese viaje.

—Entretanto, su señoría decidió poner a prueba vuestras teorías.

—Pero..., no lo ha hecho. Yo he estado aquí, en Lisboa durante todos estos meses..., esperando..., esperando, esperando eternamente.

—He aquí lo hecho: envió su propia expedición. Equipó un bajel y lo envió en busca de ese nuevo mundo de cuya existencia estáis tan seguro.

Cristóforo se esforzó como pudo por dominarse. No era hombre manso, y la tentación de aplastar de un puñetazo el rostro sonriente lo acosaba. Lo habían estafado. Habían escuchado sus planes, habían estudiado sus cartas. Todo eso había sido necesario para convencerlos de sus teorías con algún fundamento. Y después lo habían engañado: habían equipado un barco sin contar con él.

—El barco regresó, desmantelado y casi sin poder navegar. Es un milagro que haya regresado a Lisboa. En el Mar de los Sargazos encontró tormentas imposibles de atravesar. Lo que se ha descubierto, en realidad, es que se trata de un viaje imposible.

El alivio atemperó la cólera de Cristóforo. El fracaso ajeno no hacía mella en su sueño.

Para él, todo seguía intacto, pero había hecho un descubrimiento importante: no podía esperar ayuda alguna en Lisboa. Había estado perdiendo el tiempo.

—¿Estáis convencido ahora? Vuestra propuesta es imposible.

Los ojos de Cristóforo tenían la dureza y el brillo de las aguamarinas.

—Estoy convencido de la imposibilidad de conseguir ayuda en Portugal —respondió.

La sonrisa del visitante se había hecho más amplia.

—¿Los negocios van bien, espero?

Cristóforo levantó las manos en un gesto de aflicción.

—¿Qué os parece, mi buen señor? ¿Pensáis acaso que Lisboa es una ciudad de aventureros interesados en mis cartas e instrumentos?

—¿No los necesitan los navegantes en sus viajes?

—¡Pero en Lisboa! —exclamó Cristóforo, más indignado aún—. Tal vez la venta de tales artículos sería más provechosa en una ciudad donde, tras haber salido al mar, los hombres se dejaran llevar de nuevo a puerto por una o dos tormentas.

—Sois hombre vivo de genio, Cristóforo Colombo.

—Menos vivo lo tendría si me encontrara solo.

El visitante se levantó bruscamente y se retiró.

Cristóforo volvió a sentarse ante su mesa y se quedó mirando sin ver. El pequeño Diego bajó silenciosamente y permaneció cerca de él, mirándolo.

El niño estaba ansioso por correr a consolar a su padre, pero no se animaba; comprendía y compartía su tremenda desilusión.

Después, Cristóforo vio la figurita inmóvil ante él y sonrió lentamente. Le hizo un gesto, y el pequeño corrió hacia él. El padre lo tomó en sus brazos, y durante un rato ninguno de los dos habló.

—Diego —dijo después Cristóforo—, empecemos a empacar las cartas y algunas pocas cosas necesarias para un viaje.

—¿Será un viaje largo, padre?

—Muy largo, hijo mío. Nos vamos de Lisboa. Lisboa nos ha estafado, y no descansaré hasta sacudirme de los pies el polvo de esta ciudad.

—¿Dónde iremos, padre?

—Tenemos poco dinero, iremos a pie, hijo mío. Sólo hay un lugar hacia donde podemos dirigirnos.

Diego miró, expectante, el rostro de su padre, y vio cómo se desvanecía la decepción y renacía otra vez la esperanza.

—Dicen que Isabel, la Reina de Castilla, es una mujer prudente. Hijo mío, preparémonos sin pérdida de tiempo. Iremos a España, y allí intentaremos interesar a Isabel por nuestro nuevo mundo.

El viaje era largo, arduo, a menudo pasaban hambre, y tenían siempre los pies lacerados. Pero el espíritu jamás flaqueaba. Cristóforo sabía con absoluta certeza que un día conseguiría interesar en sus planes a alguna persona rica e influyente, y en cuanto al pequeño Diego, sus diez años habían transcurrido compartiendo ese sueño, y tampoco él dudaba jamás.

Cristóforo llevaba consigo sus cartas, y también una daga, pues el camino por Alentejo era solitario y estaba infestado de ladrones.

Caía la tarde, y los viajeros habían salido ya de la provincia de Huelva y se aproximaban al estuario del río Tinto.

Corría el mes de enero, y un viento helado soplaba desde el Atlántico.

—Diego, hijo mío, estás cansado —observó Cristóforo.

—Lo estoy, padre —admitió el niño.

Dos o tres millas tras ellos había quedado la pequeña ciudad de Palos, y el niño se había preguntado por qué no se detenían allí para pedir abrigo, pero Cristóforo había seguido andando decididamente.

—Pronto tendremos un techo sobre nuestras cabezas, hijo. ¿Puedes conservar el ánimo durante una milla más?

—Sí, padre.

Diego enderezó los hombros y siguió marchando junto a su padre. Después, mientras seguían avanzando en dirección de Cádiz y Gibraltar, y el viento arremolinaba la arena y la arrojaba entre los escasos pinos de las inmediaciones, comprendió las palabras de su padre, al ver a la distancia las murallas de un monasterio. Supo entonces, que era allí donde Cristóforo lo llevaba.

—Allí pediremos comida y asilo para la noche —dijo Cristóforo, sin agregar otras esperanzas. Ahora estaban en España, y en los monasterios había hombres doctos que tal vez escucharan lo que él tenía que decir sobre un mundo aún no descubierto.

Sin embargo, si no conseguía interesar a nadie en el monasterio franciscano de Santa María de la Rábida, debería seguir viaje sin abandonar las esperanzas.

Se aproximaron a las puertas, y Cristóforo se dirigió al hermano lego guardián.

—Vengo a pediros comida y asilo para mí y para mi hijo —explicó—. Venimos de lejos; somos pobres y estamos cansados y hambrientos. No nos negaréis vuestra caridad.

El hermano lego miró al hombre cubierto de tierra del viaje y al fatigado muchachito.

—Razón tenéis, viajero, al esperar nuestra caridad —respondió—. Nos enorgullecemos de no cerrar jamás nuestras puertas al fatigado y hambriento. Entrad.

Cristóforo tomó de la mano a Diego, y juntos entraron en el monasterio de Santa María de la Rábida.

Los llevaron a lavarse la suciedad del viaje en la gran pila del convento, y una vez hecho esto, fueron conducidos a las cocinas, donde los hicieron sentar a una mesa y les ofrecieron pan y sopa caliente.

Padre e hijo comieron vorazmente; entretanto acertó a pasar un joven monje, que se detuvo a mirarlos con curiosidad y les dijo:

—Buenos días os sean dados, viajeros. ¿Habéis venido de lejos?

—De Lisboa —respondió Cristóforo.

—¿Os espera todavía un largo viaje?

—Viajamos con la esperanza de llegar, si tenemos suerte, a la corte de la Reina Isabel —explicó Cristóforo.

El monje se interesó. En ocasiones algunos viajeros se detenían en el monasterio, pero jamás se había encontrado con un hombre cuyos ojos brillaran con esa luz casi fanática, y le llamó la atención que tan desastrado viajero se dirigiera a visitar a la Reina.

Cristóforo estaba decidido a aprovechar el interés del monje. No por casualidad había llegado a ese monasterio; estaba al tanto de que el prior, fray Juan Pérez de Marchena, era hombre de puntos de vista amplios y amigo de Fernando de Talavera, el confesor de la Reina, y gozaba de alto favor con ella.

Por eso habló de sus ambiciones al monje y, palmeando su hato de viaje, le contó:

—Aquí dentro llevo planos y cartas... Si pudiera conseguir los medios para equipar una expedición, descubriría un nuevo mundo.

Su conversación era fascinante para el monje, cuya vida transcurría entre los silenciosos muros del monasterio, y escuchaba cautivado mientras Cristóforo le contaba la historia de sus aventuras en las costas de Guinea y de Islandia.

Diego había terminado su sopa, y la de su padre se estaba enfriando. El niño le tironeó ansiosamente de la manga y con un gesto le indicó la sopa; con una sonrisa, Cristóforo la terminó.

—Y el niño —quiso saber el monje—, ¿ha de ir con vos a ese nuevo mundo?

—Grandes son los riesgos, y él es aún pequeño —respondió Cristóforo—, pero si no puedo disponer las cosas de otra manera...

—Sois un soñador —señaló el monje.

—Muchos lo somos, y quienes no lo son deberían serlo. Todo lo realizado sobre la tierra empieza siendo un sueño.

El monje se retiró a cumplir con sus deberes, pero como no podía olvidar su extraña conversación con el viajero, fue en busca del prior y le habló de aquellos  huéspedes tan fuera de lo común refugiados en su monasterio.

Diego se tendió sobre un jergón, en una pequeña celda; estaba tan cansado que al poco se quedó dormido.

Entretanto, el prior de Santa María de la Rábida había mandado buscar a Cristóforo.

En una pequeña habitación de paredes desnudas, a no ser por un gran crucifijo, a la luz de un par de verlas, Cristóforo desplegó sus mapas sobre la mesa y habló de sus ambiciones al prior.

Fray Juan creía entender a los hombres y, al mirar ese rostro marcado por los años, con sus brillantes ojos de marino, se dijo para sus adentros: «este hombre tiene genio».

Fray Juan estaba fascinado. Se había hecho tarde, pero no podía despedirse del viajero; necesitaba oír más.

Después de hablar durante muchas horas, le dijo de pronto:

—Cristóforo Colombo, tengo fe en vos. Creo en vuestro Nuevo Mundo.

Entonces, Cristóforo se cubrió la cara con las manos y los ojos se le llenaron de lágrimas. Se avergozaba de su actitud, pero su alivio era tan intenso que no pudo ocultar su emoción.

—¿Me ayudaréis a obtener una audiencia con la Reina? —preguntó.

—Haré cuanto esté en mi poder —respondió fray Juan—. Ya sabéis, no es fácil. La Reina tiene poco tiempo. Ha habido problemas en Navarra, y el gran deseo de la Reina es ver una España cristiana. La guerra con Granada es inminente... Es más, ha empezado ya. Podría ser que la Reina, con tanto en qué pensar, tuviera poca paciencia con..., un sueño.

—Pocas esperanzas tenéis, fray Juan.

—Os ruego tengáis paciencia —fue la respuesta—. Pero escuchadme, tengo un plan. No buscaré el contacto con Fernando de Talavera, que es hombre bueno y confesor de la Reina, y a quien conozco bien, pero está tan ansioso por llevar la guerra contra los infieles que tal vez se impaciente con vuestros planes. Os daré, sin embargo, una carta de presentación para el duque de Medina Sidonia. Es un hombre rico y poderoso, y podría presentar vuestro caso a la atención de la corte.

—¿Cómo podré demostraros mi gratitud?

—Descubriendo vuestro nuevo mundo. Justificando la fe depositada en vos.

—Así lo haré —aseguró Cristóforo, como si prestara un juramento.

—Hay un problema para considerar —agregó fray Juan—. Me refiero al niño, vuestro hijo.

La expresión de Cristóforo cambió; la angustia ocupó el lugar de la alegría.

Fray Juan lo miraba sonriendo.

—Estad tranquilo respecto de él. Id a ver a la Reina, id a descubrir vuestro Nuevo Mundo. Mientras lo hacéis, yo me encargaré de vuestro hijo. Se quedará aquí con nosotros en la Rábida, donde lo vestiremos y alimentaremos, y le daremos techo y educación hasta vuestro regreso.

Cristóforo se levantó sin poder hablar. Ya no le era posible ocultar las lágrimas.

—No me lo agradezcáis —lo detuvo fray Juan—. Pongámonos de rodillas para agradecer a Dios los dos juntos.

# 10

## LA FAMILIA REAL

Granada estaba de duelo. Jamás se había visto un sultán cautivo de los cristianos, y tampoco era Boabdil el único prisionero en manos del enemigo. Muchos de los capturados eran hombres poderosos y, como ya en toda Granada empezaban a conocer el carácter de Fernando, se calculaba que habría que pagar grandes rescates antes de que se les permitiera regresar.

—Alá ha apartado de nosotros su mirada —se condolía la gente—. Una estrella hostil al Islam envía sobre nosotros sus influencias malignas. ¿Será esto la caída del imperio musulmán?

Muley Abul-Hassan hablaba de la situación con su hermano, el Zagal.

—Boabdil debe ser puesto en libertad sin demora. El efecto de su cautividad en el pueblo está resultando desastroso.

El Zagal se mostró de acuerdo con su hermano. Era indudable, Boabdil debía serles devuelto, para sofocar su rebelión.

—Ofrezcamos un rescate —sugirió—. Ofrezcamos una suma tal que a Fernando se le haga difícil rechazarla.

—Así lo haremos —asintió Muley Abul-Hassan.


La Sultana Zoraya se sentía desgarrada entre la cólera y la angustia. ¡Su hijo, prisionero de los cristianos! Quería su libertad inmediatamente.

Estaba furiosa con Boabdil: jamás había tenido pasta de guerrero. Cuando las cosas se arreglaran, ya se dedicaría ella a educar al hijo de Boabdil para hacer de él un guerrero.

Era imprescindible asegurarse de que Boabdil no permaneciera prisionero, porque en ese caso el pueblo de Granada se olvidaría de que lo había aclamado como sultán. Zoraya preveía que se volvería al gobierno indiscutido de Muley Abul-Hassan. En la adversidad, los moros eran capaces de olvidar las diferencias. Entonces, ¿qué sucedería con Boabdil? ¿Lo dejarían pudrirse en su prisión cristiana? ¿Qué sucedería?

Cuando oyó decir que Muley Abul-Hassan había ofrecido un rescate, Zoraya consideró peligroso dejar pasar más tiempo. Boabdil no debía ser devuelto a manos de su padre.

—¿Qué rescate ha ofrecido Muley Abul-Hassan? —quiso saber—. No importa cuánto sea; yo debo ofrecer uno mayor.

Fernando estaba exultante ante el inesperado golpe de buena suerte. Boabdil, capturado por sus hombres, en manos del general conde de Cabra.

«Alteza», anunciaba el mensaje del conde, «Boabdil, rey de Granada, se encuentra prisionero en mi castillo de Baena, donde le acuerdo toda la cortesía de su rango, mientras espero las instrucciones de Vuestra Alteza.»

Isabel y Fernando se reunieron en audiencia con el Consejo del Reino, a considerar cuál debía ser el destino de Boabdil.

Isabel sabía que Fernando estaba pensando en el gran rescate ofrecido por Muley Abul-Hassan y la sultana Zoraya, y su ansiedad por echar mano de ese oro.

Fernando se dirigió al Consejo, y manifestó que se debía aceptar el rescate y restituir a Boabdil a su pueblo.

El clamor en contra fue inmediato. ¡Devolver un prisionero tan valioso! ¡Tener en sus manos al propio Rey de Granada, y devolverlo contra el pago de cierta suma!

Isabel escuchaba los discursos apasionados, el choque de opiniones.

El marqués de Cádiz se puso de pie.

—Vuestras Altezas, caballeros del Consejo —dijo—, nuestro único pensamiento debe ser debilitar al enemigo, prepararlo para la batalla final. Consideremos si Boabdil es más útil para nosotros aquí, como prisionero, o si lo dejamos libre, para que cause problemas en su propio reino.

—¡Es nuestro cautivo! —fue la respuesta—. ¡Es el jefe, el Rey! ¿Qué es un ejército sin su jefe?

—Pero en Granada había otros dos jefes, aparte de Boabdil —objetó el marqués—. ¡Muley Abul-Hassan y el Zagal!

Fernando había empezado a hablar y, mientras lo escuchaba, Isabel se gozaba en su astucia.

—Está muy claro —afirmó Fernando—. Si Boabdil sigue aquí, pronto habrá paz en el interior de Granada. Muley Abul-Hassan volverá al trono con el apoyo de su hermano. Habrá un gobernante..., ya no estarán el viejo Rey y el Rey joven. Si mantenemos cautivo a Boabdil, habremos puesto término a la guerra civil en Granada, y para nuestra causa, una de las mayores ayudas es la guerra civil en Granada.

Entonces Isabel levantó la mano.

—Estoy segura de que todos vemos ya con claridad el camino que debemos tomar. El Rey tiene razón: Boabdil debe ser devuelto a su pueblo; no debemos ayudar a la paz dentro del reino de Granada. Devolvamos a Boabdil a su pueblo, y con ello intensificaremos una vez más la guerra civil.

—Y tendremos el dinero del rescate —agregó Fernando, con una alegre sonrisa—. El rescate de Zoraya, naturalmente. A quien debemos devolverlo es a su madre, que lo ayudará a reorganizar sus fuerzas para combatir a su padre y a su tío. Y por la gracia de Dios, el rescate que ofrece ella es mayor que el de Muley Abul-Hassan. El Cielo está con nosotros.

El Consejo se declaró de acuerdo con la sugerencia de Fernando, y éste, tomando de la mano a la

Reina, se retiró con ella y un grupo de sus ministros, a preparar el tratado que ofrecerían a Boabdil.

Fernando recibió a Boabdil en Córdoba, dispuesto a convencer a su prisionero de que aceptara sus exigencias sin cuestionarlas.

Cuando Boabdil estaba a punto de arrodillarse, Fernando tendió la mano para impedírselo.

—Éste es un encuentro de Reyes —le dijo.

Ambos se sentaron el uno junto al otro, en sendas sillas dispuestas para la ocasión.

—Tenéis la bendición de contar con una madre capaz de darlo todo por vos —empezó Fernando.

—Verdad es —respondió Boabdil.

—Tan conmovedores han sido sus ruegos, que la Reina y yo nos inclinamos a acceder a su requerimiento.

—Vuestra Alteza es generoso —murmuró Boabdil.

Fernando no lo desmintió.

—Os diré brevemente los términos que hemos preparado, y cuando os hayáis manifestado de acuerdo con ellos y vuestra madre nos haya enviado el rescate, no os retendremos más aquí, os permitiremos la partida, pues si nos dais vuestra palabra y aceptáis nuestros términos, confiaremos en vos.

Boabdil inclinó la cabeza en expresión de agradecimiento.

—Concedemos al territorio del reino de Granada bajo vuestro dominio una tregua de dos años.

—Lo acepto agradecido —respondió Boabdil.

—Como habéis sido capturado en batalla, será necesario que nos ofrezcáis alguna reparación —prosiguió tranquilamente Fernando—. Si no lo hicierais así, nuestro pueblo no quedaría satisfecho.

—Es comprensible —aceptó Boabdil.

—Entonces, nos devolveréis cuatrocientos esclavos cristianos sin rescate alguno.

—Vuestros serán.

—Anualmente nos pagaréis doce mil doblas de oro a la Reina y a mí.

Boabdil ya no pareció tan satisfecho, pero sabía bien que Fernando exigiría algo a cambio de su clemencia, y no le quedaba otro recurso que acceder.

—Pedimos que nos aseguréis libre paso por vuestro reino, si lo necesitamos para librar batalla contra vuestro padre y vuestro tío.

Ante esa sugerencia, Boabdil se desconcertó. Fernando le sugería tranquilamente convertirse en traidor de su propio país; por más que estuviera dispuesto a continuar la guerra contra su padre, vaciló antes de conceder a los cristianos libre paso por su tierra.

Fernando siguió hablando rápidamente.

—Entonces podréis quedar en libertad, y si yo deseara veros en cualquier momento para discutir diferencias entre nuestros respectivos reinos, deberéis acudir inmediatamente a mi llamada. También exigiré que dejéis en mi poder a vuestro hijo, como a los hijos de algunos de vuestros nobles; los retendremos en prenda de vuestra buena fe.

Boabdil se quedó azorado ante semejantes términos, pero veía necesario terminar su cautiverio, y no le quedaba otra alternativa que aceptarlos.

Fernando recibió, pues, el rescate ofrecido por la sultana, y Boabdil regresó con su pueblo, perplejo, humillado, consciente de estar actuando como una pieza del juego de Fernando y dejándose mover por su voluntad; y estaba seguro de que tales jugadas habían sido pensadas para el engrandecimiento de los soberanos de Castilla, y en detrimento de su propio pueblo.

Triste y castigado, Boabdil deseó no haber escuchado jamás el consejo de su madre, y estar ahora luchando contra los cristianos, del lado de su padre.

Fernando estaba despidiéndose de Isabel antes de iniciar su viaje a Aragón.

Isabel hacía todo lo posible por no perder la paciencia, pero no le era fácil. Se habían hecho grandes avances en la guerra contra los moros; Boabdil era de los suyos, y sin embargo, seguían faltándoles medios para continuar la guerra contra Granada de una manera decisiva.

—Siempre nos vemos frente a esta falta de dinero —se quejaba Fernando.

Isabel estaba de acuerdo, y perdonaba a Fernando su preocupación por las posesiones. Había un reproche en las palabras de él; Isabel estaba en condiciones de volver a llenar las arcas reales, pero se negaba obstinadamente a actuar. Estaba decidida a un gobierno justo, a no conceder favores a cambio de sobornos. Aunque el momento parecía propicio para atacar a los moros, la Reina no quería recurrir a medios deshonestos para reunir el dinero. Si tal hacía, Dios le retiraría Sus favores.

—¿Qué podemos hacer? —preguntaba Fernando—. ¡Destruirles las cosechas, atacar sus pequeñas aldeas, arrasar sus tierras, poner fuego a sus viñedos! Lo haremos, sin duda, pero sin medios para reunir un poderoso ejército, jamás podremos esperar una victoria completa.

—Ya reuniremos un ejército así, no dudéis de ello —le aseguró Isabel.

—Esperemos, para cuando logremos hacerlo, no haber perdido la ventaja de ahora.

—Si así fuera, obtendremos otras —respondió Isabel—. Es la voluntad de Dios reinar sobre una España totalmente cristiana, y yo no lo he dudado ni por un momento siquiera.

—Entre tanto, henos aquí, empantanados, dejando que nos vean demasiado pobres y demasiado débiles para llevar adelante la guerra.

—¡Triste es que así sea!

—Pero no es necesario.

Isabel lo miró con su sonrisa firme pero afectuosa.

—Cuando llegue el momento, Dios y todos los Cielos estarán con nosotros —respondió—. Vaya, si se necesita ahora vuestra presencia en Aragón, no está tan mal que no hubiéramos planeado llevar nuestro gran ataque sobre Granada.

Fernando se inclinaba a mostrarse huraño. Culpaba a los métodos de su mujer de ser la causa de la imposibilidad de llevar adelante la guerra.

Pero Isabel estaba convencida de que tenía razón. Debía actuar con honor y guiándose por sus propias luces porque, de otra manera, perdería la fe en su destino. Dios estaba con ella, de eso estaba segura, y Él daría apoyo sólo a una causa justa. Y si Dios se había mostrado lento en darle los medios necesarios para atacar a los moros, Isabel debía esperar con paciencia, diciéndose muchas veces: «Los caminos del Cielo son inescrutables».

La Reina dudaba en ese momento: ¿debía decir a Fernando que, una vez más, creía estar embarazada? Era demasiado pronto para hacerlo, y tal vez fuera una imprudencia darle esperanzas: Fernando deseaba ardientemente otro varón. De sus cuatro hijos, sólo uno era varón e Isabel pensaba que el quinto también podría ser una niña.

No, se guardaría ese pequeño secreto. Se dispuso a verlo partir en compañía de Torquemada hacia Aragón, de donde les habían llegado informes sobre la abundancia de herejes. Torquemada los había denunciado desde hacía tiempo, ansioso de imponer en Aragón los métodos ya en práctica en Castilla. ¡Fuera los antiguos tribunales tolerantes! La Inquisición, a la manera de Torquemada, debía extenderse a Aragón.

—Tal vez —conjeturó, dirigiéndose a Fernando— Dios desee ver cómo devolvemos a Su reino más almas atormentadas, antes de ayudarnos a derrotar a los moros.

—Posible es, en verdad —asintió Fernando—. Adiós, mi Reina y esposa.

Volvió a abrazarla, pero mientras lo hacía no dejaba de pensar si, al llegar a Aragón, debía visitar a ese hijo ilegítimo a quien amaba tan desatinadamente que había llegado a convertirlo en arzobispo cuando contaba apenas seis años.

Durante ese verano, Isabel encontró tiempo para estar con Beatriz de Bobadilla.

—Parecería —comentaba con su amiga— que solamente cuando estoy por tener otro hijo encuentro oportunidad de estar con mi familia y mis amigos.

—Alteza, una vez que termine la Guerra Santa, y los moros hayan sido arrojados de España, tendréis más tiempo para nosotros, y será para todos motivo de gran alegría y placer.

—También para mí. Además, Beatriz, ese día no está tan lejano, como pude temerlo alguna vez. Ahora la Inquisición está trabajando celosamente en toda Castilla, y una parte de nuestros planes se está cumpliendo con éxito. Beatriz, traedme el mantel del altar para coser, así no pierdo el tiempo mientras conversamos.

Beatriz envió a una de las mujeres en busca de la labor y, cuando se la trajeron, las dos se sentaron a bordar.

Isabel se afanaba activamente con los hilos de colores; era un trabajo muy tranquilizador.

—¿Cómo van las cosas en Aragón? —quiso saber Beatriz.

Sin levantar los ojos, Isabel frunció el ceño.

—Allí se oponen a la Inquisición, pero Fernando y Torquemada están decididos a robustecerla, y a que funcione allí como en Castilla.

—Hay muchos nuevos cristianos en Aragón.

—Sí, y muchos han estado practicando los ritos judíos en privado. De otra manera, ¿por qué habrían de temer el establecimiento de la Inquisición?

—Temen a las acusaciones, y a no poder, quizá, demostrar su inocencia —murmuró Beatriz.

—Pero —objetó suavemente Isabel—, si son inocentes, ¿por qué no habrían de poder demostrarlo?

—Tal vez la tortura obligue a la víctima a confesar no sólo la verdad, sino también lo que no lo es en modo alguno. Tal vez sea eso lo que temen.

—Si dicen inmediatamente la verdad, y dan los nombres de quienes han participado en sus pecados, la tortura no les sea aplicada. Tendremos algunas dificultades en Aragón, aunque no lo dudo: serán rápidamente sofocadas, como sucedió en Sevilla con el asunto de Susan.

—Confío en que así sea —asintió Beatriz.

—Mi gran amigo Tomás de Torquemada ha enviado a Aragón a dos hombres excelentes. Tiene absoluta confianza en Arbués y Juglar.

—Esperemos no sean excesivamente severos al comienzo —expresó quedamente Beatriz—. El cambio súbito del letargo a una disciplina férrea, parece aterrorizar al pueblo.

—No se puede ser excesivamente severo cuando se está al servicio de la fe —respondió con firmeza Isabel.

Beatriz pensó que lo más prudente sería cambiar de tema y, después de una breve pausa, preguntó a la Reina por la salud de la infanta Isabel.

La Reina frunció levemente el ceño.

—Su salud me tiene efectivamente preocupada. No es tan fuerte como los otros tres. En realidad, María, la más pequeña, da la impresión de ser la más sana de la familia. ¿No os parece lo mismo, Beatriz?

—La salud de María es perfecta, pero también la de Juan y Juana. En cuanto a Isabel, es verdad, tiene tendencia a atrapar resfriados, pero se le pasará a medida que crezca.

—Oh, Beatriz —le confió de pronto Isabel—, cómo quisiera otro varón.

—¿Porque Fernando lo desea? —preguntó Beatriz.

—Sí, tal vez sea por eso. En cuanto a mí, me contentaría con otra niña, pero Fernando quiere varones.

—Ya tiene uno.

—Tiene más de uno —aventuró Isabel después de cierta vacilación—. Y eso es para mí motivo de gran sufrimiento. Tiene un hijo ilegítimo. Es el arzobispo de la sede de Zaragoza desde los seis años. Fernando está embobado con él. He oído decir que tiene otros hijos, niñas entre ellos, según sé.

—Esas cosas suceden, Alteza. Siempre ha sido así.

—Soy tonta por darles demasiada importancia. Con frecuencia estamos separados, y Fernando no es hombre capaz de mantenerse fiel a una sola mujer.

Beatriz apoyó las manos sobre las de la Reina.

—Alteza, en mi condición de vieja amiga, ¿puedo hablaros con franqueza?

—Bien sabéis que sí.

—Mis pensamientos vuelven a la época en que erais la prometida de Fernando. Habíais hecho de él un ideal. Os hicisteis una imagen..., la de un hombre con todas las virtudes del soldado, del rey y del estadista, y de naturaleza tan austera como la vuestra propia. Os hicisteis un ideal imposible, Alteza.

—Razón tenéis, Beatriz.

—Una persona como os imaginais no existe en toda la cristiandad.

—Entonces, debería contentarme con lo que tengo.

—Alteza, por cierto, debéis contentaros. Tenéis un compañero con muchas cualidades y las aporta al gobierno de vuestro país. Tenéis vuestros hijos; muchos reyes anhelan tener hijos y no pueden.

—Beatriz, amiga mía, me habéis hecho muchísimo bien. Estaré agradecida por lo que tengo, no pediré más. Si Dios considera darme otra hija, me sentiré feliz. Me olvidaré de haber deseado un hijo.

Isabel hablaba sonriendo. Durante los meses inmediatos se dedicaría a disfrutar de su familia; pasaría mucho tiempo en el cuarto de los niños, con sus hijos, y todo sería como si ella no fuera la Reina de Castilla, sino simplemente la madre de un varón y tres niñitas, esperando la llegada de un nuevo bebé.

Fernando había regresado de Aragón. De mala gana, le pareció a Isabel.

Era natural, los primeros pensamientos de él se dirigían a Aragón, y admitía que la presencia de él allí había sido necesaria.

Cuando volvía a ella después de una larga ausencia, Fernando era siempre un amante apasionado, lo que al comienzo de la relación encantaba a Isabel; ahora, sabía que era el resultado del amor al cambio, típico de Fernando.

Su marido era, en todos los sentidos, un aventurero, y ella lo aceptaba, no como la encarnación de un ideal, sino como el hombre real.

Se había levantado de la cama, aunque apenas aparecían en el cielo los primeros colores de la aurora. Isabel lo vio inquieto, se le hacía difícil quedarse acostado.

Se sentó en la cama para ponerse la bata bordada, mientras ella, enderezándose también, lo observaba con seriedad.

—Fernando, ¿no sería mejor si me confiarais vuestras inquietudes? —le preguntó.

Él le sonrió con tristeza.

—Pisamos un terreno difícil, Isabel —contestó—. Somos soberanos de dos Estados, y parece que para servir a uno de ellos, debemos descuidar al otro.

—En Castilla las cosas se aproximan a su culminación —señaló firmemente Isabel—. Desde la captura de Boabdil hemos dado importantes pasos hacia la victoria, sin duda, ésta no se encuentra ya lejos.

—Granada es un reino poderoso, me recuerda a la fruta del mismo nombre. He jurado arrancarla seca, pero le quedan todavía jugosas semillas por sacar. Entretanto, los franceses retienen mis provincias de Rosellón y Cerdeña.

Isabel lo miró sorprendida.

—Fernando, no podemos librar una guerra en dos frentes.

—La guerra contra los franceses sería una guerra justa —insistió Fernando.

—La guerra contra los moros es una guerra santa —le recordó Isabel.

Él se mostró un tanto hosco.

—Mi presencia es necesaria en Aragón —señaló.

Isabel se preguntó en ese momento si es que deseaba dejarla por otra mujer, si estaba ansioso de estar con otra familia, no con la que ella le había dado. Sentía dolorido el corazón al pensar en la infidelidad de su marido y, sin embargo, al mirarlo y verlo tan apuesto, tan viril, recordó las palabras de Beatriz. Ella había deseado fervorosamente casarse con él. Joven y apuesto, Fernando había ejercido sobre ella un fuerte atractivo cuando lo comparaba con los otros cortejantes que le habían presentado.

No, pensó, no es ninguna otra mujer, no es otra familia la que lo reclama: es Aragón. Como gobernante es demasiado firme, y como diplomático demasiado astuto para permitir que sus emociones personales interfieran con sus ambiciones.

No era otra mujer, no era la madre del arzobispo de Zaragoza ni el propio arzobispo, ni ninguna de las otras amantes que indudablemente Fernando encontraba más de su gusto que su casta esposa. Era Aragón.

Ella estaba ansiosa de agradarle. A veces casi deseaba haber podido cambiar su naturaleza, ser como se imaginaba que eran las otras…, voluptuosamente bellas, tan rebosantes de pasión sensual como lo era el propio Fernando. Pero quería superar esos pensamientos.

Una vida así no era para ella. Ella era Reina —la Reina de Castilla—, su deber estaba antes que cualquier placer carnal, la seguridad de su reino antes que una vida de satisfacciones. Se resistió al impulso de extender una mano para tomar la de él y decirle:

—Fernando, ámame a mí solamente; puedes tener a cambio cualquier cosa que yo pueda darte.

Pensó entonces en la tentación de Cristo en el desierto y declaró fríamente:

—La Guerra Santa debe continuar a expensas de cualquier otra cosa.

Entonces Eernando se levantó de la cama, fue hacia la ventana y se quedó mirando hacia afuera, contemplando cómo el amanecer iba ganando la batalla contra las tinieblas.

Aunque le daba la espalda, Isabel advirtió su cólera por el porte de la cabeza.

La escena se había repetido muchísimas veces a lo largo de su convivencia. La Reina de Castilla estaba al mando, no sólo de su propia naturaleza, sino también del Rey, menos importante, de Aragón.

Los niños, con la posible excepción de Juana, estaban encantados de tener a su madre con ellos. Juana era indisciplinada, no podía adaptarse a las normas estrictas impuestas por su madre, se mostraba inquieta durante el servicio religioso, se negaba a confesar todos sus pecados...; en muchas ocasiones, su madre sentía en el corazón la fría garra del miedo.

Isabel estaba embarazada de seis meses, y los embarazos suponían, en cierta medida, aflojar el rígido control que mantenía sobre sí misma.

Después de todo soy madre, decíase a modo de excusa, y estos hijos míos serán algún día gobernantes en algún lugar de la tierra. Debo tratarlos como una parte muy importante de mi vida.

Si en ese momento hubiera sido posible continuar enérgicamente la guerra contra los moros, Isabel lo habría descuidado todo para ocuparse de ella. Pero no era posible: necesitarían varios años para reunir el ejército necesario. Por el momento, nada podía hacer para acelerar las cosas en ese sentido. Debía pensar en tener un buen embarazo, en recuperar las fuerzas tan pronto como pudiera; así, durante esos meses se entregó a la vida doméstica de manera más plena que de costumbre.

Isabel amaba con devoción a sus hijos, quería estar segura de darles la mejor educación posible, recordando cómo ella misma la había echado de menos. Al mismo tiempo, no quería descuidar su educación espiritual. La Reina quería que las niñas fueran buenas gobernantes y, al mismo tiempo, buenas esposas y madres. Se sentaban junto a ella para aprender a bordar, y nada la hacía más feliz que estar rodeada de sus hijos; mientras ella y las niñas bordaban un mantel de altar, Juan, sentado en un taburete cerca de ellas, les leía en voz alta.

Repetidas veces sus ojos se levantaban de la labor para dirigirse a uno u otro de sus hijos. Su pálida y encantadora Isabel, la primogénita, que aún tosía un poco, demasiado para la tranquilidad de su madre, era una belleza, inclinada sobre su trabajo. Ya no tardarían en buscarle marido.

Perderla será más de lo que puedo soportar, pensó la Reina.

Juan era tal vez el más amado de todos. ¿Alguien podría no amar a Juan? Era el niño perfecto. No sólo era el varón anhelado por Fernando, sino el de naturaleza más dulce. Aunque dócil, se destacaba en todos los deportes planteados por Fernando. Sus maestros descubrían en él un gran deseo de agradar; es decir, aprendía sus lecciones rápidamente y bien. Y era hermoso..., por lo menos para los ojos de su madre. Al mirarlo se sentía rebosante de amor. Para sus adentros, Isabel lo llamaba Ángel, y había llegado incluso a decírselo explícitamente, así que en el círculo de la familia empezaban ya a conocerlo por ese nombre.

Y estaba Juana, la Suegrita. Casi como en un desafío, Isabel insistía con el apodo, como si quisiera subrayar la semejanza entre la niña y su abuela, la vivaz y astuta madre de Fernando. Isabel se esforzaba en no ver una semejanza más sutil entre su pobre madre y esa criatura.

La comparación era difícil de evitar: si había algún episodio turbulento, Juana participaba en él. Tenía encanto en su misma fogosidad. Los otros niños eran serenos, tal vez salían a su madre. Pero la pequeña Juana, aunque tuviera quizá los rasgos de la madre de Fernando, tenía también algo (se decía Isabel con frecuencia) que mostraba una terrible similitud con la fragilidad de la pobre enferma de Arévalo.

¡Y la pequeña María, la poco agraciada, impasible, confiable y buena de María! Pocas preocupaciones daría a sus padres, preveía Isabel. Por esa razón, aunque pareciera extraño, su madre no encontraba en ella el mismo placer que en los otros. Isabel se preguntaba si, de niña, no había sido como María: callada, serena, dócil..., no demasiado atractiva.

De pronto se fijó en que Juana no estaba trabajando, y su parte del bordado no estaba hecha con tanta prolijidad como las otras.

Isabel se inclinó hacia adelante para tocar en la rodilla a su hija.

—Vamos, Suegra —le dijo—. Tienes tu trabajo por hacer.

—A mí no me gustan las labores de aguja —respondió Juana. La joven Isabel contuvo el aliento, horrorizada.

Pero Juana lo advirtió—. De nada sirve que me riñan, hermana. No me gustan las labores de aguja.

—Pero esto, hija mía —le explicó la Reina—, es para el altar. ¿No quieres trabajar para un fin sagrado?

—No, Alteza —contestó sin vacilar Juana.

—Pues eso está muy mal —comentó con seriedad la Reina.

—Vuestra Alteza me preguntó lo que yo quería —señaló Juana—. Entonces, debo decir la verdad, porque si no, diría una mentira, tendría que confesarla y cumplir una penitencia. Está muy mal decir mentiras.

—Ven aquí —le dijo Isabel, y la niña se le acercó. Isabel la tomó de los hombros y la acercó más—. Es verdad que no debes decir mentiras —prosiguió—. Pero también es verdad que debes disciplinarte. Debes aprender a hacer lo bueno.

En los ojos de Juana, que en ese momento se parecían extrañamente a los de Fernando, destelló la rebeldía.

—Alteza, si no os gusta... —empezó a decir.

—Ya está bien —la interrumpió Isabel—. Ahora trabajarás en tu bordado hasta terminar tu parte correspondiente, y si está mal hecho, desharás el trabajo y volverás a bordarlo hasta hacerlo bien.

El labio inferior de Juana se adelantó en un gesto de obstinación, y la niña declaró desafiante:

—Si hago mi labor de aguja, no podré ir a misa.

La Reina percibió cierta tensión entre los niños.

—¿Qué sucede aquí? —preguntó.

Su hija mayor pareció incómoda, lo mismo que el pequeño Juan.

—Vamos, tengo que saber la verdad —insistió Isabel—. Dímela tú, Ángel.

—Alteza, no sé a qué os referís.

—Sí lo sabes, hijo mío. De alguna manera, tu hermana Juana se ha portado mal. Te ruego me digas qué ha hecho.

—No..., no puedo decíroslo, Alteza —respondió Juan; su hermoso rostro se había puesto un poco más pálido y el niño temía evidentemente la obligación de decir algo que prefería callar.

Isabel no quiso atormentarlo. Su naturaleza bondadosa no permitiría a Juan traicionar a su hermana, y al mismo tiempo el niño estaba ansioso de no desobedecer a su madre.

La Reina se volvió a Isabel: era obvio, tampoco ella quería traicionar a su hermana.

Isabel, la Reina, se sintió irritada y, al mismo tiempo, orgullosa de ellos. No le habría gustado tener hijos llevando y trayendo cuentos, e Isabel respetaba esa lealtad familiar.

Por suerte, la salvó de exigir una respuesta la propia Juana; la desfachatada e intrépida Juana, la de ojos brillantes como una luz salvaje.

—Yo os lo diré, Alteza —anunció—. Muchas veces no voy a la iglesia. Me escapo y me escondo, para que no puedan encontrarme. No me gusta ir a la iglesia. Me gusta bailar y cantar. Entonces me escondo..., y como no pueden encontrarme, se van sin mí.

Isabel contempló a la pequeña rebelde con una expresión de severidad que habría llenado de terror a los demás niños, pero Juana se limitó a hacerle frente, manteniendo bien alta la hermosa cabecita, y con los ojos brillantes.

—Entonces, has sido culpable de esa maldad —recapituló lentamente Isabel—. Me avergüenzo de que una hija mía pueda portarse así. ¡Tú, la hija de los Soberanos de Castilla y Aragón! ¡Tú, que tienes por padre al soldado más grande del mundo, que ha traído la paz al seno de estos reinos! Tú eres una princesa de la casa real, pero pareces olvidarlo.

—No lo olvido —aseguró Juana—, pero eso no hace que tenga ganas de ir a la iglesia.

—Juan —la Reina se dirigió a su hijo—, ve en busca de la institutriz de tu hermana.

Blanco como un papel, Juan obedeció. En cuanto a Juana, se quedó mirando a su madre con ojos de temor. Creía que iban a azotarla, y no podía soportar el castigo corporal, aunque no porque temiera el dolor: era el ataque a su dignidad lo que le resultaba ultrajante.

Giró sobre sí misma y habría escapado de la habitación si la Reina no la hubiera sujetado por la falda. La situación era muy inquietante para la Reina, que sintió una sensación física de náusea difícil de controlar.

Se dijo: será a causa del embarazo. Pero seguía sintiendo un miedo muy profundo. Mientras retenía con firmeza a Juana, que se debatía, la invadió una gran oleada de amor por esa criatura. Necesitaba apretar a la niña contra su pecho y llorar sobre su cabeza; necesitaba consolarla, calmarla, pedir a los otros que se arrodillaran con ella a rogar porque Juana no fuera a seguir el camino de su abuela.

—¡Soltadme! ¡Soltadme! —gritaba Juana—. ¡No quiero quedarme aquí, ni quiero ir a misa!

La Reina atrajo hacia sí la cabeza de la niña, sintiendo sobre ella las miradas escandalizadas e interrogantes de Isabel y de María.

—Cálmate, hija mía —le advirtió—. Serénate. Será mejor para ti si lo haces.

La tranquila entonación de su madre calmó un tanto a la niñita, que apoyó la cabeza en el pecho de la Reina y se quedó quieta. Para Isabel parecía un pájaro prisionero, un pájaro silvestre atemorizado sabiendo que era inútil defenderse.

Juan había regresado con la institutriz, que parecía muy asustada por haber sido llamada de esa manera a presencia de la Reina.

Sin dejar de abrazar a su hija contra su pecho, Isabel reconoció el profundo saludo de la institutriz y le habló con voz clara e inexpresiva.

—¿Es verdad que la infanta Juana ha estado faltando a la iglesia?

—Fue inevitable, Alteza —tartamudeó la institutriz.

—¡Inevitable! No entiendo cómo pueda ser posible tal cosa. Eso no debe volver a suceder. Debéis evitarlo.

—Sí, Alteza.

—¿Cuántas veces ha sucedido? —quiso saber la Reina.

La institutriz vaciló, e Isabel continuó a toda prisa.

—Basta con una sola; el alma de la Infanta se ha puesto en peligro, y eso no debe volver a ocurrir jamás. Ahora, llevaos a la Infanta; debe ser azotada con severidad. Y si de nuevo intenta ausentarse de la iglesia, decídmelo. Entonces, el castigo será más severo aún.

Juana había levantado la cabeza y miraba a su madre con aire de súplica.

—¡No, Alteza! —gritó—. ¡Por favor, no!

—Ahora, llevaos a la Infanta y cumplid mis instrucciones. Después iré a verificar que mis órdenes hayan sido cumplidas.

La institutriz se inclinó en una profunda reverencia y apoyó una mano en el brazo de Juana. Ésta se tomó de una silla, negándose a moverse. Tomándola del brazo, la gobernanta la tironeó y el rostro de la niña empezó a ponerse escarlata con el esfuerzo, mientras sus manos seguían aferrándose a la silla.

Con un brusco ademán, la Reina le asestó una palmada en una mano. Juana exhaló un alarido, y la gobernanta se la llevó a rastras de la habitación.

En el cuarto de los niños se hizo el silencio cuando la puerta se cerró tras ellas.

—Vamos, hijas mías, terminemos este mantel —las exhortó la Reina—. Tú, Juan, sigue leyéndonos.

Juan obedeció, y las niñas cosieron; todos escucharon los enérgicos chillidos de protesta de Juana mientras la azotaban.

Los niños miraban furtivamente a su madre, pero Isabel seguía cosiendo plácidamente, como si nada oyera.

Los niños no sabían que interiormente estaba rezando, y las palabras que repetía sin pausa en su mente eran: «Santa Madre de Dios, salva a mi hija querida. Ayúdame a resguardarla del destino de su abuela. Guíame, y ayúdame a hacer lo mejor para ella».

Al galope, un jinete había llegado a Córdoba desde Zaragoza; debía comunicar inmediatamente una noticia a Fernando.

Isabel se enteró de su arribo, pero no fue en busca de Fernando; esperaría a que él le contara lo sucedido. Así como ella misma estaba decidida a reservarse el gobierno de Castilla, dejaba a Fernando gobernar Aragón.

Probablemente el problema tuviera que ver con el establecimiento de la Inquisición en Aragón. El primer auto de fe celebrado por la nueva Inquisición en presencia de Torquemada había tenido lugar en el mes de mayo, y había sido seguido por otro, en junio. La Reina sabía que el pueblo de Aragón contemplaba estas ceremonias con los mismos sentimientos que habían conmovido al pueblo de Castilla. Las observaban con horrorizado azoramiento, parecían aturdidos y aceptaban casi con mansedumbre la instalación del Santo Oficio. Pero en Sevilla esa mansedumbre había resultado ser parte del aturdimiento y, una vez atenuado éste algunos hombres, entre ellos Diego de Susan, habían intentado rebelarse contra la Inquisición.

Por eso, Isabel había advertido a Fernando que en Aragón debían estar no menos atentos.

Había estado en lo cierto. Fernando acudió presurosamente a darle la noticia. Él estaba ansioso y se regocijó, como siempre, de que en los momentos de crisis los dos permanecieran unidos, olvidadas todas las diferencias.

—Hay disturbios en Zaragoza —anunció Fernando—. Se ha descubierto entre los nuevos cristianos una conjura contra la Inquisición.

—Espero que los inquisidores estén a salvo.

—¡A salvo! —exclamó Fernando—. Se ha cometido un asesinato. Por la Santa Madre de Dios, esos criminales pagarán sus culpas.

Le contó entonces la noticia de Zaragoza. Al parecer, como en Sevilla, los nuevos cristianos de Zaragoza habían creído poder expulsar de su ciudad a los inquisidores. Su plan consistía en asesinar a Gaspar Juglar y Pedro Arbués de Epila, los inquisidores que tan celosamente habían trabajado para proporcionar víctimas a los abominables espectáculos llevados a cabo en la ciudad.

Se habían hecho varios intentos para asesinarlos, y los dos inquisidores habían empezado a tomar precauciones especiales. Usaban armadura bajo sus hábitos, pero eso no había bastado para salvarlos.

Los conspiradores habían proyectado asesinar a sus víctimas en la iglesia, y allí los habían esperado. Gaspar Juglar no había concurrido, preso súbitamente de una misteriosa enfermedad. Era evidente que al mismo tiempo se había llevado a la práctica otro plan dirigido contra él. Así, Arbués había ido solo a la iglesia metropolitana.

La iglesia parecía tranquila —gritó Fernando, enojado—, pero allí lo esperaban como los lobos sedientos de sangre a un manso cordero.

Isabel inclinó la cabeza, dolorida. No se le ocurrió pensar en la incongruencia: describir como un manso cordero al hombre que había estado enviando al pueblo de Zaragoza a las prisiones de la Inquisición, a las mazmorras, donde les desgarraban las carnes y les descoyuntaban los miembros para obligarlos a denunciar a sus amigos.

Si alguien se lo hubiera dicho, habría respondido: los inquisidores están trabajando para la Santa Iglesia y la Santa Inquisición, y todo lo hacen en nombre de la fe cristiana. Si les parece necesario causar un poco de dolor a los que han pecado contra la Santa Iglesia, ¿qué importancia puede tener eso? Se trata de seres cuyo destino es la condenación eterna. El dolor del cuerpo es pasajero, pero el alma está en peligro de tormentos eternos. Está siempre la esperanza de que el alma del hereje pueda salvarse gracias a sus tormentos terrenales.

—Os ruego me digáis la maldad que perpetraron en la iglesia —dijo a Fernando.

—Arbués entró en la iglesia viniendo de los claustros —explicó Fernando, con el rostro contraído por la emoción—. Estaba oscuro, era ya medianoche, sólo había la luz de la lámpara del altar. Esos malvados cayeron sobre Arbués, y aunque llevaba bajo el hábito una cota de malla, y una protección de acero bajo el capelo, resultó herido de muerte.

—¿Y los han arrestado?

—Todavía no; pero ya los descubriremos.

Un mensajero llegó a las habitaciones reales para avisar a los soberanos que Tomás de Torquemada esperaba afuera e imploraba ser recibido inmediatamente.

—Traedlo a nuestra presencia, necesitamos su ayuda —ordenó Fernando—. Llevaremos ante la justicia a esos criminales. Les haremos ver el castigo que encuentran quienes se atreven a poner las manos sobre los elegidos de Dios.

El magro rostro de Torquemada estaba desfigurado por la emoción.

—Vuestras Altezas, acaban de comunicarme esta terrible noticia.

—La Reina y yo estamos profundamente dolidos, y decididos a que esos asesinos sean llevado ante la justicia.

—Pienso despachar sin demora a Zaragoza a tres de mis inquisidores de más confianza —anunció Torquemada—: Fray Juan Colvera, el doctor Alonso de Alarcón y fray Pedro de Monterrubio..., todos excelentes. Confío que esta decisión cuente con la aprobación de Vuestras Altezas.

—Ya la tiene —respondió Fernando.

—Me temo —terció Isabel— cierta demora, y que esos buenos servidores no puedan abrigar la esperanza de llegar a tiempo para impedir la fuga de todos los criminales.

—Yo los descubriré —aseguró Torquemada, con los labios firmemente contraídos—. Si pongo sobre el potro a cada hombre y cada mujer de Zaragoza, los descubriré.

Isabel asintió, sin hablar.

—El pueblo de Zaragoza —prosiguió Torquemada— ha quedado profundamente impresionado por este asesinato. La ciudad entera es un clamor.

—Sí —coincidió Fernando, y de pronto todo el enojo desapareció de su voz, que se volvió suave, casi acariciante—. Por lo visto la rápida acción de uno de sus ciudadanos impidió que se produjeran tumultos.

—¿En verdad fue así? —preguntó Isabel—. Debe de haber sido un ciudadano muy importante.

—Sí —prosiguió Fernando—. Salió de su palacio y reunió a los jueces y los grandes del pueblo. Se puso a la cabeza y cabalgó valientemente al encuentro de los que amenazaban con incendiar y saquear la ciudad. Tiene diecisiete años, y puso en peligro su vida; pero se mostró sumamente valiente.

—Debería ser recompensado —señaló Isabel.

—Pues lo será —respondió Fernando.

Se había dirigido hacia la ventana, como si estuviera sumido en sus pensamientos, y esa sonrisa de ternura seguía curvándole los labios.

Isabel se volvió hacia Torquemada.

—¿Sabéis vos quién es ese joven? —le preguntó.

—Oh, sí, Alteza. Es el joven arzobispo de Zaragoza.

—Oh —suspiró Isabel—. He oído hablar de ese joven. Su acción fue muy valiente, y mucho ha complacido al Rey de Aragón.

¡Cuánto ama a su hijo!, pensaba. Raras veces lo he visto con tal rapidez dejar atrás el enojo.

Sintió el impulso de hacer más preguntas sobre el joven, preguntar a Fernando con qué frecuencia se veían, qué otros honores le había concedido.

Es por el niño que llevo en mis entrañas, se dijo. Durante los embarazos me convierto en una mujer muy débil.

Después empezó a hablar con Torquemada del terrible suceso de Zaragoza, y de cómo ella estaba en total acuerdo con la decisión de hacer frente a la oposición con la mayor severidad.

Fernando se unió a la conversación, recuperado ya de la emoción que sintiera al mencionar a su amado hijo natural.

Los tres siguieron hablando seriamente de la forma de resolver el problema de los rebeldes de Zaragoza.

# II

# CRISTÓBAL COLÓN
# Y BEATRIZ DE ARANA

En las habitaciones de los niños, en el palacio de Córdoba, Isabel tenía en la falda a una criatura de pocos meses.

Era su hija Catalina, nacida en diciembre del año anterior. Sus esperanzas se habían visto en cierto modo frustradas, en cuanto a haber podido ofrecer a Fernando otro hijo varón; Juan seguía siendo el único, y tenían en cambio una cuarta hija.

Isabel no podía continuar alimentando su desilusión al mirar a la criaturita. Amaba tiernamente a la niña, y cuando la pequeña Catalina nació su madre había decidido no verse continuamente separada de su familia.

Levantó los ojos hacia Beatriz de Bobadilla, que una vez más la acompañaba, y se afanaba por las habitaciones como si hubieran sido de ella.

Isabel sonrió a su amiga; le era muy grato ver a Beatriz dispuesta a abandonarlo todo para acudir junto a ella cuando la Reina la llamaba. No había nadie más en quien Isabel pudiera confiar como en Beatriz, y sabía lo raro que es que alguien de su posición goce de una amistad tan desinteresada.

Ese día algo a Beatriz le daba vueltas en la cabeza, cosa rara, y se mostraba un tanto apagada. Isabel esperaba que su amiga le contara la causa de sus cavilaciones, pero era evidente que Beatriz no tenía prisa alguna en hacerlo.

Vino a arrodillarse junto a Isabel y tendió una mano para acariciar la mejilla de la pequeña, luego declaró que la infanta Catalina mostraba ya cierto parecido con su augusta madre.

Isabel cedió al impulso de un excepcional gesto de afecto; levantó a la niña en sus brazos y la besó en la frente.

—Estaba pensando con qué rapidez pasa el tiempo, Beatriz —caviló—. Pronto estaremos buscando marido para esta pequeña, como lo pensamos ya para mi querida Isabel.

—Para eso faltan muchos años todavía.

—Para ésta —repitió Isabel—. Pero ¿y mi pequeña Isabel? No puedo soportar la idea de separarme de ninguna de ellas. Beatriz, tal vez amo a mis hijos con más ardor que la mayoría de las madres porque tan poco el tiempo que he podido pasar con ellos. No será así en el futuro. En cada viaje llevaré conmigo a mi familia. Es bueno que el pueblo los conozca, como conocen a su Rey y a su Reina.

—A los niños les gustará; esas separaciones les duelen tanto como a vos.

—Isabel no tardará en dejarnos —suspiró Isabel.

—Pero ahora tenéis a Catalina para ocupar su lugar.

—Una vez casada Isabel pensaremos en casar a las demás; temo que el matrimonio las aleje mucho de nosotros.

—La infanta Isabel, querida señora, irá a Portugal, no está tan lejos. ¿Quién será el próximo? Juan, indudablemente se quedará aquí, en Castilla. A vuestro hijo no lo perderéis, Alteza. Cuando Juana tenga marido, se irá.

Una sombra de tristeza pasó por el rostro de la Reina y Beatriz, adivinando sus pensamientos, se apresuró a agregar:

—Pero sólo tiene seis años, falta mucho todavía.

La Reina se preguntaba por el futuro de la turbulenta Juana, y se esforzó por combatir su miedo interior.

—En cuanto a María y a esta pequeñita —prosiguió Beatriz—, para casarse falta mucho..., mucho. Vaya, Alteza, sois realmente afortunada.

—Sí lo soy —admitió Isabel—. Isabel estará a pocas millas de aquí, del otro lado de la frontera. Será Reina de Portugal, y entre nuestros dos países se establecerá una muy deseable alianza. Y sin embargo..., su salud me preocupa, Beatriz. Esa tos...

—Ya se le pasará. Cuando empiece a tener hijos, su salud mejorará, como sucede con muchas mujeres.

—Cómo sabéis consolarme —le sonrió Isabel.

La niña empezó a lloriquear, y su madre la meció para calmarla.

—Vamos, mi pequeñina. Tal vez te vayas muy lejos de tu hogar... Tal vez a algún otro país, más allá de los mares..., pero todavía no..., para eso faltan años..., todavía estás con tu madre, que te ama.

Beatriz pensaba que había llegado el momento de formular la petición. El ánimo de la Reina se dulcificaba cuando Isabel estaba con sus hijos, y pocos alcanzaban a ver sus expresiones de ternura.

Ahora es el momento, decíase Beatriz.

—Alteza —empezó a decir.

—Sí —asintió Isabel—, puedes contármelo, Beatriz. Ya veo que algo os ronda por la cabeza.

—He tenido noticias del duque de Medina Sidonia, Alteza.

—¿Noticias? Buenas, espero.

—Pueden ser buenas..., muy buenas. Se refieren a un extraño aventurero, un hombre que le ha causado profunda impresión, y pide humildemente tener una audiencia con Vuestra Alteza. El duque me dice que quien le llamó la atención sobre ese hombre fue fray Juan Pérez de Marchena, el guardián del convento de La Rábida, quien se ha puesto en contacto con el confesor de Vuestra Alteza, pero la historia de este hombre no ha conseguido impresionar a Talavera. Talavera sólo piensa en librar a este país de herejes.

—¿Puede haber algo mejor? —preguntó Isabel, pensando plácidamente en el castigo impuesto a los asesinos de Arbués, en Zaragoza. A seis de ellos los habían arrastrado por las calles de Zaragoza y les habían cortado las manos sobre la escalinata de la catedral antes de castrarlos, colgarlos y descuartizarlos en presencia de la multitud. Uno de los prisioneros se había suicidado, comiéndose una lámpara de vidrio. Fue una pena, pensaba Isabel, acariciando la pelusa de la cabecita de la nena, porque así consiguió eludir el castigo.

Beatriz cambió rápidamente de tema.

—Alteza, ese hombre tiene para contar una historia fantástica, que todavía es un sueño. Pero yo he estado con él, Alteza, y tengo fe en sus sueños.

Isabel frunció las cejas, un tanto admirada. Beatriz era, por naturaleza, una mujer práctica, y no era propio de ella hablar de sueños.

—Originariamente, vino de Italia, y se dirigió a Lisboa con la esperanza de interesar en sus proyectos al Rey de Portugal. Considera que allí lo estafaron, y cree que vos sois la mejor gobernante del mundo, de modo que desea poner a vuestros pies su ofrenda.

—¿Y cuál es esa ofrenda?

—Un nuevo mundo, Alteza.

—¡Un nuevo mundo! ¿Qué sentido puede tener eso?

—Un país de grandes riquezas, todavía por descubrir. Ese hombre está seguro que tal país existe más allá del Océano Atlántico, y piensa que es posible encontrar una nueva ruta al Asia sin atravesar el Oriente. Si eso se lograra, se ahorrarían tiempo y dinero, y sería fácil traer a España las riquezas de Catay. Ese hombre habla de manera tan convincente, Alteza, que me ha entusiasmado.

—Os habéis visto atrapada por los sueños de un soñador, Beatriz.

—Como quedaría Vuestra Alteza, si accediera a concederle una audiencia.

—Y ¿qué quiere de mí?

—A cambio de un nuevo mundo, pide barcos para llegar hasta allí. Necesita tres carabelas equipadas para un largo viaje. Necesita el patrocinio y la aprobación de Vuestra Alteza.

Isabel permaneció en silencio.

—Ese hombre os ha causado profunda impresión —dijo por fin—. ¿Qué clase de persona es?

—Es alto, de brazos y piernas largas, con unos ojos que parecen escudriñar el futuro. Pelirrojo, de ojos azules..., de complexión semejante a la de Vuestra Alteza. Pero lo que me impresiona de él no son sus rasgos físicos; es su intensidad, su certidumbre de que su sueño puede realizarse.

—¿Cómo se llama, Beatriz?

—Se llama Cristóforo Colombo, pero desde su llegada a España ha adoptado el nombre de Cristóbal Colón. Alteza, ¿querréis recibirlo? Os lo imploro.

—Mi querida Beatriz, a un pedido vuestro, ¿cómo podría negarme?

Cristóbal Colón se preparaba para presentarse ante los Soberanos; en la pequeña casa donde había vivido desde su llegada a Córdoba, esperaba con impaciencia el momento de partir. Sus protectores habían tratado de imbuirle la idea de que se le concedía un gran honor, pero Cristóbal Colón no estaba dispuesto a aceptarlo; el que confería un honor era él.

Se oyó un golpe a la puerta, y una aguda voz de mujer preguntó:

—Señor Colón, ¿no os habéis ido todavía?

El rostro de Cristóbal se aflojó un poco.

—No, todavía no. Os ruego entréis, señora.

Su visitante era una mujer menuda y bonita, y la ansiedad que se leía en sus ojos enterneció al aventurero.

—Anoche y esta mañana he estado rogando por vos, señor Colón. Ojalá todo os vaya bien, y os den lo que pedís.

—Es muy bondadoso de vuestra parte.

—¿Sería demasiado pediros, señor, que a vuestro regreso paséis por mi casa? Os prepararé una comida; vendréis hambriento después de vuestra ordalía. Oh, ya sé, no estaréis pensando en comer, pero lo necesitaréis, os aseguro; necesitaréis una buena comida, y yo os estaré esperando con ella.

—Habéis sido bondadosa conmigo, señora de Arana.

—Esperaba que las cosas siguieran así, pero espero que tengáis éxito, y que pronto podáis haceros a la vela. Permitidme, por favor —con un cepillo empezó a cepillarle la chaqueta—. ¿Os habéis olvidado de que vais a presentaros ante el Rey y la Reina?

—No es mi ropa lo que me interesa mostrarles.

—No importa, lo primero que debéis mostrarles es respeto.

Inclinando la cabeza a un costado, la señora de Arana le sonrió. Colón, entonces, se inclinó a besarla en la mejilla.

Ruborizándose un poco, la mujer apartó la vista, pera él le tomó el rostro entre las manos para mirarla en los ojos, y los vio llenos de lágrimas.

Pensó en esa mujer que durante varios meses había sido su vecina, y en lo placentera que había sido para él su amistad. Después entendió; ella lo había tratado con cierta devoción de madre, pero era una mujer joven, más joven que él.

Cristóbal había tenido la cabeza a tal punto ocupada con sus proyectos...; ese momento había caído en los largos meses de espera, sólo tolerables por obra de esa mujer.

—Señora de Arana... —balbuceó—. Beatriz..., quería deciros..., cuando parta, me entristecerá mucho deciros adiós.

—Pasará algún tiempo antes de partir —se apresuró a responder ella—, no necesitamos separarnos todavía.

Cristóbal vaciló apenas un segundo. Era hombre de pasiones fuertes; la atrajo hacia él, y le dio un largo beso que no dejaba lugar a dudas.

Ella había cambiado sutilmente; se la veía ruborizada y feliz.

—¡Pero, señor Colón! —le recordó—. Estáis a punto de partir para vuestra audiencia en palacio. Lo que tanto habéis estado esperando.

Colón se asombró de sí mismo. Estaba seguro de estar a punto de alcanzar los deseos que perseguía desde hacía tantos años, y he aquí, al borde su logro, entreteniéndose con una mujer bonita.

Se quedó inmóvil mientras ella terminaba de cepillarle la ropa, y después, había llegado la hora, con una despedida un tanto brusca salió de la casa para encaminarse al palacio.

Cristóbal estaba en presencia de la Reina.

Tras él estaba Beatriz de Bobadilla, alentándolo con su cálida mirada; sentado junto a la Reina se hallaba el Rey, su esposo, y junto a éste, de pie, el confesor de la Reina, Fernando de Talavera.

Cristóbal mantenía alta la cabeza. Ni siquiera a Isabel y Fernando se los veía más dignos que él, ni más orgullosos. Su aspecto era imponente; convencido de la importancia del don que venía a ofrecer, le faltaba humildad.

Esto fue advertido por todos los presentes, y tuvo un efecto adverso sobre Fernando y sobre Talavera, que habrían preferido un suplicante humilde. Isabel se sintió, al verlo, tan impresionada como se había sentido Beatriz. El hombre no se conducía con el decoro al que ella estaba acostumbrada en su corte, pero reconoció en él la grandeza de espíritu que tanto había impresionado a Beatriz, y pensó: Posiblemente este hombre esté equivocado, pero tiene fe en sí mismo, y en esa fe arraigan las semillas del genio.

—Cristóbal Colón —dijo la Reina—, un plan deseáis exponernos. Os ruego nos digáis qué podéis hacer.

—Alteza —respondió Cristóbal—, no penséis que me faltan los conocimientos prácticos necesarios para respaldar mis proyectos. Recibí instrucción en ciencias matemáticas en Pavía, y desde los catorce años he llevado vida de marino. Estuve en Portugal, pues me habían dicho que en ese país era donde mayores probabilidades tenía de ser escuchado con simpatía. Me lo presentaron como el país de la empresa marítima.

—Y no encontrasteis las simpatías esperadas —resumió Isabel—. Decidnos, qué esperáis descubrir.

—Una ruta marítima a Catay y a Cipango. Altezas, el gran Océano Atlántico jamás ha sido atravesado; nadie sabe qué hay más allá, posiblemente haya ricas tierras todavía por descubrir. Altezas, os ruego hagáis posible esta expedición.

—Habláis con cierta convicción —dijo lentamente la Reina—, y sin embargo, no lograsteis convencer al Rey de Portugal.

—Alteza, el Rey convocó a un consejo eclesiástico. ¡Pidió a un grupo de monjes la decisión de un viaje de descubrimiento!

Colón se había erguido en toda su estatura, los ojos le echaban chispas, desdeñosamente.

La indignación de Talavera se encendió. Talavera se había pasado la vida en el claustro, tenía miedo de las ideas nuevas. De una religiosidad fanática, y profundamente supersticioso, se decía: si Dios hubiera querido que el hombre estuviese al tanto de la existencia de ciertos continentes, no los habría hecho tan inaccesibles. A lo largo de muchos siglos se habría tenido noticia de ellos. Talavera se preguntaba si las sugerencias de ese extranjero no tenían algún tufillo de herejía.

Pero como era en general hombre moderado, Talavera no obtendría ese placer que habría tenido Torquemada poniendo al hombre en el potro para que confesara las sugerencias recibidas del diablo. Talavera mostraba su escepticismo por la vía de una helada indiferencia.

—No conseguisteis convencer al Rey de Portugal, y por esa razón habéis venido a verme —señaló la Reina.

—Indudablemente —intervino Fernando— tendréis cartas para ayudarnos a decidir si será beneficioso emprender ese viaje.

—Tengo algunas cartas —admitió cautelosamente Cristóbal, recordando cómo el obispo de Ceuta, tras haberse informado de los detalles náuticos, había despachado su propia expedición. Cristóbal no estaba dispuesto a permitirlo otra vez, así que pensaba reservarse las cartas más importantes.

—Consideraremos muy bien este asunto antes de comprometernos —dijo Fernando—. En este momento, nos ocupa una guerra santa.

—Tenedlo por seguro: vuestras sugerencias serán consideradas —prometió Isabel—. Haré designar un consejo para estudiarlas. Sus miembros se mantendrán en contacto con vos. Si el informe presentado da lugar a la esperanza, veré lo que se puede hacer para proporcionaros lo necesario —la Reina inclinó la cabeza—. Se os tendrá informado, señor Colón, de las conclusiones de la comisión designada.

Sentada junto a la Reina, Beatriz de Bobadilla sonreía a Colón para darle ánimos.

Cristóbal se arrodilló ante los soberanos.

La audiencia había terminado.

La señora Beatriz de Arana lo esperaba a su regreso, y lo miró con aire expectante. La expresión de Colón era neutra.

—No sé cuál será el resultado —admitió—. Van a reunir una comisión.

—Eso debería daros esperanzas.

—También en Lisboa se reunió una comisión, mi querida señora. Una comisión eclesiástica. En esta entrevista estuvo presente el confesor de la Reina. Su aspecto no me gustó demasiado. Pero había alguien más, una de las damas de honor de la Reina, y... Y me pareció que tenía buena opinión de mí.

—¿Era bella? —preguntó con seriedad su interlocutora.

Cristóbal le sonrió.

—Muy bella —aseguró—. Muy, muy bella.

Como Beatriz de Arana pareció entristecerse, prosiguió rápidamente:

—Pero es altanera e imperiosa. Yo prefiero una mujer más dulce.

—Una comida os espera —anunció ella—. Venid a mi casa, comeremos juntos, y beberemos por el éxito de vuestra empresa. Venid, la comida está caliente, no quisiera que se arruinara.

Cristóbal entró con ella en su casa y después de comer la excelente comida, exaltados ambos por el vino, él apoyó los brazos sobre la mesa y le habló de sus viajes pasados y futuros.

Sintió entonces el consuelo de tener alguien con quien hablar, como antaño con Felipa. Esa viuda hogareña y acogedora le recordaba de muchas maneras a su esposa. Cuando ella se acercó a mirar por encima de su hombro, pues él había sacado una carta del bolsillo y estaba describiéndole las rutas, al sentir en la mejilla el roce de su pelo, Cristóbal se dio vuelta para tomarla en sus brazos.

Beatriz quedó sentada en sus rodillas, mirándolo con una sonrisa tierna y esperanzada. También ella llevaba demasiado tiempo de soledad.

Sin reticencias respondió a su beso.

Fue un día extraño para Cristóbal: tener una audiencia con el Rey y la Reina, encontrar una amante. Llevaba muchos años sin vivir un día tan feliz. Diego estaba bien atendido en el monasterio de Santa María de la Rábida. Cristóbal estaba tranquilo respecto del hijo de Felipa: y ahora tenía junto a él una mujer dispuesta a consolarlo. Por una vez en su vida, dejó de soñar con el futuro para, durante un breve tiempo, disfrutar del presente.

—¿Por qué volveros a vuestra casa solitaria? —díjole más tarde Beatriz de Arana—. ¿Por qué seguir yo sola en la mía? Dejad vuestra casa, que la mía sea nuestra durante las semanas de espera.

Cuando Colón se hubo retirado, y después de haber despedido a Beatriz de Bobadilla y a Talavera, Fernando hizo chasquear los dedos.

—Es un sueño —declaró—, y no tenemos dinero para financiar los sueños de un extranjero.

—Tenemos poco para dilapidar —asintió Isabel.

Fernando se volvió hacia ella con los ojos llameantes.

—Debemos llevar adelante la Guerra Santa con todos los medios disponibles. Boabdil está a nuestras órdenes. Jamás hemos estado en situación más favorable, y sin embargo la falta de dinero nos impide seguir con la guerra. Además, tenemos los asuntos de Aragón. He consagrado todas mis energías a esta guerra contra los infieles cuando, si trabajara por Aragón, me convertiría en dueño del Mediterráneo. Derrotaría a los franceses y recuperaría todo lo arrebatado.

—Si no atendemos a este hombre —observó Isabel—, se irá a Francia a pedir a los franceses dinero para hacer sus descubrimientos.

—¡Pues que se vaya!

—¿Y si estuviera en lo cierto? Si sus descubrimientos colmaran de riquezas a nuestros rivales, entonces, ¿qué?

—¡Ese hombre es un soñador! No descubrirá nada.

—Probablemente tengáis razón, Fernando —concedió con calma Isabel—, pero he decidido convocar una comisión para considerar las posibilidades de éxito de su empresa.

Fernando se encogió de hombros.

—Eso no puede hacer daño alguno. ¿Ya quién pondríais a cargo de la comisión?

—Quizá Talavera sea el hombre indicado para encabezarla.

Fernando sonrió, seguro de que el resultado sería el rechazo de la petición del aventurero.

Talavera ocupaba la cabecera de la mesa y en torno de él estaban sentados los hombres seleccionados para ayudarlo a tomar una decisión.

Cristóbal Colón se había presentado ante ellos; había defendido con elocuencia su idea; les había mostrado cartas, pero se había reservado algunos detalles importantes, recordando la perfidia de los portugueses.

Después, lo habían invitado a retirarse mientras los jueces llegaban a una decisión.

Talavera fue el primero en hablar.

—Las afirmaciones de este hombre me parecen fantásticas —declaró.

—Yo no me aventuraría a decir que nada en esta tierra es fantástico —intervino rápidamente el cardenal Mendoza—, mientras no quede demostrado que efectivamente lo es.

Talavera miró con cierta exasperación al cardenal, designado Primado de España y que desempeñaba en los asuntos de Estado un papel de tal importancia que empezaba a ser conocido como el tercer Rey de España. Era muy propio de Mendoza que hubiera tomado partido por el aventurero. Tibio en cuanto a religión, Talavera lo consideraba, con todo su incuestionable talento, una amenaza para Castilla. La Inquisición estaba firmemente establecida, pero Mendoza no estaba de acuerdo con ella. No era apasionado en ningún sentido, y no intentaba oponer su amor por la tolerancia al fanatismo ardiente de hombres como Torquemada. Simplemente, se apartaba con disgusto del tema para dedicarse a los asuntos de Estado.

Fray Diego de Deza, dominico, que también formaba parte de la comisión, se pronunció en favor del aventurero.

—El hombre transmite un fervor y una determinación imposibles de ignorar —argumentó—. Sabe más de lo que nos dice. Si se le concediera apoyo, descubriría al menos rutas marítimas, si no llegara a descubrir tierras nuevas.

—Yo siento que sus propuestas están inspiradas por el diablo —se opuso Talavera—. Si Dios hubiera querido que supiéramos de la existencia de tales tierras, ¿dudáis acaso?, nos lo hubiera dicho. Tal vez debamos llevar a ese hombre a la Santa Casa para interrogarlo.

Interiormente, Mendoza se estremeció. Eso no, pensaba. Ese hombre osado, tendido en el potro, colgado de poleas, sometido a la tortura del agua..., obligado a admitir..., ¿qué? ¿Que se había apartado de los dogmas de la Iglesia, cometido el mortal pecado de la herejía?

Mendoza se lo imaginaba, haciendo frente a sus acusadores, impávido. ¡No, no! Eso no debía suceder. Mendoza debía hacer algo por ese hombre.

Pensando en Cristóbal Colón, se regocijó de que fuera el relativamente moderado Talavera y no Torquemada, con todo su fanatismo, el que encabezaba la comisión; en cuanto a él, Mendoza había decidido ya: no insistiría en imponer su posición, dejaría a Talavera salirse con la suya. Se mostraría de acuerdo: el viaje era impracticable. Después hablaría tranquilamente a solas con la Reina. Talavera se contentaría con impedir que los soberanos gastaran dinero en la empresa propuesta. Con eso, ese hombre sin imaginación sentiría haber cumplido con su deber, y Cristóbal Colón ya no tendría importancia alguna para él.

De este modo, tras haber tranquilizado a Deza con una mirada dándole a entender que más tarde hablarían los dos del asunto, Mendoza dejó a Talavera imponer su punto de vista.

Los otros miembros, en su mayor parte elesiásticos del mismo tipo de Talavera, se avinieron fácilmente a coincidir con él, y la noticia fue transmitida a los soberanos. «La Comisión ha interrogado a Cristóbal Colón: ha sopesado las posibilidades de éxito y las ha encontrado deficientes. Sería totalmente impracticable financiar un viaje tan fantástico. En la considerada opinión de la Comisión, terminaría en un fracaso.»

Beatriz de Bobadilla dejó a un lado su decoro para entrar como un huracán en las habitaciones de la Reina.

—¡Ese tonto de Talavera! —clamó—. Ha conseguido poneros en contra del aventurero.

—¡Beatriz! —exclamó Isabel, con dolorida sorpresa.

La respuesta de su amiga fue arrojarse a los pies de la Reina.

—Alteza, debería dársele una oportunidad.

—Mi querida amiga —respondió Isabel—, ¿qué sabéis vos de esto? Una comisión de eruditos ha decidido que la expedición de ese hombre significaría malgastar un dinero tan necesitado.

—¡Una comisión de idiotas! —se exasperó Beatriz.

—Beatriz, amiga mía, os sugiero os retiréis y os calméis —expresó Isabel en voz baja y calma, en un tono que esperaba obediencia inmediata.

Cuando Beatriz se hubo retirado, llegó el cardenal Mendoza.

—Alteza —empezó—, he venido a hablaros porque no estoy totalmente de acuerdo con las conclusiones de la comisión.

—¿Con eso queréis decir que os habéis sometido a la opinión de Talavera?

—Era el grueso de la opinión lo que se me oponía, Alteza. ¿Me permitís os diga exactamente lo que siento?

—Espero lo hagáis.

—Pues esto siento, Alteza. Posiblemente sea un sueño impracticable, pero no menos es que no lo sea. Si dejamos ir a este hombre, se dirigirá a otro país..., a Francia tal vez, o a Inglaterra. Ruego a Vuestra Alteza considere lo que sucedería si el Rey de Francia, o el de Inglaterra, atendieran a este hombre en serio. Si tuviera éxito, si descubriera para ellos..., ¡no para nosotros! un mundo de incalculables riquezas... Nuestra situación cambiaría considerablemente. Y yo quisiera evitarlo.

—Pero, estimado cardenal, la comisión no cree que un viaje tal pueda tener éxito.

—La comisión está casi totalmente compuesta de eclesiásticos, Alteza.

—¡Uno de los cuales sois vos!

—Yo soy también hombre de Estado, y ruego a Vuestra Alteza considere la posibilidad de que los descubrimientos de este hombre cayeran en manos de otros.

—Os lo agradezco, cardenal —respondió Isabel—, y lo tendré en cuenta.

Cristóbal Colón fue llamado una vez más a presencia de los soberanos.

Fernando estaba encantado.

—Desde el momento que lo vi —comentó a Isabel—, sabía que ese hombre era un fanático. ¡Tres carabelas, y hombres para tripularlas! Nos pidió proporcionárselas para arruinarnos. Pero la comisión ha demostrado que no tenía razón.

—Algunos se opusieron —le recordó Isabel.

—Pero la mayoría lo vio con mis ojos —insistió Fernando.

—Fernando —le preguntó suavemente ella—, ¿podéis visualizar las riquezas que podría haber en tierras aún no descubiertas?

Durante un momento, él permaneció silencioso, pero después hizo chasquear los dedos.

—Es mejor recuperar las riquezas perdidas que buscar otras que tal vez no existan siquiera. Dentro de Granada hay riquezas de cuya existencia estamos seguros. Apoderémonos de la sustancia antes de hacer el intento de atrapar la sombra.

Talavera y Mendoza llegaron con los miembros de la comisión, y les fue comunicada una noticia: Cristóbal Colón había llegado al palacio e intentaba conseguir audiencia con los soberanos.

—Traedlo inmediatamente a nuestra presencia —ordenó Isabel.

Cristóbal entró y, con el aire de un monarca visitante, se inclinó ante los soberanos. El fervor le iluminaba los ojos: no serían tan desatinados como para negarle el dinero pedido, a cambio del cual les traería tan grandes riquezas.

—La comisión nos ha dado su respuesta referente a vuestro proyecto —anunció lentamente Isabel.

Cuando él levantó hacia su rostro los brillantes ojos azules, la Reina se ablandó. Cuando Colón estaba así ante ella, era capaz de hacerla creer en sus promesas. Isabel entendía por qué el aventurero producía ese efecto sobre Beatriz y sobre Mendoza.

—En este momento —dijo con suavidad— estamos demasiado ocupados con una guerra onerosa, tal es la razón de hacérsenos imposible embarcarnos en esta nueva empresa.

Mientras hablaba vio cómo se extinguía la luz de sus ojos. Vio cómo se le abatían los hombros; vio la frustración pintarse en su rostro, y se dio prisa en continuar.

—Cuando terminemos con esta guerra, señor Colón, estaremos en condiciones de tratar con vos.

Colón no contestó. No llegó a advertir el pasmo en los ojos de Talavera, ni a leer el triunfo en los de Mendoza. Solamente, una vez más, había recibido una amarga desilusión.

Con una reverencia, dio por terminada la audiencia con los soberanos.

Quien lo consoló fue Beatriz de Arana.

—Por lo menos, os han prometido que harán algo —le dijo.

—Querida mía, ya he oído antes esas promesas, y quedan en la nada —respondió Cristóbal.

Ella le contó entonces que no podía entender sus propios sentimientos. Lloraba porque lo amaba y se le hacía insoportable ser testigo de la amarga decepción de él, pero se regocijaba al pensar en tenerlo un tiempo más con ella.

Mientras hablaba, advirtió algo en sus ojos, él pensaba en otra cosa; se preguntaba, sabía Beatriz, si no podría encontrar más simpatía en la corte de Francia.

Sin embargo, se volvió hacia ella para acariciarla: también él se habría entristecido si se hubieran separado.

Beatriz comprendía: ese sueño de un gran viaje era parte de él, debía fructificar. Por ese sueño Cristóbal se había separado de Diego, su hijo amado. Y también se separaría de Beatriz, si llegaba el momento.

Por lo menos estaba ese respiro, se dijo, y mientras sentía cómo las manos de él le acariciaban el pelo, cobró conciencia de que todo el consuelo que Cristóbal pudiera recibir en ese momento debía provenir de ella.

A la modesta casa llegó un visitante. Beatriz lo hizo entrar y llamó a Cristóbal. Después, dejo juntos a los dos hombres.

—Permitidme me presente —dijo el hombre—. Soy Luis de Sant'angel, secretario de Abastecimiento del Rey Fernando de Aragón.

—Encantado de conoceros —lo saludó Cristóbal—, me pregunto qué podéis tener conmigo.

—Deciros que tenéis amigos en la corte; muchos creemos en vuestra empresa, y estamos dispuestos a hacer todo cuanto esté en nuestro poder para persuadir a los soberanos de que os presten apoyo.

Cristóbal sonrió débilmente.

—Os doy las gracias. Si os parezco desagradecido, permitidme que os diga algo: durante muchos años he intentado hacer este viaje, y una y otra vez he sufrido la misma frustración. He tenido amigos en la corte, pero no han conseguido persuadir a mis detractores.

—No desesperéis. Señor Colón, tenéis amigos en muy altos lugares. El gran cardenal Mendoza cree que se os debe dar una oportunidad. Se dice que es el hombre más importante de la corte: tiene gran influencia sobre la Reina. Fray Diego de Deza, el tutor del príncipe Don Juan, también está a vuestro favor. Y hay alguien más..., una dama de gran poder. Ya veis, señor, contáis con amigos y defensores.

—Pues me alegro de oírlo, pero más me alegraría si me permitieran equipar mis carabelas y hacer mis planes.

—Venid hoy a palacio, tenemos noticias para vos.

El visitante no tardó en retirarse, y Cristóbal se apresuró a contar a Beatriz lo sucedido.

Se quedó mirándolo desde la ventana mientras él se iba a palacio, con paso vivo y ágil. El judío aragonés, Luis de Sant'angel, había revivido sus esperanzas.

Cuando Cristóbal se presentó en palacio, lo hicieron pasar a las habitaciones de Beatriz de Bobadilla.

Beatriz, ya entonces Marquesa de Moya, no estaba sola. Con ella se encontraban fray Diego de Deza, Alonso de Quintanilla, el secretario de la Reina, el chambelán de Fernando, Juan Cabrero, y Luis de Sant'angel.

Beatriz observó al hombre presentándose ante ella y se le levantó el ánimo. En ese momento deseaba poder acompañarlo en su viaje, estar junto a él, cuando divisara por primera vez las nuevas tierras por descubrir.

Me estoy poniendo tontamente sentimental, pensó. Y simplemente porque este hombre tiene tanta dignidad, tanto carácter, una apariencia tan apuesta, simplemente porque es hombre de propósito decidido, ¿he de olvidar por él mi posición, mi sentido común?

Era totalmente impropio de ella ser tan novelesca y, sin embargo, ese hombre la conmovía tan profundamente como muy pocos lo habían conseguido; Beatriz había decidido hacer de la causa de él su causa.

Había empezado ya a trabajar por él, y por esa razón lo había hecho llamar.

—Señor Colón —le dijo—, quisiera haceros saber que los aquí reunidos tenemos fe en vos. Lamentamos la demora, pera entretanto quisiéramos haceros saber que somos vuestros amigos y tenemos la intención de ayudaros.

—Bondadosa sois, señora —respondió Colón, inclinando levemente la cabeza.

—Muchas veces os deben haber dicho estas palabras—prosiguió Beatriz.

—Así es.

—Por eso —siguió explicando Beatriz— hemos persuadido a la Reina para daros alguna muestra de su consideración durante el período de espera, y se ha mostrado de acuerdo: recibiréis una suma de tres mil maravedís. No habéis de considerarlo como algo relacionado con vuestra expedición; esa suma sería inútil. Pero mientras permanezcáis aquí necesitáis vivir; ese dinero será para vos una ayuda, y una demostración de que la Reina no os olvida.

—Estoy muy agradecido a Su Alteza.

Sant'angel le tocó el codo.

—Agradecédselo a la marquesa —murmuró—, ella es quien cuenta con la atención de la Reina, y quien trabajará por vuestra causa.

—Es verdad —admitió Beatriz, riendo—. Me ocuparé de que en algunos meses os sea entregado más dinero, y no permitiré tampoco que la Reina os olvide.

—¿Cómo puedo expresaros mi agradecimiento?

Beatriz sonrió, casi con dulzura.

—Manteniéndoos firme en vuestra resolución. Estando siempre dispuesto. Tal ver sea necesario sigáis a la corte cuando salga ésta de Córdoba. Yo tomaré las disposiciones para que tales viajes no os signifiquen gasto alguno. La Reina ha dado su consentimiento a la propuesta de proporcionaros alojamiento gratuito. Ya veis, señor Colón, somos vuestros amigos.

Cristóbal los miró uno a uno.

—Amigos míos —respondió—, muy feliz me hace vuestra fe en mí.

Durante algunos meses su ánimo se mantuvo alto. Tenía amigos en importantes posiciones, le iban entregando dinero, pero la guerra con Granada se prolongaba en una serie de ataques parciales y escaramuzas. Cristóbal sabía que pasaría largo tiempo antes de poder darle término.

Al oscurecer, sentado junto a Beatriz de Arana, solían mirar hacia la calleja, siempre con la esperanza de oír en la puerta el llamado para acudir a la corte.

Una vez, mientras estaban en la habitación a oscuras él le dijo:

—Esto ha sucedido siempre. Espero aquí como esperé en Lisboa. Aquí soy más feliz porque vos estáis conmigo, porque sé que mi pequeño Diego está bien atendido en el monasterio. A veces pienso si me pasaré toda la vida esperando.

—Y si así fuera, Cristóbal, ¿no podríais ser feliz? ¿No habéis sido feliz aquí, conmigo?

—Mi destino es navegar los mares —respondió Colón—. Ésa es mi vida. Suena a desagradecimiento hacia vos, tan bondadosa conmigo. Pero dejadme deciros: sólo una cosa me ha hecho tolerables estos meses de espera, y ha sido mi vida junto a vos. Si no fuera por esta urgencia que me acucia desde adentro, podría instalarme aquí y vivir feliz con vos durante el resto de mis días.

—Pero llegará el momento de iros, Cristóbal.

—Volveré junto a vos.

—Estaréis fuera durante mucho tiempo, y ¿cómo estaré yo segura? Hay muchos peligros en los mares.

—No debéis sentiros desdichada, Beatriz. No podría soportar haceros desgraciada a vos. Tanta felicidad me habéis brindado.

—Recordad algo —díjole ella—. Cuando os hagáis a la vela, como es vuestro deber, yo no estaré sola.

Sorprendido, Cristóbal trató de mirarla en los ojos, pero estaba tan oscuro que no podía verle con claridad el rostro.

—Entonces tendré a mi hijo, Cristóbal —dijo suavemente ella—, vuestro hijo..., el nuestro.

# 12

# DELANTE DE MÁLAGA

Isabel estaba ocupada en su costura, en compañía de su hija mayor, la infanta Isabel. Se daba cuenta de que ocasionalmente la niña la miraba furtivamente, y estaba al borde de las lágrimas.

También la Reina luchaba por contener su emoción. Aunque ella no lo sepa, se decía, la separación va a ser para mí más difícil de soportar que para ella, que es joven y se adaptará rápidamente a su nuevo medio... Yo..., la echaré siempre de menos.

—Madre —murmuró finalmente la infanta.

—Mi querida —murmuró Isabel, y dejando a un lado su labor de aguja, hizo un gesto a su hija. La infanta también dejó su trabajo y corrió junto a su madre; arrodillándose junto a ella, ocultó el rostro en su falda.

Isabel acarició el cabello de su hija.

—Mi muy querida, serás feliz. No debes inquietarte.

—Pero, ¡alejarme de todos vosotros! Estar entre extraños...

—Es el destino de las infantas, querida mía.

—No fue el vuestro, madre.

—No, yo me quedé aquí, pero se hicieron muchos esfuerzos para enviarme al extranjero. Si mi hermano Alfonso hubiera vivido, yo me habría casado con alguien de un país extranjero. Mucho depende del azar, hija mía, así que debemos aceptar lo que nos depara la suerte. No debemos luchar contra nuestro destino.

—Oh, madre, ¡qué afortunada fuisteis al permanecer en vuestro hogar y casaros con mi padre!

Isabel evocó fugazmente la primera vez que vio a Fernando: joven, apuesto, varonil. Pensó en el ideal forjado y en el impacto que le produjo descubrir a un hombre sensual. Había llegado a ese matrimonio esperando muchísimo, y había recibido menos. Rogó que su hija encontrara en el matrimonio algo más satisfactorio.

—Tú amarás tanto a tu Alonso como amo yo a Fernando —le aseguró.

—Madre, ¿es necesario que me case? ¿Por qué no puedo quedarme aquí con vosotros?

—Es muy necesario que te cases, hija mía. Tu matrimonio con el heredero del trono de Portugal podría dar gran estabilidad a nuestros dos países. Ya ves, no hace mucho tiempo, había guerra entre nosotros. Fue cuando yo subí al trono y Portugal apoyaba las pretensiones de La Beltraneja. La Beltraneja es una amenaza permanente para nosotros, porque sigue viviendo en Portugal. Ahora bien, Alonso llegará algún día a ser Rey de Portugal, y si tú te casas con él, mi querida, serás la Reina; nuestros dos países quedarán unidos y esa amenaza desaparecerá. En eso pensamos cuando planeamos nuestros matrimonios: no en el bien para nosotros, sino en el de nuestros países. Pero no te inquietes, hija mía. Todavía queda mucho por arreglar, es raro que estos asuntos se resuelvan rápidamente.

La infanta se estremeció.

—Pero se resuelven finalmente, madre.

—Disfrutemos ahora de todo el tiempo que nos queda.

La infanta echó los brazos al cuello de su madre, abrazándola estrechamente.

Mientras besaba a su hija, Isabel oyó abajo ruido de gente, se apartó de la infanta, y se levantó para ir hacia la ventana. Vio una partida de soldados del ejército de Fernando, y se dispuso a recibirlos inmediatamente, segura de que llegaban noticias del campamento.

Fernando había ocupado Vélez—Málaga, situada a unas cinco o seis leguas del gran puerto de Málaga, y estaba ahora concentrando todas sus fuerzas en la captura de esta última ciudad.

Los ejércitos cristianos estaban delante de Málaga, tal vez la ciudad más importante, equiparable a la propia Granada, enclavada en territorio morisco. Era una fortaleza muy bien defendida, rica y próspera. Los moros estaban orgullosos de Málaga, la hermosa ciudad de bellos edificios, con sus fértiles viñedos, sus olivares y sus huertos de naranjos y granados.

Estaban decididos a luchar hasta la muerte para conservarla. Isabel sabía que para Fernando la toma de Málaga no sería empresa fácil.

Por todo eso estaba impaciente por las noticias de los mensajeros del frente.

Ordenó que los hombres fueran llevados inmediatamente a su presencia, y no pidió a la infanta que se retirara. La Reina quería que su hija empezara a saber algo de los asuntos de Estado; no quería enviarla en la más absoluta ignorancia a un país extranjero.

Tomó las cartas de Fernando, en las que le anunciaba que se había iniciado el sitio de Málaga. El Rey temía que el asedio fuera largo y difícil. No había esperanzas de lograr una victoria fácil. Si los moros perdían el puerto, eso marcaría un momento decisivo en la guerra, y ellos bien lo sabían. Por eso estaban tan decididos a conservar Málaga en su poder como lo estaban los cristianos a arrebatársela.

La ciudad había sido puesta en manos de un tal Hamet Zeli, general de valentía e integridad excepcionales que había jurado defender Málaga para los moros hasta la muerte.

«Y yo estoy decidido a tomarla, cueste lo que cueste», escribía Fernando. «Pero esto os dirá algo sobre el hombre con quien tenemos que vérnoslas. Muchas gentes ricas de la ciudad estaban dispuestas a llegar a una paz conmigo, con el fin de salvar a Málaga de la destrucción. Envié a Cádiz mensaje ofreciendo concesiones a Hamet Zeli y a los ciudadanos más importantes si accedían a entregarme la ciudad. Muchos de los vecinos habrían aceptado mi ofrecimiento, pero

Hamet Zeli se opuso. "No hay soborno que puedan ofrecerme los cristianos", declaró, "para traicionar mi fe". Tal es el hombre frente a quien nos vemos.

»Isabel, hay cierta fricción en nuestro campamento que es para mí causa de ansiedad. Se han difundido rumores de peste en algunas de las aldeas de las inmediaciones. Sé que carecen de fundamento, y creo que los han hecho circular para distraer a nuestras tropas. Ha habido cierta escasez de agua, y lamento deciros que varios de los nuestros han desertado.

»Sólo puedo pensar en una persona cuya presencia pudiera detener esta decadencia, y sois vos misma, Isabel. Os ruego acudáis al campamento. Vuestra presencia aquí levantaría el ánimo a los soldados. Vos les devolveríais las fuerzas, y cuando se difundiera entre el pueblo de Málaga la noticia de que vos estáis con nosotros, la ansiedad de ellos se intensificaría, pues sabrían que estamos decididos a adueñarnos de Málaga. Isabel, dejadlo todo para acudir cuanto antes a nuestro campamento delante de Málaga.»

Isabel sonreía mientras iba leyendo el despacho.

Levantó los ojos para mirar a la infanta, que la observaba con curiosidad.

—Partiré inmediatamente hacia el campamento de Málaga —le anunció—. El Rey necesita de mi presencia allá.

—Madre, pero dijisteis que no nos separaríamos —protestó la infanta— Tal vez no nos quede mucho tiempo. Madre querida, os ruego os quedéis aquí con nosotros.

—Oh, no —insistió Isabel, mirando a su hija mayor—, por cierto debo ir. El trabajo me espera en el campamento; pero no te inquietes, hija mía, no nos separaremos; tú vendrás conmigo.

Isabel llegó al campamento en compañía de la infanta y de varias damas de la corte, entre quienes se contaba Beatriz de Bobadilla.

Fueron recibidas con gran entusiasmo, y el efecto de su presencia sobre la moral de las tropas fue inmediato.

La influencia de la dignidad de Isabel era infalible, y cuando la Reina convirtió varias tiendas en hospital de campaña y, con ayuda de sus damas, empezó a ocuparse de los enfermos y los heridos, ya no quedó duda alguna: con su arribo se había salvado una situación peligrosa. Los mismos soldados, cansados de la larga guerra, y que habían empezado a decirse que jamás podrían capturar la bien fortificada ciudad de Málaga, se mostraron ahora de ánimo diferente. Estaban ansiosos de demostrar su valor con hazañas, y de ganar el respeto de la Reina y de sus damas.

Fernando no se había equivocado.

Casi no les daban paz las continuas incursiones de los moros, que amparados por la oscuridad salían furtivamente de la ciudad sitiada para atacar el campamento de los cristianos.

Incluso posiblemente las fuerzas de estos se habrían visto derrotadas frente a Málaga, porque el Zagal había enviado hombres en ayuda de la ciudad. Lamentablemente para los moros, y para gran ventaja de sus adversarios, las tropas de relevo se encontraron en el camino con las de Boabdil. Se produjo una batalla en la cual las bajas fueron tales que a los hombres de Zagal se les hizo imposible llegar a Málaga.

Cuando Isabel supo la noticia, dio gracias a Dios por la astucia de Fernando. En vez de mantener en cautividad a Boabdil había insistido en devolverlo a su pueblo, convencido de que así podría hacer más daño a la causa de los moros.

El pobre Boabdil era un hombre desorientado: aborrecía la guerra y deseaba ponerle término lo más pronto posible. También intentaba aplacar a los monarcas cristianos enviándoles presentes, como si quisiera recordarles que, en virtud del reciente tratado, él era su vasallo.

—Mucho debemos a Boabdil —comentó Fernando—. A no ser por él, esta guerra nos habría resultado mucho más larga y sangrienta. Quiero demostrarle de alguna manera, a cambio, que soy su amigo: sus partidarios podrán cultivar sus tierras en paz. Después de todos no tardarán en ser nuestras, de modo que lo prudente sería que parte de ellas sigan siendo cultivadas, al mismo tiempo que recompensamos a Boabdil.

Y así prosiguió el asedio. Fernando confiaba en la victoria. Estaba seguro de su propia astucia y de su capacidad de sacar el mejor provecho posible de cualquier situación; había llamado al frente a Francisco Ramírez, su maestre de artillería, un inventor lleno de recursos que con sus minas de pólvora podía obrar milagros hasta entonces nunca vistos en el arte de la guerra; y estaba Isabel, con su dignidad, su piedad y sus buenas obras.

No podemos fracasar, se decía Fernando; tenemos todo para llevarnos al éxito.

Mediaba la tarde cuando les trajeron al prisionero. Fue llevado a rastras a la presencia del marqués de Cádiz, y cayó de rodillas ante él, suplicándole perdón. Como el hombre no sabía hablar castellano, el marqués se dirigió a él en lengua morisca.

—Vengo como amigo, vengo como amigo —repetía el moro—. Os ruego escuchéis lo que vengo a deciros. Yo os guiaré al interior de Málaga; soy amigo del Rey y la Reina de los cristianos, como lo es también mi Rey, Boabdil.

El marqués de Cádiz, a punto de ordenar que el prisionero fuera ejecutado, se detuvo e hizo un gesto a los dos guardias que estaban junto al moro, para que lo inmovilizaran.

—Seguidme y traed a este hombre con vosotros —les ordenó.

Se dirigió entonces hacia la tienda real, donde estaban Isabel y Fernando. La Reina se asomó a la entrada: había oído los gritos del hombre en su propia lengua.

—Alteza —anunció el marqués—, hemos capturado a este hombre, que dice haberse escapado de la ciudad porque desea deciros algo. ¿Vuestras Altezas querrían hablar ahora con él?

Isabel miró hacia el interior de la tienda, donde Fernando, agotado, dormía profundamente.

—El Rey está durmiendo, y no quisiera despertarlo —respondió—. Estaba demasiado cansado. Llevadlo a la tienda contigua. Que se quede allí hasta que el

Rey se despierte; entonces, yo le diré inmediatamente lo sucedido.

Con un gesto indicó la tienda próxima a la suya, donde estaba Beatriz de Bobadilla en compañía de don Álvaro, un noble portugués hijo del duque de Braganza. Como muchos otros extranjeros, se había unido a la Guerra Santa, considerándola como una especie de cruzada.

Estaban hablando del asedio, pero al oír las palabras de la Reina, Beatriz fue hacia Isabel.

—Quisiera que este hombre siga detenido hasta que se despierte el Rey —dijo Isabel—. Tiene noticias para nosotros.

—Lo retendremos hasta el momento de recibirlo —asintió Beatriz, y cuando los guardias, tras haber llevado al prisionero a su tienda, se quedaron fuera vigilando, ella reanudó su conversación con el duque.

El moro los observaba. Beatriz, una mujer muy bella, vestía con una magnificencia mayor que la de Isabel. El hombre había alcanzado a ver a Fernando, dormido, su jubón arrojado al descuido junto al improvisado lecho, y ni por un momento se le había ocurrido que ése pudiera ser el gran Rey de quien tanto había oído hablar.

En cambio, ahí se encontraba con un hombre de porte cortesano, ataviado en escarlata y oro, en compañía de una dama de apariencia majestuosa, que llevaba enjoyadas la garganta y las manos y lucía una túnica abundantemente bordada.

El moro se quedó inmóvil, observándolos con astucia, mientras los dos cristianos seguían hablando como si él no estuviera allí. Pensó que hablarían del tratamiento que debían darle, de las preguntas que hacerle.

Entonces empezó a quejarse suavemente, y cuando Beatriz y el duque lo miraron, dirigió a una jarra de agua un par de ojos suplicantes.

—El hombre tiene sed —observó Beatriz—. Deberíamos darle un poco de agua.

El duque sirvió agua en un tazón y lo alcanzó al moro, que se la bebió ansiosamente. Cuando el duque se daba la vuelta para volver a dejar el tazón junto a la jarra, el moro decidió que había llegado el momento esperado.

Su recompensa sería indudablemente la muerte, pero eso no le importaba. Ese día, él realizaría una hazaña que cubriría para siempre de gloria su nombre a los ojos de los árabes. Había dos nombres que estremecían de terror el corazón de todos los sitiados dentro de las murallas de Málaga, e incluso dentro de Granada: el de Fernando, el gran soldado, y el de Isabel, la abnegada Reina.

El hombre deslizó una mano bajo el albornoz y sus dedos se cerraron en torno a una daga que llevaba escondida allí.

Atacaría primero al hombre, y muerto éste, se ocuparía de la mujer. Levantó la daga dando un salto, y en cuestión de segundos don Álvaro se desplomaba, sangrando abundantemente de una herida en la cabeza. Beatriz empezó a gritar pidiendo socorro en el momento en que el moro se volvía hacia ella. Cuando el hombre levantó nuevamente la daga, Beatriz consiguió desviar el golpe dirigido hacia su pecho, levantando instintivamente el brazo.

—¡Socorro, nos asesinan! —volvió a gritar.

Una vez más el moro alzó el arma, pero Beatriz ya estaba sobre aviso. Se escurrió hacia un lado, y el golpe resbaló sobre las incrustaciones bordadas del vestido, mientras ella seguía pidiendo socorro con toda la fuerza de sus pulmones. Se oyó un grito en respuesta, y los soldados entraron en la tienda.

El moro volvió a intentar el ataque contra la mujer a quien creía la Reina, pero era demasiado tarde. Los dos guardias lo capturaron, lo inmovilizaron y se lo llevaron de la tienda.

Beatriz los siguió gritando.

—Enviad socorro inmediatamente, don Álvaro se encuentra malherido.

Después corrió a arrodillarse junto al herido, procurando detener la hemorragia.

Isabel entró en la tienda.

—Beatriz. ¿qué sucede? —preguntó, y se quedó boquiabierta de horror cuando vio al herido.

—No está muerto, y con la ayuda de Dios lo salvaremos —le aseguró Beatriz—. Fue el moro que decía tener noticias para vos.

—¡Y yo lo envié a vuestra tienda!

—¡Gracias a Dios!

Fernando, que venía poniéndose el jubón, apareció a su vez en la tienda.

—Fue un atentado contra la vida de la Reina y la vuestra, Alteza —le explicó Beatriz.

Fernando se quedó un momento mirando al herido.

—Ya veis, Alteza, aquí estáis en peligro —le decía más tarde Beatriz—. No deberíais estar en el campamento; no es lugar para vos.

—Es el único lugar para mí —respondió Isabel.

—Ese hombre podría haber puesto término a vuestras vidas. Si lo hubiérais llevado a vuestra tienda, el moro podría haber matado al Rey mientras dormía.

—¿Y qué tendría que haber hecho yo para permitírselo? —preguntó Isabel con una sonrisa—. ¿No podría haber mostrado tanta valentía como vos mostrasteis?

—Yo fui afortunada. A no ser por el rico bordado del vestido, el cuchillo no me habría perdonado. Vos, Alteza, os envanecéis menos que yo de vuestra apariencia personal, y el arma podría haber atravesado vuestra túnica.

—Dios habría cuidado de mí —aseguró Isabel.

—Pero, Alteza, ¿no queréis tener en cuenta el peligro y regresar a lugar seguro?

—No hace mucho —le contó Isabel—, sus soldados reprocharon al Rey que se exponía a grandes riesgos en la batalla y ponía en peligro su vida. Él les respondió: no podía considerar sus riesgos, mientras sus súbditos ponían en juego la vida por su causa, una causa sagrada. Y lo mismo os respondo yo ahora, Beatriz.

Beatriz se estremeció.

—Jamás dejaré de dar las gracias a Dios porque se os haya ocurrido enviar a ese asesino a mi tienda.

Isabel sonrió a su amiga y, tomándole la mano, se la oprimió afectuosamente.

—Debemos cuidar de la infanta —respondió—. No debemos olvidar estos peligros.

En todo el campamento se hablaba de la forma milagrosa en que el Rey y la Reina habían escapado al atentado; el incidente contribuyó en mucho a levantar el espíritu de los soldados, pues los convenció de que el poder divino cuidaba de sus soberanos. Eso, se decían, es la prueba de que la guerra que libramos es una guerra santa.

El moro había recibido la muerte a manos de los guardias, y se oyeron gritos de rencorosa burla cuando el cuerpo mutilado era llevado hacia el cañón.

Un gran clamor se elevó cuando el cadáver fue catapultado, por encima de las murallas, hacia el interior de la ciudad.

Dentro de Málaga, las caras eran hoscas; nadie se salvaba del hambre, y la antes próspera ciudad ofrecía un espectáculo de desolación.

Desde las mezquitas salían los ecos de las voces clamando a Alá, y la desesperación era evidente en su clamor.

Algunos maldecían a Boabdil, amigo de los cristianos; otros murmuraban contra el Zagal, el valiente, que proseguía la guerra contra Boabdil y los cristianos. Otros susurraban que la meta de sus conductores debía ser la paz..., una paz por la cual debían estar preparados para pagar un precio. Y otros clamaban: «¡Mueran los cristianos! ¡No nos entregaremos!».

Mientras recogían los destrozados restos del intrépido moro, entre el pueblo se elevó un murmullo colérico.

Fueron en busca de uno de los prisioneros cristianos y le dieron muerte cruelmente. Ataron su cadáver mutilado sobre el lomo de una mula y la expulsaron de Málaga hacia el campamento de los cristianos.

En la ciudad reinaba un calor intenso. Ya casi nada les quedaba para comer; los perros y los gatos eran pocos, y ya se habían comido los caballos. Se mantenían comiendo hojas de viña, estaban consumidos y, por las calles, hombres y mujeres se morían de agotamiento y de imprecisas enfermedades. Fuera de las murallas, los cristianos seguían esperando.

Varios hombres importantes de la ciudad se reunieron en un grupo y se presentaron ante Hamet Zeli.

—No podemos soportar durante mucho tiempo más estos sufrimientos —le dijeron.

Él sacudió la cabeza.

—En algún momento recibiremos refuerzos.

—Cuando lleguen, Hamet Zeli, será demasiado tarde.

—He jurado al Zagal no entregarnos jamás.

—En las calles, la gente se muere de hambre y de pestilencia. No recibiremos ayuda alguna. Nuestras cosechas han sido destruidas, nuestro ganado robado. ¿Y nuestros fértiles viñedos? Los cristianos han asolado nuestras tierras, nos estamos muriendo de muerte lenta. Alá ha apartado su mirada de nosotros. Abre las puertas de la ciudad, y deja entrar a los cristianos.

—¿Ésa es la voluntad del pueblo? —preguntó Hamet Zeli.

—Es el deseo de todos.

—Entonces, yo me llevaré mis fuerzas al Gebalfaro, y vosotros podéis hacer vuestra paz con Fernando.

Los ciudadanos se miraron.

—Lo queríamos hacer desde hace semanas —declaró uno de ellos.

—Es verdad —confirmó otro—. Tú, Alí Dordux, deberías encabezar una delegación para una entrevista con Fernando. Hace algunas semanas nos ofreció concesiones especiales si le entregábamos la ciudad. Ahora estamos dispuestos a hacerlo.

—Iré a verlo con mi delegación lo antes posible —respondió el interpelado—. Cuanto antes vayamos, más vidas conseguiremos salvar.

—Alejaos de mí ahora —ordenó Hamet Zeli—. Nada de eso me concierne; yo jamás me entregaré. Preferiría morir antes que humillarme ante el invasor cristiano.

—Nosotros no somos soldados, Hamet Zali —le señaló Alí Dordux—. Somos hombres de paz. Ningún destino impuesto por los cristianos podría ser peor que esto.

—Vosotros no conocéis a Fernando —respondió Hamet Zeli—. No conocéis a los cristianos.

Fernando fue informado. La delegación había apelado a él.

—Encabezados por Alí Dordux, el ciudadano más rico y de mayor importancia —le dijeron—. Ruegan audiencia para discutir con vos los términos de entrega de la ciudad.

Fernando sonrió levemente.

—Os ruego regreséis donde ellos y les digáis esto: yo les ofrecí la paz y la rechazaron. Entonces, estaban en situación de negociar. Ahora son un pueblo vencido. Lo que les corresponde no es discutir conmigo los términos, sino aceptar los que yo decida imponerles.

La delegación regresó a Málaga, y cuando se supo la respuesta de Fernando, grandes fueron las lamentaciones en toda la ciudad.

—Ahora lo vemos —se susurraban entre sí las gentes—, no podemos esperar de los cristianos misericordia alguna.

Muchos exhortaban al pueblo a mantenerse firme.

—Es mejor morir que entregarnos —clamaban.

Si tenían un jefe dignísimo en Hamet Zeli, ¿por qué no depositaban su confianza en él?

Porque nuestra familias se mueren de hambre, era la respuesta. Ya muchos habían visto morir de enfermedad y de hambre a mujeres e hijos. Querían poner término al asedio a cualquier precio.

Una nueva embajada fue enviada a Fernando.

Le entregarían la ciudad, a cambio de su libertad y de sus vidas. Si él rechazaba la oferta, colgarían de las murallas a todos los cristianos de Málaga...Y dentro de la ciudad tenían seiscientos prisioneros cristianos. Reunirían en la fortaleza a los ancianos y los débiles, las mujeres y los niños, pegarían fuego a la ciudad, y se abrirían paso a través del enemigo. Fernando se quedaría sin el rico tesoro de Málaga.

Pero Fernando se daba perfecta cuenta de que trataba con un pueblo derrotado. No sentía piedad alguna, ni estaba dispuesto a dar cuartel. Hombre rígido y completamente falto de imaginación, sólo veía una ventaja: la de su propia causa.

Respondió que no estaba dispuesto a hacer pacto alguno. Si alguno de los cristianos del interior de la ciudad sufría algún daño, cuando él entrara en Málaga pasaría a cuchillo a todos los musulmanes.

Ése fue el final de la resistencia. Las puertas de la ciudad se abrieron de par en par ante Fernando.

Ricamente ataviada, Isabel entró a caballo en la ciudad conquistada, junto a Fernando.

Málaga había sido purificada antes de la llegada de los soberanos, y sobre todos los edificios importantes ondeaba la bandera de la España cristiana.

La gran mezquita era ahora la iglesia de Santa María de la Encarnación, y por toda la ciudad se oían repicar las campanas.

El primer deseo de Isabel fue visitar la nueva catedral, para allí dar las gracias por la victoria.

Después recorrió las calles, pero no veía el terror en los ojos de la gente, como no veía tampoco la avaricia en los de Fernando cuando éste contemplaba los ricos tesoros que habían caído en sus manos. Isabel sólo oía las campanas, y únicamente era capaz de regocijarse.

Otra gran ciudad para Cristo, se decía. Una vez más, el reino morisco se veía despojado. Málaga era la mayor victoria lograda hasta el momento, y los moros en Granada quedarían en una situación de grave inferioridad al haber perdido ese gran puerto.

Un grito de cólera se elevó de la asamblea cuando los esclavos cristianos salieron torpemente a las calles; algunos apenas si podían ver, tanto era el tiempo que habían pasado en la oscuridad. Cojeando y arrastrándose como podían, se adelantaron a arrojarse a los pies de los soberanos, procurando besarles las manos como muestra de gratitud por haber sido liberados.

Según iban acercándose a los monarcas se hizo un profundo silencio entre los espectadores, de modo que el ruido de sus cadenas al marchar resultaba perfectamente audible.

—¡No! —exclamó Isabel, mientras se bajaba del caballo para apoyar ambas manos en los hombros del anciano ciego que intentaba besarle la mano—. No debéis arrodillaros ante mí —prosiguió, ayudándolo a levantarse. Los presentes le vieron los ojos llenos de lágrimas. El espectáculo conmovió a quienes la conocían, tanto como a los pobres esclavos.

Fernando también se había apeado. También él abrazó a los esclavos, también lloró; pero el Rey era de llanto más fácil, y la indignación no tardó en secarle las lágrimas.

—Llévense de aquí a estas gentes, quítenles las cadenas y preparen para ellos un banquete —ordenó Isabel—. No permitiré jamás que sean olvidados. Sus padecimientos serán recompensados por su largo cautiverio.

Después, volvió a montar en su caballo y la procesión siguió andando.

Hamet Zeli fue llevado a presencia de los Reyes, atrevido y orgulloso, aunque consumido e inmovilizado por pesadas cadenas.

—Deberíais haberos entregado mucho antes —le dijo Fernando—, podríais haber negociado concesiones para vuestro pueblo.

—Yo tenía órdenes de defender la ciudad —respondió Hamet Zeli—, y si hubiera contado con apoyo, habría muerto antes que entregarme.

—Con esto mostráis vuestra locura —declaró Fernando—. Ahora, obedeceréis mis órdenes. Quiero a la población de Málaga en el patio de la alcazaba para oír la sentencia que les será impuesta.

—Gran Fernando —replicó Hamet Zeli—, ya habéis conquistado Málaga. Tomad sus tesoros; son vuestros.

—Míos son —asintió Fernando, sonriendo—, y los tomaré.

—Pero, oh, Rey cristiano, perdonad al pueblo de Málaga.

—¿Acaso he de dejarlos en libertad, después de todos los inconvenientes causados? Muchos de mis hombres han muerto a manos de ellos.

—Haced lo que queráis con los soldados, pero los ciudadanos no tuvieron parte alguna en esta guerra.

—Su obstinación me ha irritado —insistió Fernando—. Que se reúnan para saber su destino.

En el patio de la alcazaba estaba reunido el pueblo, y durante el día entero había resonado en las calles el eco de voces dolientes.

La gente rogaba a Alá que no los abandonara a su suerte. Le pedían la compasión y la misericordia en el corazón del Rey de los cristianos.

Pero Alá ignoró sus clamores, y el corazón del Rey de los cristianos estaba endurecido en contra de ellos.

En una sola palabra les dijo su destino: la esclavitud.

Hombres, mujeres y niños, hasta el último de los habitantes de Málaga debía ser vendido o regalado como esclavo. Habían desafiado a Fernando, y debían pagar tamaña osadía con su libertad.

¡La esclavitud! La temida palabra quedó suspendida en el aire calmo y ardiente.

¿Dónde estaba ahora la orgullosa ciudad de Málaga? Perdida por siempre jamás para los árabes. ¿Qué sería de su pueblo? Se verían dispersados por el mundo. Los niños serían arrancados de los brazos de sus padres, los maridos separados de sus mujeres. Tal era el decreto del Rey cristiano: la esclavitud para el orgulloso pueblo de Málaga.

En la alcazaba, Fernando se frotaba las manos casi sin poder hablar, tan grande era su excitación. No podía hacer otra cosa: contemplar los tesoros de esa hermosa ciudad que ahora eran de él... Todos de él.

Entonces lo asaltó cierto temor. ¿Cómo estar seguro de recolectar todos los tesoros? Los árabes eran un pueblo astuto. ¿No esconderían quizá sus joyas más preciosas, sus más ricos tesoros, con la esperanza de poder conservarlos?

La idea era alarmante, ¿cómo estar seguro? Isabel estaba calculando lo que deberían hacer con los esclavos.

—Podremos rescatar a algunos de los nuestros —dijo a Fernando.

El Rey no se mostró muy entusiasta. Él pensaba vender a los esclavos; eso les ayudaría a rehacer el tesoro, le señaló.

Sin embargo, Isabel estaba decidida.

—No debemos olvidar a aquellos de nuestro pueblo en situación de esclavitud. Propongo enviar un tercio de la población de Málaga al África, a cambio de un número igual de gentes de nuestro pueblo.

—Y vendamos el resto —sugirió rápidamente Fernando.

—Podríamos vender un tercio más —respondió Isabel—. Con eso obtendríamos una buena suma, muy útil para continuar la guerra.

—¿Y los demás?

—No debemos olvidar la costumbre; debemos enviar algunos a nuestros amigos. No olvidéis a quienes han colaborado con nosotros, nos han ayudado a alcanzar esta gran victoria y esperarán alguna recompensa. Algunos debemos enviárselos al Papa, lo mismo que a la Reina de Nápoles. Y no debemos olvidar que esperamos ver concretado el matrimonio entre Isabel y Alonso. Yo enviaría algunas de las muchachas más bellas a la Reina de Portugal.

—Entonces, solamente venderemos un tercio de ellos en nuestro propio beneficio —señaló Fernando, un tanto amoscado.

Le preocupaba en realidad la idea de no estar seguro de que todos los tesoros de Málaga llegasen a sus manos. Fernando temía que parte de ellos le fueran secretamente escamoteados, sin enterarse de su existencia jamás.

Súbitamente rebrotó la esperanza en la desolada ciudad de Málaga.

—¡Hay una oportunidad de recuperar nuestra libertad!

Las palabras corrían por las calles de boca en boca. ¡Una probabilidad de eludir el más temido de los destinos!

El Rey Fernando había anunciado que, si el pueblo de Málaga podía pagar un rescate lo suficientemente grande, les vendería su libertad.

¿Y la suma exigida?

De una magnitud tal que parecía imposible reunirla. Sin embargo, todos los hombres, mujeres y niños de Málaga debían colaborar para conseguirla.

Nada debía quedar reservado; todo debía volcarse al gran fondo común para comprar la libertad del pueblo de Málaga.

El fondo crecía y crecía, pero seguía estando lejos de la cifra exigida por Fernando.

—No retengas nada, piensa en todo lo que depende de eso —se decía la gente por las calles.

Y el fondo creció hasta contener todos los tesoros, grandes y pequeños, pues todos estaban de acuerdo: por la libertad, ningún precio era excesivo.

Fernando recibió el tesoro.

—Oh, gran Rey cristiano —le imploraron—. No es la gran suma, es un poco menos. Os rogamos la aceptéis y que vuestra magnanimidad os lleve a concedernos nuestra libertad.

Sonriente, Fernando aceptó el tesoro.

—Lamento —les dijo— que no sea la cifra exigida. Yo soy hombre que mantiene su palabra, y esta suma no es suficiente para comprar la libertad del pueblo de Málaga.

Cuando los árabes se retiraron, soltó la carcajada.

Se había asegurado de que el pueblo de Málaga no se reservara nada. Los había derrotado total y completamente. Él poseía ahora todas sus riquezas. Ellos no habían recuperado su libertad.

La captura de Málaga era una victoria resonante.

Les faltaba ahora tomar el último baluarte, Granada.

# 13

# EL MATRIMONIO
# DE UNA INFANTA

La Reina entró silenciosamente en la alcoba de su hija, la infanta Isabel. Tal como lo esperaba, encontró a la muchacha tendida sobre la cama, con los ojos muy abiertos, mirando sin ver.

—Hija queridísima, no debéis sentiros desdichada —le dijo la Reina.

—Pero, ¡irme tan lejos de todos vosotros! —murmuró la infanta.

—Portugal no es tan lejos.

—Es demasiado lejos —insistió la niña.

—Tenéis ya diecinueve años, hija mía. No sois tan joven.

La muchacha se estremeció.

—¡Si pudiera al menos quedarme con vosotros!

La Reina sacudió la cabeza. Estaba pensando en lo feliz que sería si fuera posible encontrar marido en la corte para su hija mayor, si ambas pudieran disfrutar juntas de los preparativos para el matrimonio, y si después de la boda ella, su madre, pudiera estar junto a ella, aconsejándola, ayudándola..., compartiendo ese momento.

Pero ésas eran tontas fantasías; deberían sentirse regocijadas. Durante años, Portugal había representado una amenaza, y seguiría siéndolo mientras la Beltraneja viviera. ¡Y Juan, el Rey, le había permitido vivir fuera del convento! Algunas veces en Portugal le habían dado a la Beltraneja el título de Su Alteza, la Reina.

Eso podría haber sido causa de guerra; a ella y a Fernando podría haberles parecido oportuno declarar la guerra a Portugal, si no hubieran tenido otros compromisos más acuciantes.

Y ahora Juan advertía las ventajas de un matrimonio entre su hijo Alonso y la infanta de Castilla. Si el casamiento se realizaba, ya no llamarían Su Alteza, la Reina a la Beltraneja, dejaría de especular con la posibilidad de recuperar para ella el trono de Castilla y le ordenaría en cambio volver a su convento.

—Oh, mi querida —exclamó la Reina, tomando la mano inerte de su hija para llevársela a los labios—, con esta alianza hacéis un enorme bien a vuestro país. ¿No os sirve eso de consuelo?

—Sí, madre —respondió débilmente la infanta—. Sí me sirve.

Isabel besó en la frente a su hija y, silenciosamente, volvió a salir.

Corría el mes de abril. En Sevilla las calles estaban de fiesta.

El pueblo se había congregado para ver las idas y venidas de grandes personajes. Eran las mismas calles que con tanta frecuencia veían la triste procesión de los inquisidores, dirigiéndose a la catedral y a los campos de Tablada. Ahora la diversión era de especie muy diferente, y el pueblo se sumergía en ella con una alegría casi frenética.

La infanta Isabel iba a casarse con el heredero de Portugal. Habría fiestas y banquetes, corridas de toros y bailes. Ésa era una ocasión de alegría, no terminaría en muerte.

A lo largo de las márgenes del Guadalquivir se habían levantado tiendas para los torneos. Los edificios estaban adornados con banderas y colgaduras de oro. El pueblo se había acostumbrado a ver grupos de jinetes magníficamente ataviados: eran los miembros de la familia real de Castilla y Portugal.

Todos veían cómo su Rey se distinguía en los torneos, y se quedaban roncos de tanto gritar su aprobación al valeroso Fernando, quien recientemente había obtenido tan brillantes victorias sobre los moros y se preparaba ahora para asestarles el golpe de gracia.

Estaba la Reina, siempre graciosa, siempre serena; el pueblo recordaba que ella había llevado la ley y el orden a una comarca en la que los viajeros se habían sentido durante mucho tiempo inseguros. También les había llevado la Inquisición, pero esos eran momentos de regocijo, y el pueblo estaba decidido a olvidar todo lo desagradable.

La infanta representaba menos de sus diecinueve años, era alta y airosa, bastante pálida y delicada, pero encantadora, llena de gracia y hechizo..., la verdadera novia feliz.

El novio no había venido a Sevilla, pero se había difundido el rumor de que era un joven apuesto y ardoroso. En su lugar estaba don Fernando de Silveira, quien en todas las ocasiones públicas aparecía junto a la infanta en representación de su señor.

Sí, Sevilla vivía días de regocijo; todos aprobaban el matrimonio, que significaba una paz perpetua con sus vecinos del Oeste. La paz era lo anhelado por todo el mundo.

Así trataban de olvidar a los amigos y parientes en poder del Santo Oficio: bailando y cantando por las calles, mientras gritaban:

—¡Viva Isabel! ¡Viva Fernando! ¡Viva la infanta!

¡Dejar su hogar para irse a un país diferente! Era algo frecuente. El destino natural de una infanta.

—¿Sufrirán todas tanto como sufro yo? —se preguntaba la joven Isabel.

Pero hemos sido felices aquí. Nuestra madre ha sido tan bondadosa, tan dulce, tan justa con todos nosotros. Nuestro padre nos ama tanto. Nuestro hogar es tan feliz. ¿Acaso lamento ahora que haya sido así? ¿Estoy diciendo que si no hubiéramos sido una familia tan feliz no sufriría yo ahora tanto como estoy sufriendo?

No. Cualquier hija se regocijaría de tener una madre como la Reina.

Estaban vistiéndola con sus atavíos nupciales, y las damas de honor se maravillaban de su belleza.

—El príncipe Alonso quedará cautivado —le aseguraban.

Pero, «¿sería así?», se preguntaba Isabel. «¿Puedo acaso creerles?»

Isabel había oído hablar en la corte de cierto escándalo referente a su padre. Decían que tenía hijos e hijas a quienes ella no conocía. Su madre debía de haberlo sabido, aunque no diera señal alguna. «¿Cómo podré jamás ser como ella?», preguntábase la infanta. Y si ella no satisface a mi padre, «¿qué esperanzas puedo tener de satisfacer a Alonso?»

Tan poco sabía, tanto tenía que aprender; tenía la sensación de verse arrojada a un mundo de sensaciones nuevas, de nuevas emociones, y no estaba segura de ser capaz de hacerles frente.

—Ya es hora, infanta —le dijeron.

E Isabel salió de sus habitaciones para ir al encuentro de las setenta damas, todas brillantemente ataviadas, y de los cien pajes de atuendo no menos magnífico que la esperaban para acompañarla a la ceremonia.

Abandonó su mano en la de don Fernando de Silveira, y las palabras solemnes fueron pronunciadas.

La ceremonia había terminado: Isabel era la esposa del heredero de Portugal, la mujer de un hombre a quien jamás había visto.

Por las calles, la gente gritaba su nombre. Ella les sonrió y agradeció los aplausos tal como le habían enseñado a hacerlo.

Después siguieron los banquetes, los bailes, las fiestas y los torneos, todos ofrecidos en honor de una niña asustada, cuyo único ruego era que sucediera algo para no verse alejada del corazón de la familia amada.

Isabel tuvo un respiro. Durante todo el verano, los festejos continuaron. Hasta el otoño la infanta no salió de Castilla.

El pueblo se alineó en las calles para verla pasar y saludarla.

En Portugal le habían preparado una regia bienvenida, encantados de recibirla. La infanta llevaba consigo una dote mayor que la habitual en las infantas de Castilla, y tenía vestidos tan magníficos que ellos solos habían costado veinte mil florines de oro.

Así pasó Isabel la frontera, alejándose de su país para adentrarse en uno nuevo.

Se quedó atónita ante la pompa que la esperaba. De pie junto al trono del Rey, vio a un hombre que le sonreía como dándole ánimos. Era joven y apuesto, y sus ojos se demoraron sobre Isabel.

Ahí está mi marido, pensó la infanta. Ahí está Alfonso, y apartó los ojos, temerosa de no saber ocultar su emoción por su inexperiencia.

Se aproximó al rey Juan y se arrodilló ante él, pero el monarca la hizo levantar y la abrazó.

—Bienvenida, hija mía —la saludó—. Esperábamos vuestra llegada hace mucho tiempo. Me alegro de que estéis a salvo entre nosotros.

—Gracias doy a Vuestra Alteza —respondió Isabel.

—¡Alguien está impaciente por saludaros! Mi hijo, vuestro esposo.

Y ahí estaba Alonso, no el hombre que Isabel había advertido al entrar, pero joven y apuesto; al verlo a él también un poco nervioso, la infanta se sintió feliz.

El la besó en presencia de la corte, mientras todos gritaban:

—¡Vivan el príncipe y la princesa de Portugal!

Y así, Isabel llegó a la felicidad. Su madre había estado en lo cierto. Si uno se adhería firmemente a su deber, recibía su recompensa. La infanta se sentía especialmente afortunada: le había tocado en suerte un marido joven y apuesto, bondadoso y dulce, que admitía que ese matrimonio lo había alarmado tanto como a ella.

Ahora, los dos podían consolarse, podían reírse de sus temores. De la intensidad del recíproco alivio al haberse encontrado, nació entre ambos un gran afecto.

Isabel escribió a su hogar, hablando de su felicidad.

Su madre le escribió contándole su intensa alegría al recibir tan gratas noticias de su hija.

Todo estaba bien. Se había consolidado un vínculo importante entre los dos antiguos enemigos, y el precio no había sido la felicidad de la hija amada de la Reina.

Ahora, lejos de la supervisión de su madre, el carácter de la princesa empezó a cambiar. Isabel descubrió que le gustaba bailar, le gustaba reír, y compartía esos gustos con Alonso.

Un día, al despertarse, Isabel se dio cuenta de que había empezado a vivir de una manera jamás pensada. La vida puede ser algo alegre, pensó. No es necesario pasarse todo el tiempo pensando en la salvación del alma.

—Somos jóvenes y tenemos toda la vida por delante —decía Alonso—. De aquí a veinte años, tenemos mucho tiempo para empezar a pensar en el porvenir.

Y juntos se reían de lo que a Isabel, poco tiempo atrás, le habría parecido motivo de escándalo.

No se la veía tan pálida, y su tos le molestaba menos, porque pasaba gran parte del tiempo al aire libre. A Alonso le encantaba cazar, y no estaba contento si no lo acompañaba.

Desde que se había convertido en la mujer de Alonso, esos meses fueron los más felices que hubo conocido en su vida, un descubrimiento sorprendente y maravilloso.

Su belleza se intensificó, y era manifiesto cómo se desplegaba. Isabel era como un capullo: se abría para convertirse en una hermosa flor, un poco menos frágil de lo esperado.

—Qué hermosa sois —solían decirle todos, y ella había aprendido a aceptar graciosamente tales cumplidos.

—No hay en la corte nadie más bella —le aseguraba Manuel, primo de Alonso, el joven que le había llamado la atención cuando Isabel llegó a la corte.

—Cuando llegué —le contó—, pensé que vos érais Alonso.

Súbitamente, el rostro de Manuel se encendió de pasión.

—Ojalá lo hubiera sido —respondió.

Isabel se dijo que era un desatino esperar una felicidad duradera.

Un día empezó como empezaban todos los días.

La princesa se despertó a la mañana y encontró a su lado a Alonso; el apuesto Alonso se despertaba con tal rapidez y de tan buen ánimo que la abrazaba y le hacía el amor y después le decía:

—Venid, vamos a cazar mientras la mañana es joven. Saldremos tan pronto como estemos listos. Venid, Isabel, la mañana está hermosa.

Llamaban a los monteros, montaban a caballo y se internaban en el bosque.

Era ciertamente una hermosa mañana; el sol los bañaba con su luz y los jóvenes intercambiaban sonrisas y bromas mientras marchaban.

Como durante la cacería se separaron un rato, Isabel no vio lo sucedido.

Había percibido, sí, una súbita quietud en los bosques; una breve quietud, que sin embargo le dio la impresión de haber durado mucho tiempo, le transmitió, como el rastro de un animal en el viento, la presencia del mal.

Después, oyó voces que gritaban y exclamaciones de alarma que rompían el silencio.

Cuando Isabel llegó a la escena del accidente, los cazadores habían improvisado unas angarillas y sobre ellas yacía su hermoso, su amado Alonso.

Alonso había muerto cuando llegaron al palacio. Isabel no podía creerlo; era todo demasiado repentino, demasiado trágico. Acababa de iniciar su nueva vida, había aprendido a entenderla y empezaba a comprender una felicidad mayor que la que le había parecido posible..., y todo para perderla.

Todo el palacio estaba de duelo. El único hijo del Rey, el heredero del trono, había muerto. Pero ningún dolor era más sincero, ningún corazón estaba más destrozado que el de la joven viuda de Alonso.

Ahora el joven Manuel recibía un trato más respetuoso que el que nunca se le había ofrecido, cuando nadie había creído que alguien tan vital y sano como Alonso no había de llegar a vivir lo suficiente para ceñirse la corona.

Pero Alonso había muerto en el término de pocas horas; ahora Manuel, más intelectual y retraído, era el heredero del trono.

Isabel no advertía siquiera lo que sucedía en el palacio. Todo se le aparecía *oscurecido* por un solo hecho, abrumador: la pérdida de Alonso.

El Rey la hizo llamar, alarmado por su dolor. Le habían advertido que si su nuera seguía así, encerrándose con su dolor, no tardaría en ir a reunirse con su marido.

¿Qué dirían de eso Isabel y Fernando? La princesa era una posesión demasiado preciosa; era importante cuidar de su vida.

—Hija querida —le dijo el Rey—, no debéis encerraros de esa manera. Es terrible lo sucedido, pero no podéis cambiarlo con vuestro continuo dolor.

—Era mi marido, y yo lo amaba —respondió Isabel.

—Bien lo sé. También nosotros lo amábamos. Era nuestro hijo y nuestro heredero. Lo conocíamos desde antes que vos. Ya veis, tampoco nuestro dolor es pequeño. Vamos, debo ordenaros que cuidéis más de vuestra salud. Prometedme que lo haréis.

—Lo prometo —dijo Isabel.

Se paseaba por los jardines del palacio, deseando que la dejaran sola. Miraba con ojos inexpresivos las terrazas y las estatuas. Por allí había andado con Alonso. Allá se habían sentado a planear cómo pasarían los días.

Para ella no había nada, sólo recuerdos.

Manuel se le acercó y empezó a andar junto a ella.

—Preferiría estar sola —dijo Isabel.

—Perdonadme. Permitidme hablar con vos un par de minutos. Oh, Isabel, ¡cómo me estristece veros tan desdichada!

—A veces me siento culpable —respondió la princesa—. Fui demasiado feliz, sólo pensé en mi felicidad, y tal vez no estemos hechos para ser felices.

—Fuisteis desafortunada, Isabel. Estamos hechos para ser felices. Cuando os hayáis recuperado de este golpe, os imploraré me deis una ocasión de haceros feliz.

—No os entiendo.

—Soy el heredero del trono de mi tío. Vuestros padres me considerarían un marido tan digno como Alonso.

Isabel permaneció inmovilizada por el horror.

—Jamás podría casarme con nadie —contestó—. Jamás querré a otro.

—Decís eso porque sois joven, y vuestro dolor muy reciente.

—Lo sé, de verdad.

—No me rechacéis tan a la ligera, Isabel. Pensad en lo que os he dicho.

Siempre sentía la presencia de él, tan continuamente lo tenía a su lado.

No, no, clamaba Isabel con todo su corazón. Esto no puede ser.

Y se lamentaba y continuaba de duelo, y la alarma del Rey de Portugal iba en aumento.

Decidió escribir a los soberanos de Castilla para decirles que la pena de su hija lo tenía alarmado.

«Enviadnos de vuelta a nuestra hija, que la cuidaré personalmente hasta que recupere la salud», contestó Isabel.

Y así, poco meses después de haber salido de su país, regresó la joven Isabel a Castilla.

Cuando se sintió protegida por el abrazo de su madre, confesó llorando su felicidad por haber vuelto al hogar. Había perdido a su esposo amado, pero su amada madre estaba con ella; no quería otra vida que no fuese estar junto a la Reina y consagrarse a la piedad.

# 14

# EL ÚLTIMO SUSPIRO
# DEL MORO

Había llegado el momento del ataque final contra la capital del reino morisco, y el ejército de Fernando estaba ya preparado para lanzarse al combate.

Él y la Reina estaban esperando ver a Boabdil, a quien habían enviado un mensajero, recordándole los términos aceptados a cambio de su liberación, y ordenándole salir de Granada para presentarse ante ellos y discutir los términos de la rendición.

Fernando esperaba que el pueblo de Granada recordara el terrible destino de Málaga, y que no fueran tan necios como para conducirse de tal manera que a Fernando no le quedara otro recurso que tratarlos de manera similar.

—Ya debería estar aquí —decía Fernando—. No debería ser tan tonto como para hacernos esperar.

Isabel estaba en silencio, rogando por la rendición del último baluarte de los moros sin necesidad de demasiado derramamiento de sangre cristiana.

Pero el tiempo pasaba, y Boabdil no llegaba.

Isabel miró a Fernando, que estaba ya haciendo sus planes para el asedio de Granada.

Un mensajero se presentó ante los soberanos.

Entregó el despacho a Fernando, quien en compañía de Isabel leyó lo escrito por Boabdil.

«Me resulta imposible acudir a vuestro llamado. No soy ya dueño de mis propios deseos. Aunque yo quisiera mantener mi promesa, la ciudad de Granada se niega a dejarme partir. La ciudad está llena ahora, no sólo con su propia población, sino también con los que desde todo el reino han llegado a defenderla. Lamento, por lo tanto, no poder mantener mi promesa.»

Fernando apretó los puños, y las venas se le marcaron en las sienes.

—Conque no quieren entregarse —dijo.

—No era de esperar —respondió suavemente Isabel—. Considerad, Fernando, que cuando hayamos tomado Granada, habremos terminado la reconquista. ¿Podríamos esperar que nos cayera en las manos como un fruto maduro? Al contrario, debemos luchar por este grande y último trofeo.

—Pues él lo ha dicho —declaró Fernando—. Ha elegido su propio destino y el de su pueblo. Ya no vacilaremos más. ¡Marcharemos sobre Granada!

Los soberanos convocaron al Consejo, y mientras éste se hallaba reunido llegó una noticia: habían estallado revueltas en muchas de las ciudades ganadas ya a los moros. Se habían producido incursiones moriscas en territorio cristiano, y los cristianos habían sido pasados a cuchillo o capturados como prisioneros o esclavos.

Tal era la respuesta a la imperiosa orden dirigida por Fernando al Rey de los moros.

La guerra todavía no estaba ganada. Los moros estaban dispuestos a defender la última plaza fuerte de la tierra que durante setecientos años, habían considerado propia.

En la pequeña casa de Córdoba, Cristóbal seguía esperando, pero ningún mensaje llegaba. De tiempo en tiempo veía a algunos de sus amigos en la corte, especialmente a Luis de Sant'angeI. Beatriz de Bobadilla solía enviarle mensajes, y ocasionalmente recibía por mediación de Beatriz alguna suma de dinero que, según ella, provenía de la Reina.

Pero no llegaba la convocatoria a la corte, ni noticia de que se estuviesen reuniendo los pertrechos para la expedición.

El pequeño Fernando, el hijo de Cristóbal y de Beatriz de Arana, se sentaba en las rodillas de su padre para oírle contar cuentos del mar, como antes se los había contado al pequeño Diego.

Beatriz observaba con inquietud a Cristóbal. En un primer momento, se había alegrado secretamente de que la convocatoria no llegara, pero ahora su alegría había desaparecido. No podía soportar ver a su amado Cristóbal, envejeciendo y agrisándose, siempre irritado contra la crueldad de la suerte que no se avenía a concederle la oportunidad pedida.

Un día, un amigo de su juventud llegó de visita a la casa.

Cristóbal estaba encantado de verlo, y Beatriz les sirvió vino y entremeses. El visitante admiró al robusto Fernandito, y también a Beatriz.

Venía de Francia, y traía un mensaje de Bartolomé, el hermano de Cristóbal.

Bartolomé quería saber cómo le iba a Cristóbal en España, y si había encontrado a los soberanos españoles bien dispuestos a ayudarlo en su empresa.

—Dice que si no contáis con esta ayuda deberíais pensar en acudir a Francia, donde es grande el interés por las aventuras marítimas.

—A Francia —murmuró Cristóbal, y Beatriz vio cómo la luz se asomaba una vez más a sus ojos—. Ya había pensado una vez en ir a Francia.

Cuando el visitante hubo partido, Beatriz acercó su silla a la de Cristóbal, le tomó la mano y le sonrió afectuosamente.

—¿De qué sirve esperar? —lo animó—. Debéis ir, Cristóbal. Es todo el significado de la vida para vos. Yo lo entiendo. Id a Francia, tal vez allí os espere la suerte. Si debéis esperar la decisión del soberano francés como habéis esperado la de los españoles, yo iré a reunirme con vos. Pero si os ayudan, si hacéis vuestro viaje, volveréis junto a nosotros aquí, en Córdoba. Fernando y yo podemos esperaros.

Cristóbal se puso en pie y, levantando también a Beatriz, la besó solemnemente.

Ella supo que Cristóbal había tomado su decisión.


Las tropas de Fernando estaban acampadas en las riberas del Xenil, y ante ellos esperaba la ciudad de Granada. Su condición de fortaleza natural la hacía parecer inexpugnable, y hasta los más optimistas presentían un asedio largo y azaroso.

Los soldados distinguían las grandes murallas que defendían la ciudad por el lado donde estaban los ejércitos cristianos y, hacia el Este, los picos de la Sierra Nevada, que constituían una barrera natural.

Fernando contemplaba la imponente fortaleza, jurándose capturarla.

Desde los muros almenados los moros, que dominaban la extensión de los ejércitos cristianos, veían las fértiles tierras de la ciudad incendiadas y saqueadas. Juraban vengarse de los cristianos.

Así los dos combatientes, árabes y cristianos, se enfrentaban, decididos ambos a luchar hasta la muerte.


Fernando había visto en Málaga el efecto de Isabel sobre las tropas, y había sugerido a su mujer que acompañara al ejército. La respuesta de Isabel fue que tal era, precisamente, su intención. Se libraba su guerra, más que la de Fernando. Era ella la que de niña había hecho voto de —si alguna vez estaba en su poder hacerlo— unificar a toda España bajo la bandera cristiana.

Acudió, pues, al frente de batalla. El príncipe de Asturias, aunque sólo tenía trece años, estaba junto a su padre. Se consideraba ya un guerrero, porque en la primavera del año anterior Fernando le había conferido el honor de armarlo caballero, y la ceremonia se había celebrado en el campo de batalla.

Isabel había llevado consigo a sus hijos y algunas de sus damas, pues estaba decidida a no volver a separarse de su familia. La presencia de toda la familia real en el campamento serviría de inspiración al ejército y, efectivamente, así parecía ser.

La propia Isabel era infatigable. Atendía a los enfermos, y hasta la más pequeña de sus hijas, Catalina, de cinco años, tenía asignada su tarea. La mayor, Isabel, trabajaba fervorosamente, desde la muerte de Alonso, su marido, la piedad de la joven Isabel rivalizaba con la de su madre.

Fernando estaba encantado de tener consigo a su familia, pues allí donde estaba la Reina, no se olvidaban la dignidad y el decoro. Cuando se hallaba presente la Reina, en el campamento no se conocían el juego ni los juramentos; las plegarias eran, en cambio, continuas. Fernando comprendía bien la importancia de tener un ejército disciplinado, y para asegurar la disciplina la dignidad de la Reina era más eficaz que las reglas más estrictas impuestas por él.

Las semanas pasaban, pero la gran batalla de Granada no llegaba a producirse. Entre ambas fuerzas se había producido un estancamiento.

La gran fortaleza seguía siendo inexpugnable.

Cristóbal se había despedido y, saliendo de Córdoba, se encaminó hacia el Oeste.

Antes de tomar rumbo a Francia debía hacer una visita.

Habían pasado seis años sin ver a Diego. No podía abandonar España sin ver una vez más a su hijo y explicarle que saldría del país.

Así, un día de julio, llegó al monasterio de Santa María de la Rábida y se encontró en la puerta con el mismo hermano lego que estaba allí el día en que había llegado por primera vez allí, en compañía de Diego.

—Busco albergue —le dijo.

—Entrad, amigo mío, aquí no se lo negamos a ningún viajero —fue la respuesta.

—Decidme —preguntó Cristóbal tras de haber entrado. Fray Juan Pérez de Marchena, ¿está en el monasterio?

—Está aquí, amigo mío.

—Pues mucho desearía hablar con él.

Fray Juan lo abrazó y lo hizo pasar a la habitación donde habían conversado anteriormente.

—Tenéis aquí a un hombre derrotado —le dijo Cristóbal—. España me trata de la misma manera que me han tratado en Portugal. He venido para ver a mi hijo, y para preguntaros si lo tendríais un tiempo más con vosotros, o si debo llevármelo conmigo a Francia.

—¿Nos dejáis, Cristóbal Colón?

—Ningún sentido tiene quedarme.

—No pensaba fuerais hombre capaz de daros por vencido tan fácilmente.

—Soy un hombre decidido a embarcarme en una empresa.

—Y habéis decidido iros de España.

—Voy a exponer mi propuesta a los franceses. He tenido noticias de mi hermano. Está allá y me dice que hay alguna esperanza de encontrar oídos mejor dispuestos en Francia.

—Eso me apena.

—Vos habéis sido muy bondadoso conmigo.

—Haré venir a Diego —anunció fray Juan.

Cristóbal se quedó atónito al ver la altura del muchacho.

—¿Es posible? —exclamó emocionado.

—Yo no pregunto lo mismo —respondió el joven—. Os reconozco, padre.

Los dos se abrazaron, y los brillantes ojos azules del aventurero estaban empañados por las lágrimas.

Finalmente, Cristóbal soltó a su hijo y, apoyándole ambas manos en los hombros, lo miró a la cara.

—Entonces, padre, no tuvisteis éxito.

—Pero no abandono la esperanza, hijo mío. Me voy de España. ¿Quieres venir conmigo?

Fray Juan se les había acercado.

—Aquí hemos cuidado bien a Diego —dijo—. Lo hemos educado, como ya comprobaréis, señor Colón. Si nos dejara, su educación quedaría interrumpida. Yo desearía que no hubierais decidido todavía abandonar España, y que Diego pudiera permanecer con nosotros.

—Mi decisión está tomada —declaró Cristóbal.

—Hoy me siento profeta —anunció el hermano—. Señor Colón, ¿queréis quedaros con nosotros durante una semana..., o dos? ¿Me concederéis vuestra compañía durante ese tiempo?

—Sois hospitalario, mucho habéis hecho por mí. Algún día os lo pagaré. Si encuentro apoyo en los franceses, algún día seré rico y entonces, no olvidaré vuestra bondad.

—Si me dais riquezas, no las deseo, ¿de qué sirve un presente no aceptable? Durante estos seis años he cuidado de vuestro hijo. Concededme vos esto ahora. Quedaos con nosotros... Dos semanas o tres... Es todo lo que os pido.

—¿Por qué razón me lo pedís?

—Obedecedme sin hacer preguntas, y llegará el momento en que no lo lamentaréis.

—Padre —intervinó Diego—, no podéis negarle esto a fray Juan.

Cristóbal miró el rostro franco del prior.

—Si quisierais decirme... —empezó.

—Esto os diré: creo que es la voluntad de Dios que os quedéis aquí. Señor Colón, no me lo neguéis.

—Si me lo planteáis de esa manera, me quedaré —accedió Cristóbal.


Fray Juan estaba satisfecho.

Tras dejar juntos a padre e hijo, se dirigió a su celda. Allí estuvo durante cierto tiempo escribiendo; después rompió lo escrito.

Se paseó por su celda; se arrodilló en oración.

Después. súbitamente tomó una decisión.

Volvió donde estaban Cristóbal y Diego y les dijo:

—Voy a dejar el monasterio para atender a un asunto de grandísima urgencia. No olvidéis, me habéis dado vuestra palabra, Cristóbal Colón, quedaros aquí. Prometedme ahora que no partiréis hasta mi regreso.

Su aire de seriedad era tal que Cristóbal se lo prometió.

Ese mismo día, el prior montó en su mula e inició el viaje de doscientas millas hasta Granada.

Isabel estaba durmiendo en su pabellón. La comodidad para dormir era muy diferente de las tiendas de los soldados: un pabellón proporcionado por el marqués de Cádiz.

La Reina estaba cansada, porque los días en el campamento eran agotadores. Isabel estaba continuamente entre las tropas, hablándoles de sus hogares, levantándoles el ánimo; además, como las escaramuzas eran continuas, había que atender muchos heridos.

Pero a la noche reinaba la calma, e Isabel dormía.

Se despertó repentinamente con una sensación de alarma, y pasaron varios segundos hasta que se dio cuenta de lo que la había despertado: un intenso olor a quemado.

Se apresuró a salir de la cama, llamando a sus camareras, y al escapar del pabellón vio los cortinados de un costado del mismo en llamas; el fuego se había extendido a las tiendas más próximas.

Isabel pensó inmediatamente en sus hijos, que dormían cerca del pabellón, y en esos pocos segundos alcanzó a imaginarse los mil horrores que podrían acontecerles.

—¡Fuego! —gritó—. ¡Hay fuego en el campamento!

Mientras todo el campamento se despertaba, ella corrió hacia las tiendas donde dormían sus hijos, para encontrar, con gran alegría, que el fuego aún no las había alcanzado. Presurosamente hizo levantar a los niños y, cubriéndolos con algo de ropa, salió con ellos fuera de las tiendas.

Allí se encontró con Fernando, que estaba dando instrucciones.

—Manteneos alerta —indicó a los centinelas—, porque si el enemigo ve lo que sucede posiblemente nos ataquen.

Mientras Isabel, en compañía de sus hijos, observaba cómo los soldados se ocupaban de apagar el fuego, advirtió que a su hija Juana le brillaban los ojos de excitación: la niña pareció incluso un poco decepcionada cuando el incendio quedó controlado. María lo miraba todo con una expresión próxima a la indiferencia, y la pequeña Catalina tomó de la mano a su madre, aferrándose tensamente a ella. Su hermana Isabel permanecía indiferente, como era habitual en ella desde la muerte de Alonso.

El marqués de Cádiz se acercó a Isabel para explicarle que evidentemente una lámpara había prendido fuego a los cortinados del pabellón y el viento había llevado las llamas hacia las tiendas próximas, hechas de material inflamable.

Finalmente, Isabel llevó a sus hijas a una de las tiendas preparadas para ellas. Tomó en sus brazos a Catalina, y la niña se quedó dormida casi inmediatamente.

La Reina se quedó con ellas durante el resto de la noche.

El elegante pabellón, como muchas de las costosas tiendas y su mobiliario, habían quedado destruidos, y a la mañana siguiente, con el ceño fruncido, Fernando estimó los daños. La pérdida de bienes valiosos lo alteraba más que cualquier otra calamidad.

—Fernando —le dijo pausadamente Isabel—, esto podría haber sido un gran desastre. Si los santos no nos hubieran protegido, podríamos haber perdido la vida. Qué irónico habría sido morir en un incendio provocado accidentalmente en vísperas de la victoria.

Fernando asintió tristemente.

—Las pérdidas deben de equivaler a una pequeña fortuna —masculló.

—Estuve pensando, Fernando... Estamos en julio, pronto se terminará el verano. Suponed que no tomáramos Granada antes de la llegada del invierno.

Fernando permaneció en silencio.

—Entonces —prosiguió ella—, todas las ventajas estarán del lado de nuestros enemigos, estarán abrigados en sus cuarteles de invierno en la ciudad, y nosotros nos veremos expuestos a las inclemencias del tiempo en nuestro campamento.

—Vos y los niños deberéis dejarnos.

—Y eso, ¿qué efecto tendrá? Prefiero seguir con el ejército, Fernando. Creo que es esencial que yo permanezca con el ejército.

—Entonces nos retiraremos, regresaremos en la primavera.

—¡Y perder la ventaja que ahora tenemos! ¡No! Escuchad, tengo un plan. Nos construiremos aquí una ciudad... Aquí en la llanura, frente a Granada.

—¡Una ciudad! No es posible.

—Sí, lo digo en serio, Fernando. Construiremos casas de piedra, en las que el fuego no prenda con tanta facilidad como en las tiendas. Construiremos una gran guarnición..., casas, cuarteles para los soldados, establos. Y no nos retiraremos de nuestras posiciones, permaneceremos aquí durante todo el invierno, en alojamientos tan cómodos como los de nuestros enemigos.

—¿Es eso posible?

—Con la ayuda de Dios, todo es posible —respondió Isabel.

—Habría que terminarla en tres meses.

—Pues se terminará.

Fernando la contempló con admiración. El día anterior, Isabel se había sentido agotada por su trabajo en el campamento; durante la noche había hecho frente al desastroso incendio, y ahora allí estaba, con el aspecto fresco y enérgico de siempre, proponiéndole con toda calma un plan que, sugerido por otro que no fuera su mujer, le habría parecido totalmente absurdo.

Delante de Granada, el trabajo adelantaba. La ciudad que habían decidido construir crecía con rapidez, dejando atónitos a todos los testigos.

Los moros la contemplaban con desesperación.

Bien comprendían el significado: los cristianos se quedarían allí todo el invierno; el respiro tan ansiado les sería negado.

—Alá ha apartado su faz de nosotros —se lamentaba el pueblo granadino. Maldecían a Boabdil, su Rey, que había provocado entre ellos la guerra civil al hacer frente al gobierno de Muley Abul-Hassan.

Isabel circulaba entre los obreros, que debían trabajar esforzadamente. La tarea era tremenda, pero había que cumplirla. Debían ignorar las esporádicas salidas de los moros; debían levantar su ciudad para el invierno.

La nueva ciudad estaba atravesada por dos avenidas, tal como lo había planeado Isabel.

—De este modo —decía—, mi ciudad tiene la forma de la cruz..., de la cruz en cuya defensa luchamos. Será la única ciudad de España no contaminada por la herejía musulmana.

La ciudad debía tener un nombre, y una delegación de soldados se presentó ante la Reina para pedirle hiciera a la ciudad el honor de conferirle el suyo.

Isabel sonrió graciosamente.

—Os agradezco el honor —respondió—, y os doy las gracias por todo vuestro trabajo en la ciudad. Pero ya he decidido darle un nombre más adecuado. La llamaremos Santa Fe.

Y así nació la ciudad en forma de cruz, como un monumento a la determinación de los cristianos de no descansar hasta lograr reconquistar hasta la última pulgada de territorio español.

Beatriz de Bobadilla estaba en su alojamiento dentro de las fortificaciones de Santa Fe cuando llegó una de sus damas a avisarle de la llegada de un monje que deseaba hablar con ella con la mayor urgencia.

Beatriz lo recibió sin tardanza.

—Señora mía —la saludó fray Juan—, es muy bondadoso de vuestra parte recibirme con tal prontitud.

—Vaya —respondió ella—, habéis hecho un largo viaje y os encontráis exhausto.

—He recorrido doscientas millas desde La Rábida, pero el asunto necesita atención urgente, y os ruego me la prestéis. Se refiere a Cristóbal Colón, el explorador.

—Oh, sí, el explorador —repitió Beatriz, sonriendo casi con ternura—. Decidme cómo está.

—Está frustrado, señora; indignado y enojado con España y consigo mismo. El hombre ya no es joven, y está profundamente dolido por los años perdidos.

—Muchas cosas han ocupado a la Reina —señaló Beatriz.

—Es verdad, y es una tragedia para España. A menos que se haga algo inmediatamente, Colón abandonará el país, y algún otro monarca aprovechará los beneficios de su genio.

—Eso no debe suceder —protestó Beatriz.

—Pero sucederá, señora, a menos que no haya más postergaciones.

Beatriz tomó rápidamente una decisión.

—Voy a ocuparme de que os den algo de comer y os permitan lavaros la suciedad del viaje. Entretanto, iré inmediatamente a ver a la Reina. A mi regreso os haré saber si el señor Colón puede contar con la ayuda de España. Os prometo haceros saber con toda celeridad el resultado de mi gestión.

El prior sonrió. Su misión estaba cumplida, y no había nada más que él pudiera hacer.

Beatriz solicitó audiencia con la Reina, y se sintió desanimada al ver a Fernando con ella.

Pero Fernando se mostró amistoso; estaba satisfecho con el giro de los acontecimientos, y tenía total conciencia del importante papel desempeñado por las mujeres ante Granada.

—Alteza —dijo Beatriz—, vengo a veros con gran prisa. Fray Juan Pérez de Marchena acaba de llegar desde La Rábida. Cristóbal Colón está a punto de abandonar España.

—Lo lamento mucho —expresó la Reina—. ¿No se le dijo acaso que esperara un poco y sus planes contarían con nuestra atención tan pronto como tuviéramos el tiempo necesario para dedicárselo?

—Sí, Alteza, así fue; pero ya no quiere esperar más. Colón piensa que su expedición es de la mayor importancia, y francamente, ha decidido que si Vuestras Altezas no quieren ayudarlo, buscará otra soberano. Proyecta irse a Francia.

Al oír mencionar el gran enemigo de Aragón, Fernando enrojeció de cólera. Los ojos se le achicaron y Beatriz observó, en ellos, con cierto deleite la luz de la codicia.

Pasó entonces a hablarles de las riquezas que traería de su viaje el aventurero, si tenía éxito.

—Porque, Altezas, aunque no alcanzara a descubrir un Nuevo Mundo, nos habría mostrado una nueva ruta para llegar a los tesoros de Catay y de Oriente, de los cuales tan brillantemente nos habló Marco Polo. Pienso —concluyó— que Vuestras Altezas desearían detenerlo antes de que tenga oportunidad de aportar a algún otro las riquezas que, sin pediros otra cosa que equipar su expedición, pondría a vuestros pies.

—Bien dispuestos estaríamos a equiparlo para esa expedición —respondió Isabel—, pero todo debe ser invertido en la prosecución de esta guerra.

Miró interrogativamente a Fernando.

—Alteza, ¿sería tan costoso? —rogó Beatriz—. Es insoportable la idea de que todo lo que podría descubrir puede ir a manos de otro país.

—A mí me impresionó ese hombre —declaró Isabel—, y miró a Fernando como esperando que éste se pronunciara contra la idea de llamarlo, pero Fernando no dijo nada; en los ojos tenía esa mirada vidriosa que, ella sabía, se imaginaba el regreso del explorador con sus naves cargadas de tesoros: oro, joyas, esclavos.

—Yo estaría dispuesta a reconsiderarlo —continuó Isabel, y miró a Fernando, sonriéndole—. Tal vez el Rey esté de acuerdo conmigo en esto.

Quiero impedir que ese hombre vaya a Francia, estaba pensando Fernando. Aun si él y la Reina no accedían a financiarle la expedición, debían evitar que fuera con sus planes al enemigo.

Retribuyó la sonrisa de Isabel.

—Como siempre, Vuestra Alteza ha hablado con tino. Volvamos a llamar a ese hombre para reconsiderar lo que tiene que decirnos.

—¡Gracias, Altezas! —exclamó Beatriz—. Segura estoy de que vuestra magnificencia se verá recompensada. Alteza, ese hombre es pobre —continuó, volviéndose a Isabel—. ¿Consentiríais en enviarle dinero para viajar hasta aquí, y comprar ropa adecuada para presentarse ante Vuestras Altezas?

—Indudablemente —asintió Isabel.


En Granada, las condiciones se deterioraban rápidamente. El efecto de la construcción de Santa Fe resultó desastroso para la moral de los sitiados. El bloqueo —que el pueblo había esperado ver levantado durante los meses de invierno, gracias a la retirada de las tropas cristianas— se mantuvo.

Algunos declaraban que no capitularían: los musulmanes de Africa no permitirían jamás la pérdida de su lugar en el suelo de España. Pero otros, al contemplar el bullicio y las eficientes fortificaciones de Santa Fe, y al considerar la destrucción de las cosechas, comprendían que el final estaba próximo.

Uno de estos últimos era Boabdil, que invocaba a Alá y se postraba ante él en su aflicción. Se sentía responsable de la difícil situación de su pueblo y anhelaba salvar a su ciudad del terrible destino de Málaga.

Al amparo de la oscuridad, envió mensajeros a Fernando, para preguntarle qué términos les ofrecerían por la entrega de la ciudad.

«Estoy dispuesto a ser magnánimo», escribió Fernando. «Si nos entregáis la ciudad, los habitantes de Granada seguirán en posesión de sus mezquitas y se les permitirá seguir practicando su religión. Conservarán también sus propias leyes y serán juzgados por sus *cadis,* aunque habrá un gobernador castellano en la ciudad. Pueden seguir usando su propia lengua y vestir a la usanza árabe. Si desean salir del país podrán disponer de su propiedad sin restricciones. Durante tres años no se exigirán nuevos impuestos. El rey Boabdil deberá abdicar, pero le será adjudicado un territorio en las Alpujarras, un protectorado de la corona de Castilla. Todas las fortificaciones y la artillería deben ser entregadas a los cristianos, y la entrega debe producirse en un plazo no mayor de sesenta días.»

Fernando terminó de escribir y sonrió. Si Boabdil y sus asesores aceptaban esos términos se daría por contento. Con una capitulación rápida se ganarían vidas..., y dinero, lo cual era más importante a los ojos de Fernando. No era de ninguna manera seguro durante cuánto tiempo podía prolongarse la guerra, incluso en ese momento en que los cristianos contaban con todas las ventajas.

Ansiosamente, esperó la respuesta.

En sus habitaciones privadas de la Alhambra, Boabdil leyó los términos de los monarcas cristianos y se regocijó. Había salvado al pueblo de Granada del destino de los habitantes de Málaga, y eso era lo mejor que podía esperar.

La sultana Zoraya andaba recorriendo la ciudad, instando al pueblo a mantenerse firme. Con los ojos llameantes y en términos enérgicos, les aseguraba que la batalla contra los ejércitos cristianos todavía no estaba perdida.

—Os descorazonáis porque los veis acampados junto a nuestras murallas —les gritaba—. Pero no tenéis por qué, Alá no ha de abandonarnos en la hora de la necesidad.

—Es Boabdil quien nos abandona —le respondían—. ¿Cómo entonces esperar que Alá nos mire con buenos ojos?

—Boabdil es un traidor —susurraba la gente—. Es amigo de los reyes cristianos. Busca concesiones, y para conseguirlas está dispuesto a traicionarnos.

En la ciudad se gestaba una revuelta, alentada por los rumores de que Boabdil estaba llevando a cabo negociaciones secretas con el enemigo.

Zoraya entró como una tromba en las habitaciones de su hijo.

—Entre el pueblo se murmura en contra tuya. Hablan desatinos; dicen que estás negociando con el enemigo. Esos rumores hacen gran daño a nuestra causa.

—Pues los detendremos, madre —respondió Boabdil.

Después, envió la respuesta a Fernando.

Todos sus términos eran aceptados, pero no debía haber demora. Los cristianos debían acudir con toda celeridad para evitar la revuelta dentro de las murallas de Granada. En caso contrario, bien podía suceder que encontraran asesinado a su amigo Boabdil, y les arrojaran el tratado en la cara.

En Santa Fe reinaba gran alegría, y habían comenzado ya los preparativos para la entrada en Granada.

El cardenal Mendoza, rodeado de tropas, entró a caballo en la ciudad, para ocupar la Alhambra y prepararla para la llegada de los soberanos.

Ascendió la Colina de los Mártires, y a su encuentro salió Boabdil, rodeado por cincuenta nobles moriscos.

El derrotado Boabdil pasó junto al cardenal hacia donde estaba Fernando que, rodeado de sus guardias, había tomado posiciones a la retaguardia de Mendoza y de sus hombres.

Montado sobre su corcel negro, Boabdil era una figura patética; llevaba una túnica verde con ornamentos de oro, el *haik* blanco le flotaba sobre los hombros, y la expresión de su rostro, habitualmente dulce, era de una tristeza infinita.

Al llegar donde estaba Fernando desmontó, y se habría arrojado a los pies del conquistador. Fernando, sin embargo, se bajó de un salto del caballo y abrazó a Boabdil, disimulando la expresión de triunfo de sus ojos y prodigándole manifestaciones de simpatía.

—Os traigo las llaves de la Alhambra —anunció Boabdil, de modo que todos pudieran oírlo—. A vos os pertenecen, oh Rey de los cristianos, porque así lo decreta Alá. Os ruego os mostréis clemente con mi pueblo.

Se postró entonces delante de Fernando y después se volvió hacia Isabel, un poco detrás de su marido, para rendirle similar homenaje.

Luego se apartó de ella y se dirigió hacia un triste grupo: su familia, a la cabeza de la cual estaba la colérica Zoraya.

—Vamos —dijo Boabdil—. Es el momento de decir adiós a Granada y a la grandeza.

Zoraya estaba a punto de hablar, pero con un gesto lleno de dignidad, Boabdil indicó a todos que lo siguieran y, espoleando su caballo, partió al galope en dirección de las Alpujarras.

Cabalgó, seguido por su familia, por los cortesanos y las tropas que le habían permitido llevar consigo.

En la colina llamada Padul, el último punto desde el cual podía aún ver a Granada en toda su gloria, se detuvo.

Se volvió a mirar a la más hermosa de las ciudades: había sido una vez capital de su reino y acababa de perderla.

Sus emociones lo dominaron, y las lágrimas empezaron a correrle por las mejillas.

Zoraya acercó su caballo al de él.

—¡Llora! —le gritó—. ¡Llora: es lo que esperamos de ti! ¡Llora como una mujer por la ciudad que no supiste defender como un hombre!

Boabdil dio la vuelta a su caballo, y la melancólica cabalgata siguió andando. Él no se volvió de nuevo para contemplar la ciudad: ya nunca la volvería a ver.

Entretanto, uno junto a otro, Isabel y Fernando hacían su entrada triunfal en la ciudad, donde las calles habían sido ya rociadas con agua bendita para purificarlas de la contaminación de los infieles.

Magníficamente ataviados, los soberanos encabezaban la cabalgata, dándose cuenta ambos de la necesidad de impresionar con su fasto al pueblo de Granada, acostumbrado al esplendor de los sultanes. Y por más que ni a Isabel ni a Fernando les interesaran la ropa ostentosa ni el despliegue exterior de riquezas, estaban decididos a presentar su aspecto más magnífico en su recorrida a través de la ciudad.

Las tropas cristianas franqueaban el camino por la colina ascendiendo hasta la Alhambra, y al levantar los ojos, Isabel vio aquello que estaba decidida a ver desde niña, desde sus solemnes votos. La bandera de una España cristiana ondeaba sobre la Alhambra; el último baluarte de los moros en España se había entregado, y la reconquista era completa.

Gritos de alegría llenaban el aire:

—¡Granada! ¡Granada para los Reyes... Isabel y Fernando!

# 15

# EL TRIUNFO
# DE LOS SOBERANOS

Cristóbal Colón había llegado a Santa Fe a tiempo para ver la procesión triunfal.

Un día después que los soberanos entraron en la ciudad para tomar formalmente posesión de ella, Beatriz de Bobadilla llevó a Cristóbal a presencia de los reyes.

Las esperanzas del suplicante eran grandes, pues la guerra estaba terminada, y ésta los había hecho vacilar.

Volvió a describirles todo; a Isabel le subrayó la importancia de conquistar nuevas tierras para atraer a los pobres salvajes ignorantes al rebaño cristiano; a Fernando le habló de las riquezas de tales países.

Los soberanos se entusiasmaron.

—Vuestras Altezas comprenderán que se me deben asegurar ciertas concesiones —señaló Cristóbal.

—¿Y esas concesiones son? —preguntó Fernando.

—Pues ser Almirante de las tierras descubiertas durante mi vida, y que a mi muerte ese título sea patrimonio de mis herederos.

Isabel contuvo el aliento, escandalizada. El título de Almirante sólo se concedía a los miembros de la nobleza, y el Almirante de Castilla era en ese momento don Alonso Henríquez, tío de Fernando. Sin embargo, ¡ahí estaba ese humilde marinero, pidiendo un título de nobleza!

El rostro de Fernando también se había endurecido. A ambos soberanos les pareció el hombre un insolente.

—También ser Gobernador y Virrey de las tierras —prosiguió serenamente Cristóbal.

—Es natural que vos no lo sepáis, pues no estais acostumbrado a los usos de la corte, pero es prerrogativa del soberano la elección y destitución de gobernadores y virreyes —precisó fríamente Fernando.

—Lo sé, Alteza —reconoció tercamente Cristóbal—. También necesitaré un décimo de todos los tesoros traídos de mi viaje, y una octava parte de participación en todas las expediciones que partan de España hacia las Indias. Si se planteara cualquier disputa referente a este punto, será mío el derecho de designar a los jueces para el caso, cuya decisión será inapelable. Y además, un cargo en la corte para mi hijo.

Los soberanos estaban atónitos. Isabel fue la primera en recuperar la compostura.

—Señor Colón —le dijo—, vuestras exigencias nos toman por sorpresa. Ahora podéis retiraros; nosotros las estudiaremos y, llegado el momento, os haremos saber nuestra decisión.

Cristóbal se inclinó profundamente.

—Alteza, os rogaría no demoréis vuestra decisión. Tengo noticias de que sería muy bienvenido en la corte de Francia —expresó.

Después, se retiró de la presencia de los soberanos.

—¡Qué desvergüenza! —exclamó Fernando.

—Vuestras Altezas —intervino Talavera—, a ese hombre hay que mandarlo a paseo. Es evidente que lo envía el diablo. Tal vez fuera aconsejable entregárselo al Santo Oficio. Ellos podrían descubrir el maligno impulso que lo mueve.

—Es un hombre muy osado —comentó Isabel—, pero me parece que esa osadía es fruto de su certidumbre. Me gustaría tomarme algún tiempo para estudiar sus exigencias; tal vez pudiéramos inducirle a modificarlas.

—¿Vuestra Alteza ha oído lo dicho sobre la corte de Francia? —gritó Talavera.

—Esperará un poco —respondió Isabel.

De pronto, la cólera de Fernando se disipaba, y la Reina, comprendió que su marido estaba pensando en que todos los tesoros de esos mundos podrían ser suyos.

—No tenemos mucho dinero para gastar en esa expedición —comentó Isabel.

—Alteza —insistió Talavera—. Dios ha confiado a nuestro cuidado una ciudad de infieles. ¿No deberíamos consagrarnos a convertirlos a la verdadera fe, en vez de desperdiciar tiempo y dinero en ese aventurero?

—No será fácil encontrar el dinero necesario para equipar la expedición —reflexionó la Reina—. Pero a Cristóbal Colón debemos decirle que seguimos aún estudiando el asunto.

Temporalmente el caso de Cristóbal Colón quedó olvidado por los soberanos, cuya atención fue requerida por otro asunto de la mayor importancia.

La campaña de Torquemada contra los judíos había proseguido de manera implacable desde el establecimiento de su nueva forma de la Inquisición, en la que él mismo era el Inquisidor General; ahora, según decía, era el momento de tomar una actitud decisiva contra los judíos.

Todos los judíos que no aceptaran el cristianismo serían arrojados de España.

Torquemada declaraba que ése era el momento. Y era evidente que los soberanos habían sido elegidos por la voluntad divina para hacer de España un país totalmente cristiano. Después de setecientos años, habían recuperado las tierras retenidas por los moros; la reconquista era completa.

—Esto es un signo —insistía Torquemada.

La opinión pública era favorable: jamás habían sido los judíos tan odiados como en ese momento, debido a un caso que había despertado gran atención entre el pueblo.

Hacía un año aproximadamente, un judío, llamado Benito García, estaba de viaje por asuntos de negocios cuando fue asaltado y robado; en sus alforjas encontraron una hostia consagrada.

Los ladrones acudieron con la hostia ante el juez, y le contaron dónde la habían encontrado. Inmediatamente les fue perdonado su delito, y García fue arrestado. Su acto se consideró un crimen más grave aún. Cruelmente torturado, en su agonía mencionó los nombres de otros judíos, y de sus palabras emergió un relato. Era el viejo cuento de un niño cristiano secuestrado por los judíos, llevado a una cueva donde lo hacían víctima de un asesinato ritual, arrancándole el corazón para después crucificarlo como Cristo había sido crucificado.

El caso había conmovido a la opinión pública, y Torquemada y sus secuaces se habían ocupado de darle la máxima publicidad. Fue imposible encontrar el cadáver del niño cristiano, pero explicaron que ello se debía a que había ascendido al cielo, como había hecho Cristo. Comenzaron entonces a llamarlo el Santo Niño, incluso se decía que se habían hecho milagros en su nombre. La histeria y la superstición se intensificaron.

Todos aquellos a quienes se acusó de estar implicados en el caso fueron torturados y se les dio muerte en la pira. A dos de ellos, sin embargo, se los consideró demasiado perversos incluso para la muerte en la hoguera; eran un anciano octogenario y su hijo, que se negaron a aceptar la fe cristiana y se mantuvieron fieles a la de sus padres hasta el último momento. Tras desgarrarles las carnes con pinzas calentadas al rojo, antes de morir los colocaron sobre haces de leña previamente humedecidos para que no ardieran con demasiada rapidez, y mataron finalmente a los dos desdichados, al anciano y al joven, asándolos a fuego lento.

Ahora, Torquemada creía llegado el momento de desterrar a los judíos; por esa razón acudió a Granada para ver a los soberanos.

La codicia de Fernando era ya bien conocida, y azuzada contra ellos la furia del pueblo, los judíos, angustiados, se reunieron para discutir qué se podía hacer.

Apareció la sugerencia de reunir una gran suma de dinero, que le sería ofrecida a Fernando a cambio de la autorización para permanecer en sus hogares.

Fue así como, poco después del arribo de Torquemada, llevado hasta allí por su deseo de conseguir de Isabel y Fernando apoyo a su plan, llegó también a Granada una delegación de judíos que pidió audiencia con los soberanos.

Fernando e Isabel recibieron a la delegación.

—Altezas —les dijeron—, podríamos reunir una suma de treinta mil ducados. Os la entregaríamos a cambio de la autorización para permanecer en España y conservar nuestros hogares. Imploramos a Vuestras Altezas nos permitan empezar a reunir ese dinero, y nos den su sagrada promesa de que una vez en vuestro poder, ya no seremos molestados.

Hasta la propia Isabel vaciló. El tesoro estaba peligrosamente exhausto; la guerra había costado muchísimo más de lo previsto, y quedaba todavía mucho por hacer. Su necesidad de dinero era desesperada.

¡Treinta mil ducados! En los oídos de Fernando, esas palabras sonaron como dulcísima música. Sólo tenían que negarse a firmar el edicto contra los judíos que estaba preparando Torquemada.

—Ya veo, estáis ansiosos por convertiros en buenos ciudadanos —observó Fernando—. Podríamos llegar a algún acuerdo.

Los miembros de la delegación estaban casi llorando de alivio, e Isabel sintió cierto placer en el hecho de poder complacer, al mismo tiempo, a ellos y a Fernando.

Entretanto, uno de los lugartenientes de Torquemada había ido en busca de su amo.

—Santo prior —anunció—, en este momento hay una delegación en presencia de los soberanos. Me he ocupado de saber qué los movió a pedir una audiencia, y han ido a ofrecerles treinta mil ducados a cambio de la promesa de los Reyes de que podrán permanecer en España.

El rostro de Torquemada se puso más pálido que de costumbre.

Tomando furiosamente un crucifijo, se dirigió a las habitaciones reales.

En vez de pedir audiencia, entró como un huracán en la sala donde Fernando e Isabel, sentados ante la mesa en presencia de la delegación judía, estudiaban los documentos y estaban a punto ya de firmarlos.

AtÓnito, Fernando se quedó mirando al prior.

—¿Qué significa esto? —preguntó.

—¡Ya os lo diré! —vociferó Torquemada—. Hoy los ángeles lloran. ¿Y por qué razón? Judas Iscariote vendió a su Señor por treinta piezas de plata. ¡Y los soberanos de España cristiana están dispuestos a venderlo por treinta mil!

Sacó el crucifijo escondido bajo la túnica y, levantándolo en alto, alzó los ojos al Cielo.

—Santa Madre de Dios —prosiguió—, tú has intercedido por nosotros. Nos han sido concedidas grandes victorias. Baja ahora tus ojos para ver nuestra indignidad. Te ruego no vaciles en arrebatarnos nuestra grandeza. Nos ha sido concedida la gracia, y a cambio de ella profanamos el santo nombre de Dios.

Después, arrojó el crucifijo sobre la mesa y prosiguió.

—Estáis traficando a Cristo por vuestras piezas de plata. Aquí lo tenéis. ¡Traficadlo!

A grandes pasos, Torquemada salió de la sala de audiencias.

Isabel y Fernando se miraron, y miraron después el crucifijo abandonado sobre la mesa, y un miedo terrible se apoderó de ellos.

Se sentían inundados por la culpa de la traición.

—Os ruego os retiréis —pidió Isabel—. El prior tiene razón. El edicto debe promulgarse.

Así quedó sellado el destino de los judíos.


Entretanto, Cristóbal esperaba.

Tanto Beatriz de Bobadilla como Luis de Sant'angel imploraban a la Reina que no lo dejaras partir hacia Francia; por su parte, Talavera insistía en señalar a los soberanos la arrogancia insoportable de Cristóbal Colón.

Luis de Sant'angel habló con Fernando sobre los proyectos del explorador.

—Pensad, Alteza —le señaló—: es verdad que el hombre exige un alto precio. Si no hace ningún descubrimiento no recibe nada; si su descubrimiento tiene éxito, España recibirá riquezas no soñadas siquiera.

Fernando lo escuchaba atentamente, aunque ya estaba decidido: los descubrimientos de Cristóbal Colón debían ser para España y no para otro país.

—La cuestión es, sin embargo, cómo encontrar los medios —respondió a Luis de Sant' angel—. No son buenas las condiciones del tesoro desde la guerra contra los árabes. ¿Dónde podríamos encontrar el dinero necesario para financiar una expedición como ésa?

Luis ponía cuidado de mirar rígidamente hacia adelante; Fernando no quería enfrentar su mirada. Como secretario de Abastecimiento de Aragón, Luis sabía que en el tesoro de ese reino había fondos abundantes para financiar la expedición. Pero la opulencia del erario aragonés era un cuidado secreto, y Fernando insistía en no dejarlo conocer en la corte de Castilla... Menos aún quería que lo supiera la Reina.

Fernando no olvidaba ni por un momento sus ambiciones aragonesas, que para él significaban tanto como la propia conquista de Granada. Mientras Castilla gemía hundida en la pobreza, y la Reina se preguntaba cómo podrían hacer para proseguir la guerra, en Aragón el tesoro de Fernando estaba en holgada posesión de tales fondos.

—Ya veo —dijo lentamente Luis—, la Reina no podría contar con los fondos para equipar la expedición.

—Lamentablemente, es así —asintió Fernando, pero se quedó pensativo.

Fernando estaba decidido: demasiado estaba en juego para dejar a Cristóbal presentar sus planes en otra parte.

—Las exigencias del hombre son arrogantes —comentó, hablando con Isabel—, pero si no tiene éxito, no recibe nada. ¿Qué daño puede hacernos nombrarlo Almirante y Virrey de las tierras por descubrir? Si no descubre nada el título es sólo una fórmula vacía.

Isabel estaba satisfecha; desde el principio había estado en favor del hombre y, como siempre, le encantaba ver a Fernando adoptando la forma de pensar de ella.

—Entonces —expresó—, cuando podamos reunir el dinero, lo enviaremos en su viaje de descubrimiento.

—¿Cuándo será eso? —preguntó Fernando—. Ese hombre no se quedará mucho tiempo más en España. Prácticamente, nos ha dicho que si se encuentra con más demoras, emprenderá el viaje a Francia.

—Si yo no hubiera empeñado ya mis joyas para pagar la guerra, gustosamente lo haría para financiar esta expedición. El tesoro está exhausto; dudo que queden en él los fondos suficientes.

Fernando, paseándose con nerviosidad por la habitación, se detuvo bruscamente como si de pronto hubiera llegado a una decisión.

—Algo tengo que deciros, Isabel —expresó y, llamando a uno de los pajes, le ordenó—: Haced que venga inmediatamente don Luis de Sant' angel.

—¿Creéis saber de algún medio para obtener ese dinero? —le preguntó Isabel.

Fernando levantó una mano e hizo un lento gesto afirmativo, pero no dijo nada, e Isabel no insistió en su pregunta.

En pocos minutos se presentó ante ellos Luis de Sant' angel.

—Vos estáis muy interesado en ese hombre, Cristóbal Colón —le dijo Fernando—, y estáis seguro del éxito de su viaje.

—Efectivamente, Alteza —respondió Luis.

—No hace mucho tiempo me hablasteis de dinero..., dinero en Aragón.

Luis parecía más bien perplejo, pero Fernando se apresuró a añadir:

—¿Estaríais dispuesto a ayudarnos a financiar esta expedición de Colón?

Fernando miraba ahora significativamente en los ojos a su secretario de Abastecimientos, y Sant' angel, adiestrado por una larga experiencia con el Rey, lo entendió sin tardanza.

Fernando quería hacer el viaje; una demora sería peligrosa. Estaba dispuesto a financiar la aventura con el tesoro de Aragón, pero ni Isabel ni Castilla debían saber que, cuando ellas necesitaban urgentemente dinero, Fernando había mantenido sus propios fondos separados de los de Castilla, para disponer de ellos al servicio de Aragón.

Cualquier descubrimiento de Cristóbal Colón sería tan beneficioso para Aragón como para Castilla. Por ende, Fernando le daba a entender que el dinero sería un aporte de Aragón, pero debía ser ofrecido en nombre de Luis de Sant' angel.

A Luis se le levantó el ánimo.

Cristóbal Colón, pensó, ¡por fin vais a encontrar vuestra oportunidad!

—Puesto que tan generoso os mostráis, Sant' angel —dijo Fernando—, con toda celeridad enviad a Colón a nuestra presencia. Le concederemos su petición, y así podrá empezar a hacer sus preparativos sin más demora.

Luis se retiró sin perder momento para ir en busca de Cristóbal, pero no pudo encontrar en ninguna parte al explorador.

En toda Granada, en toda Santa Fe, se preguntaban dónde podía estar Cristóbal Colón.

Finalmente, se descubrió que había empacado sus pocas cosas y se había ido: no pensaba regresar; si España no quería tener nada con él, tampoco él quería tener nada con España.

Luis se quedó estupefacto. Cuando estaba a punto de lograr su propósito, después de tantos años de espera, Cristóbal perdería su oportunidad por no haber esperado uno o dos días más. Luis no podía permitir algo semejante.

Se preguntó hacia dónde habría ido Colón, y conjeturó: debía de haberse encaminado hacia La Rábida; sin duda desearía despedirse de Diego antes de salir de España. Su otro hijo, Fernando, tenía a su madre para ocuparse de él, pero seguramente Colón querría tomar las providencias necesarias para Diego.

Sin embargo, también podría haber decidido no seguir perdiendo el tiempo y haberse dirigido al norte, ¡hacia Francia!

Por eso Luis despachó mensajeros a caballo en varias direcciones, y uno de ellos alcanzó a Cristóbal a seis millas de Granada, en el Puente de Piños.

Cristóbal oyó a sus espaldas el repiqueteo de los cascos del caballo, mientras se acercaba al puente. Primero disminuyó el paso y después, al oír su nombre, se detuvo.

—Cristóbal Colón —le anunciaron—, debéis volver a toda prisa a la corte. Los reyes os concederán todo lo pedido. Podéis empezar inmediatamente con vuestros preparativos.

En el rostro de Colón apareció una sonrisa luminosa que lo hizo parecer de nuevo un hombre joven.

El éxito..., por fin. La larga espera había concluido.

Los caminos hacia la costa estaban densamente invadidos por bandas de refugiados. Fatigosamente avanzaban todos juntos, viejos y jóvenes, los acostumbrados a los mayores lujos y los criados en la pobreza; todos se habían visto despojados de todo, se les había permitido vender sus propiedades, pero les habían prohibido cínicamente sacar dinero del país.

Era el éxodo de los judíos de España. Lenta y penosamente avanzaban, esperando hallar en su camino seres humanos que fueran más bondadosos con ellos.

Ayudarlos estaba prohibido, y robarles no se consideraba un delito.

Los capitanes de los barcos los consideraban como una presa legítima. Algunos aceptaban a bordo a esos sufrientes desdichados, les arrancaban la paga del viaje y después arrojaban al mar a los pasajeros que habían confiado en ellos.

Provenientes de todos los rincones de la España totalmente cristiana, los judíos que se habían negado a someterse a la fe de los cristianos marchaban lastimosamente hacia un futuro desconocido.

A millares murieron en mil azarosos viajes: algunos de peste, pero muchos más bárbaramente asesinados. Se había hecho circular el rumor de que era corriente entre los judíos expulsados tragarse sus joyas en la esperanza de conservarlas, y muchos al llegar al África fueron destripados por bárbaros esperando recuperar las joyas de los lugares donde podían estar ocultas.

Algunos, sin embargo, encontraron refugio en otras tierras, y lograron sobrevivir al horror.

Torquemada estaba satisfecho; se había salido con la suya.

Se arrodilló junto a los soberanos para rezar con ellos por la continua grandeza de su Estado enteramente cristiano.


En un cuarto situado sobre una tienda de comestibles, en la ciudad de Sevilla, una mujer miraba cómo los judíos se reunían para abandonar sus hogares.

Desde su ventana los miraba, pues estaba demasiado enferma para salir de su habitación: no le quedaban sino unas semanas de vida.

En esos rostros se pintaba la desesperación más extrema y un atónito sufrimiento la llevaba al recuerdo de los días en que ella, también judía, había vivido en la lujosa casa de su padre y, con un miedo súbito y terrible, empezó a preguntarse qué papel había desempeñado ella en la comisión de ese crimen terrible que se estaba perpetrando en toda España.

¿Qué habría pasado si ella no hubiera aceptado un amante; si no hubiera temido tanto que su padre descubriera su embarazo? Si ella no los hubiera denunciado, a él y a sus amigos, ante la Inquisición, ¿estaría sucediendo todo eso?

Era una idea espantosa, nunca se atrevía a pensar en ella, pero nunca había dejado de rondarle la mente, y flotaba sobre su vida como una oscura sombra ominosa de la cual no podía escapar.

Si Diego de Susan no hubiera sido traicionado por la Susana, si su conspiración contra los inquisidores hubiese tenido éxito, quién sabe si la Inquisición hubiera llegado a adueñarse de España como lo había hecho.

Con los puños crispados, la mujer se golpeó, frenética, el pecho enflaquecido.

Y ¡qué vida había sido la suya, pasando de un protector a otro, descendiendo cada vez más a medida que «la hermosa hembra» iba perdiendo poco a poco su belleza!

Finalmente, había encontrado un hombre que la amaba de veras: ese humilde abacero la había conocido en sus días de orgullo, y se sentía feliz de ser el protector de la hija de Diego de Susan —uno de los millonarios de Sevilla—, aunque ese hombre hubiera sido quemado vivo por obra de la traición de la Susana.

Y ese pobre hombre había cuidado de ella y de los hijos que ella había tenido. Ahora había llegado el fin. Entre la multitud se oían los sollozos ahogados de los niños, que percibían la tragedia aun sin llegar a entenderla.

Ya no pudo soportar más. Tambaleante, volvió a su lecho, pero el esfuerzo de levantarse de él y la agonía de sus remordimientos habían sido demasiado para ella. Aunque sólo en unas pocas semanas, eso le había acortado la vida.

Su amante entró en la habitación y ella leyó la angustia en sus ojos. Ah, pensó, él no ve lo que soy; para él sigo siendo la muchacha sentada en el balcón de la casa de Diego de Susan, que entonces estaba tan lejos del alcance de un humilde abacero.

—Me muero —le dijo.

Él la ayudó a volver a acostarse y se sentó junto a la moribunda, sin intentar desmentir la verdad de sus palabras, pues se daba cuenta de que sería inútil hacerlo.

—Haced algo por mí —le rogó ella—. Cuando me muera, poned mi cráneo sobre la puerta de esta casa, y que todos sepan: he aquí el cráneo de alguien cuyas pasiones la llevaron a una vida de maldad. Que algo de ella permanezca a modo de advertencia para todos. El cráneo de una mujer, una alcahueta, que traicionó a quienes más la amaban.

El abacero sacudió la cabeza.

—No debéis alteraros —le dijo—. Yo cuidaré de vos hasta el fin.

—Esto es el fin —insistió ella—. Prometédmelo. Juradlo por vuestra fe.

Él se lo prometió.

Así, antes de que el último judío hubiera salido de España, el cráneo de la mujer, la más hermosa de Sevilla, fue colocado sobre la puerta de la tienda del abacero.

Consolidada la reconquista, Isabel y Fernando designaron a Talavera arzobispo de Granada, y gobernador de la ciudad al conde de Tendilla y, en compañía de sus hijos, partieron a recorrer el país para recibir el agradecido homenaje de su pueblo.

La procesión lucía con todo el esplendor de la realeza, y junto a ella cabalgaba siempre Juan, el príncipe de Asturias. Isabel quería que todos sus súbditos supieran que uno de los presentes más importantes que les había hecho su Reina era un muchacho tan bello como inteligente, el heredero de una España unida.

—Castilla está con nosotros como un solo hombre, y Aragón también —había dicho Fernando—; pero en Cataluña siempre ha habido problemas desde la muerte de mi medio hermano. Ahora es el momento de demostrar a los catalanes que los incluimos en nuestro reino; para nosotros, ellos significan tanto como los castellanos y los aragoneses.

Isabel se mostró de acuerdo. Ahora, en medio del esplendor de su triunfo, era el mejor momento para conseguir que los catalanes olvidaran para siempre la misteriosa muerte de Carlos, el príncipe de Viana, a quien habían quitado de en medio para despejarle a Fernando el camino al trono de Aragón.

Por eso, a Cataluña se dirigió la procesión.

Fernando había estado presidiendo la administración de justicia de Barcelona, y se retiraba del edificio para ir a reunirse con Isabel en el palacio.

Estaba satisfecho, porque jamás había sido tan popular como esa vez en Cataluña. Desde todo el mundo le llegaban enhorabuenas. En él y en su mujer saludaban al héroe y a la heroína de esa gran victoria de la cristiandad. En lo sucesivo, él sería conocido como Fernando el Católico, e Isabel como Isabel la Católica. Y hasta en Cataluña, ahora lo vivaban por donde iba.

Pero indudablemente algunos no compartían la opinión general, y Fernando se vio cara a cara con uno de ellos al salir del tribunal. Repentinamente, se encontró frente al rostro de un fanático, y un cuchillo se alzó ante sus ojos sorprendidos.

—Muere..., ¡asesino! —gritó una voz.

Fernando cayó hacia adelante, mientras en el aire resonaba el grito de triunfo del hombre alzando en alto el cuchillo tinto en sangre.

Isabel estaba con sus hijos cuando recibió la noticia. Su hija Isabel se cubrió la cara con las manos; el príncipe, enmudecido por el impacto, y las niñitas, aterrorizadas, corrieron a prenderse de las faldas de su madre.

—Alteza, ya traen al Rey hacia aquí, junto a vos. Lo atacó un loco, al salir del palacio de justicia.

A Isabel el miedo le aceleraba el corazón.

—No —rogó—. Esto no. Tanto hemos recorrido juntos, y tanto nos falta todavía...

Después recuperó la serenidad.

—Iré inmediatamente junto al Rey —declaró, apartando de sí a los niños asustados.

Isabel se instaló junto al lecho de Fernando: nadie más que ella lo atendería.

Rezaba continuamente, pero en ningún momento dejó de brindarle los cuidados necesarios durante los días en que la vida de Fernando corrió peligro.

El frustrado asesino había sido capturado y sometido a las más crueles torturas sin que fuera posible sin hacerle confesar que hubiera tenido cómplices.

De la cámara de torturas resultó sólo un hecho cierto: el hombre era un lunático: declaraba que él era el verdadero heredero del trono de Aragón, y esperaba ocuparlo a la muerte de Fernando.

Llegó el día en que Isabel supo que Fernando estaba fuera de peligro, y que el episodio no significaría el fin de su vida en común, como ella había temido. Fuera del palacio, la gente esperaba tener noticias. Fernando jamás había sido tan popular en Cataluña como esa vez. El pueblo lo veía como el héroe de la reconquista, y veían también, gracias a sus gobernantes, una vida nueva para ellos y para el país.

Isabel era de Castilla, así que en un principio habían desconfiado de ella; ahora creían que era su cuidadosa atención, unida a sus constantes oraciones, lo que había salvado la vida de Fernando.

Cuando les fue comunicada la noticia de la mejoría del Rey, e Isabel apareció en el balcón del cuarto del enfermo, la gente enronqueció gritando de alegría.

—¡Isabel y Fernando! ¡Fernando e Isabel!

No ya para Castilla, para Aragón ni para Cataluña.

—¡Isabel y Fernando para España! —era el grito.

Cuando la Reina regresó junto al lecho de Fernando, el herido le sonreía, había escuchado los gritos fuera del palacio.

—Nos aman a los dos con igual fervor —le dijo—.

Saben —respondió Isabel— que es como si fuéramos uno.

—Verdad es —asintió Fernando—. Somos uno.

Y mientras la tomaba de la mano pensó en la humillación que había sentido cuando se vio obligado a aceptar el segundo lugar en Castilla; en las mujeres amadas, muchas de ellas más hábiles en las artes amatorias de lo que jamás podría llegar a serlo Isabel. Pero aun mientras pensaba en ellas y en todas las diferencias tenidas en el pasado —y en las del futuro—, Fernando sabía que la persona más importante en su vida era Isabel. Las generaciones venideras, cuando mencionaran su nombre, lo verían invariablemente ligado con el de Isabel.

Ella entendía sus pensamientos y estaba en total armonía con ellos.

—El pueblo exige la más dolorosa de las muertes para vuestro frustrado asesino —díjole Isabel—. Quieren que se haga pública, para que todos puedan verla y regocijarse con los sufrimientos del hombre que pudo causar la muerte de su amado Rey.

Fernando asintió con un gesto.

—He dado órdenes —prosiguió ella—, el hombre será estrangulado primero. Órdenes secretas. El pueblo verá cómo sacan el cuerpo, nadie sabrá que está más allá del dolor, pues ha sido muy torturado. Quisiera dejarlo morir en paz.

Fernando contuvo un juramento. Ella había dado órdenes en Cataluña... ¡en la provincia de él!

Su mujer volvió a leerle el pensamiento y durante un momento la antigua hostilidad se instaló entre ellos.

—¿Podéis oír los gritos? —preguntó después Isabel—. Gritan: «¡Fernando e Isabel! ¡Isabel y Fernando para España!».

Desaparecida la irritación de su rostro, Fernando le sonrió.

—Hemos hecho mucho— evocó suavemente Isabel, y mucho tenemos por hacer. Pero lo haremos..., juntos.

En las calles de Barcelona se habían reunido multitudes para participar en una de las grandes ocasiones de la historia española.

Corría el mes de abril y el sol brillaba alegremente, mientras por las calles de la ciudad avanzaba una colorida procesión.

Hombres de piel morena, ataviados con túnicas decoradas con ornamentos de oro transportaban bandejas cargadas de pepitas de oro; con ellos iban animales como nadie había visto jamás.

En mitad de la procesión venía el Almirante del Nuevo Mundo, Cristóbal Colón, con la cabeza alta, brillantes los ojos: su sueño de descubridor se había convertido en realidad.

Entre la muchedumbre una mujer sostenía en sus brazos a un muchachito, para hacerle ver al héroe de la ocasión.

—Mira, Fernando —susurró con orgullo Beatriz de Arana—, allí está tu padre.

—Ya lo veo, madre —gritó el muchacho con excitación—. Madre, ¡ahí veo a mi padre!

Fernando e Isabel esperaban para recibir a su Almirante, y con ellos su familia. Uno de los pajes al servicio del príncipe de Asturias apenas si se atrevía a mirar, tan intensa era su emoción.

El muchacho era Diego, el otro hijo del explorador; años había esperado el regreso de su padre, primero en el monasterio de La Rábida, después en la corte.

Cristóbal Colón se arrodilló ante los soberanos, y cuando Isabel le dio a besar su mano, sabía lo que él ofrecía —a ella y a España—: un Nuevo Mundo.

«Qué feliz soy en este momento», pensaba la Reina. «Fernando se ha recuperado completamente. Tengo conmigo a todos mis hijos amados. He logrado no solamente una España unida, sino una España cristiana.»

Todo esto tengo, y es una excepcional bendición, aunque no fuera más que esto.

Pero eso no era todo. Ahí estaba el aventurero, que regresaba de su largo viaje con extrañas historias para contar. Aquí viene, a poner un nuevo mundo a mis pies, pensó la Reina.

La sonriente mirada de Isabel abarcaba con su amor a toda su familia; pero veía más allá de ellos, adentrándose en un futuro en el cual los hombres y las mujeres reunidos para hablar de la grandeza de un poderoso imperio dirían:

—Fue Isabel la que engrandeció a España... Isabel y Fernando.

# ÍNDICE